海滩种花

阿岚看世界

赵夙岚 著

中国出版集团

世界图书出版公司

广州·上海·西安·北京

图书在版编目（CIP）数据

　海滩种花 ：阿岚看世界 / 赵夙岚著 . -- 广州 ：世
界图书出版广东有限公司，2013.3
　ISBN 978-7-5100-5863-9

　Ⅰ . ①海 ⋯ Ⅱ . ①赵⋯ Ⅲ . ①杂文集－中国－当代
Ⅳ . ① I267.1

　中国版本图书馆 CIP 数据核字（2013）第 055133 号

海滩种花——阿岚看世界

策划编辑　赵　　泓
责任编辑　阮清钰
封面设计　梁嘉欣
出版发行　世界图书出版广东有限公司
地　　址　广州市新港西路大江冲 25 号
电　　话　020-84459702
印　　刷　东莞虎彩印刷有限公司
规　　格　787mm×1092mm　　1/16
印　　张　19.5
字　　数　300 千
版　　次　2013 年 4 月第 1 版　2013 年 12 月第 2 次印刷
ＩＳＢＮ　978-7-5100-5863-9/I·0270
定　　价　48.00 元

换个角度看世界

当我们看世界，因遍地的人类灾难而愤怒心、责任心顿起和频起之时，许多的人类灾难可能也时时刻刻就在我们自己的身体内部发生——那就是我们没有善待自己，没有改进自己。

所以赵凤岚说："即便叙利亚仍不得安宁，即便有些国家的核弹头正蓄势待发，即便有些国与国在分庭抗礼，即便天灾人祸频仍等等，我们每一个个体依然可以决定，从2013年起，选择做个更美好的人。在有生的每一天里，做更纯粹的自己，待他人友善，关注而不纠结于细节，真实自然地去面对一切值得的人和事。如果被感动了，不必过于掩饰，这说明你依然还有一颗柔软的小清新的心，因为小清新最核心的要素就是：简单真实。"

这些话来自赵凤岚写给《看世界》2013年第1期的刊首语。当众多媒体在2013年的新年献词中呈现了一系列政治词汇时，《看世界》的这份"新年献词"只是说让我们在每一天里都争取"做更美好的自己"。

这是一种避让，还是一种朝向世界的前进？

我一向以为，小清新不是避让主义者，而是面向世界前进的人。

那就来一段小清新式的航拍镜头想象吧：万万千千的小清新的海上浪花朝着沙滩上一座手握权杖的巨大雕像逼近，这些浪花自顾自向前走，最多瞥一眼这座雕像，和雕像也没什么正面冲突，只是向前进，绕过它、越过它，把它抛离在身后，只把它看作是一颗无趣的沙砾，这是一幅多么有意境、多么具有史诗感的场景，这种场景当然也就是一种有待证明的小清新式的政治变迁假设。

赵凤岚的《看世界》刊首语大抵是柔和清新类型的。在2012年第1期的刊首语（相当于这一年的新年献词）中，她同样没有排列出许多流行的政治学大词，她只是说些温软家常的话，还轻轻说了句"不要呵斥不敢回嘴的人"。我在这句话上停留了 1 分钟，脑袋里出现了很多画面——住宅里的父母和子女，课堂上的老师与学生，单位里的组长和组员，工厂或画室里的师傅与徒弟，街头江湖中 16 岁的大哥和 12 岁的小弟……暴君不仅存在于政治格局里，暴君也潜藏在我们普通人的身体里。这句话不是一句妈妈经，它揭示了政治背后的政治，潜政治。

小清新其实是坏政治最大的敌人。为什么这么说？小清新主张的，无非要有更多的有趣、柔和、多元而已，但就是这些万万千千源于生活和人心的普通欲求，可能会要了那些坏政治的老命，因为当我们形容一个坏政治的时候，也无非就是说它不有趣、不柔和、不多元而已。

小清新有小清新的问题，但谁不喜欢清新的空气、清新的人？宏大的旧秩序，不一定是靠宏大的政治行动来扳倒，它也可以在社会中经由无数微小的小清新来使它风化，使它粉末化。

如果我们赢得了一个旧秩序的毁灭，但并没有同时获得万万千千美好的自己，没有让万万千千的人变得更美好，那么那个通过宏大行动搭建起来的新秩序、新世界总是可疑的。我所憧憬的新世界，不是一个充满秩序、当局把许多"美好观念"强加给你的"理想国"，而仅仅就是所有人都可以自主地追求美好、过自由率性小清新生活的那样一个地方。

其实伟大革命导师马克思所憧憬的未来新世界，就是一个典型的小清新世界或一个小资世界——"上午打猎，下午捕鱼，傍晚从事畜牧，晚饭后从事批判（即从事研究、写作）"。

小小的、家常的小清新中其实蕴含着巨大的建构力量。为什么《安妮日记》能激起人们对纳粹制度那么大的愤怒？答案无它，仅仅是因为它记载了一个向往美好生活的女孩的生活。《安妮日记》时不时有这样的场景："……库菲尔斯先生每隔一个星期就会专门给我带几本书来。《朱普特·赫尔》系列太过瘾了，整个西西·凡·马克斯韦尔特都特别精彩。《仲夏夜的疯狂》我已经读了 4 遍，每次碰到其中逗人的段落我还是会笑个不停"。又如"……我正努力地学习法语，正在读《美人妮凡耐丝》"。

安妮住在荷兰，荷兰被纳粹德国占领，作为犹太人她躲在一个小小空间里，而她在学法语，文学世界里最美的语言。

安妮也注意到"每天都有整车皮的小伙子被送往德国"，等待他们的是苦役和死亡。但安妮在恐惧之下仍然紧紧抓住生活中的每一点美好，构筑她的小清新世界。

这是逃避的表现，还是坚强的表现？是意志的软弱，还是意志的自由？

热爱生活的安妮最后无辜死于纳粹集中营，而柔弱小清新的《安妮日记》激起了比钢铁坦克更强大、更持久的力量，纳粹在道义上彻底被《安妮日记》打败。

人心才是基础，人心才是趋势。赵凤岚说："人心的世界比外物的风景更重要；若无灵魂的温暖，人生将无比苍凉。"她就是以这种心态来写《看世界》的刊首语。她没有坐在军情观察室里看世界的习惯。据说无论是网络、广电、平面媒体，军情观察室之类的内容都是最能拉动市场销路的，但赵凤岚和《看世界》告诉了我们另外一种看世界的视角和方法。它近似一种面向终极的信仰，它太像"唯心"之论。但人们在心灵方面的诉求从来不比他们在物质方面的需索要少，所以人类生产有两大部类，一为物质产品的生产，一为精神产品的生产。一个崛起中的国家如果在精神上做不到丰富和自由，那么这种崛起只能是一种危险的、不可持续的崛起。《看世界》作为一本国际问题类杂志，它关注硝烟世界，也关注硝烟背后缺损的心灵世界，它使"世界"二字具有了伦理和哲学上的意义。

从民族国家的炮火瞄准镜或火控雷达看世界，是看世界的一种看法。以"东海西海，心理攸同"为起点来看世界，那么我们将看到人类起于同样的动机，陷于同样的困境，他们的悲剧在于人性中都有贪心和恐惧，所以他们垒砌起各种政治之墙、地域之墙、族群之墙，使他们原本都具有的对灵魂之美的追求受到了侵蚀和禁锢。

所以我理解赵凤岚会写下《只关乎心》这样的标题，写到她所看到的刑事案世界里的那个从博士生变成杀人者的霍姆斯，他从小到大都有一个关键词：孤独，最后他就变成了在电影院大开杀戒的凶手，但杀人的不是枪，是持枪的人，是霍姆斯那颗冷寂的心。所以她说："从来一切，只关乎心。"

所以当贵州毕节儿童冻死案发生后，她会痛感作为"事外之人"，我们"若不能痛哭一场，也应该静默一刻。5个需要家庭和制度庇护的孩子，以生命为代价，暴露出了社会的病"。

所以她会提及迈阿密空警误杀拉丁裔男子事件中遇害者妻子向公众表达的歉意，她为丈夫给其他乘客造成不便和恐慌而说对不起大家。这句在别人眼中可能会认为是不必要、脑袋进水、会降低赔偿金额的"对不起"，在由此引发的关于公平与歧视的政治话题之外，有着更强大的直指人心的伦理力量。

赵凤岚是严肃的世界政治与财经分析者，所以她写了许多诸如《海盗问题需从陆地解决》、《千万别相信巴菲特》这样的文章，但她也是一个小清新风格的言说者，并把这种风格带入了《看世界》。她通过国际交涉、通过货币来看世界，但她也常常会从一朵花里看世界。当然，这顶"小清新"帽子未经她的同意，但从《看世界》2013年第1期封面公然喊出的"地球需要小清新"来看，她应不至于反对。

她是小清新式的理想主义者，推崇"每当关闭一所学校，就得开设一座监狱"这句话，但她也注意到有些所谓学校、有些所谓教育，只是没有铁丝网的另一种形式的监狱而已，所以她在《看世界》里，屡屡传布教育的第一目标是促进心灵自由、人格独立。

她也有小清新式的率性。刊首语是全期杂志的严肃中枢，她却可以把刊首语划出一块来写给一个人，写给一个在远方岛屿上待产的准妈妈。

小清新们常常不是住在海边的小尼龙帐篷里，就是在搭乘长途中巴去海边的路上，在地球上的某处海滩，寒波澹澹起，白鸟悠悠下，构成巨大的人生片场。海是小清新们惯用的语言道具，赵凤岚也有这个偏好，她这本书的书名就是以"海"开头的。她还说到她曾站在马来西亚槟城海边的华人"姓氏桥"上，瞥见落日余晖将一个老妇人的皱纹映照得特别沧桑落寞，不觉泫然欲泣。心灵丰富是小清新们的共同特点，但若这世界太凛冽干燥，那么这些细密的雨幕、无声的泫然不能算是多余。

当"小清新"已经沦落到和"公知"一样，被许多深怀中国式智慧、浑身中国式正气的看客们嘲讽NNN次时，我仍以为，小清新是最正常不过、最普通不过的寻常百姓的生活追求而已，因为这个世界太污浊，所以我们需要清新；因为"伟大"、"宏大"这类概念已经被人类中的一些野心家用滥了，所以我们更愿意去抓住那些我们还够得着的种种"小"，由此，我们应该坚持小、清、新，坚持小清新式的平民梦。

古罗马的智者兼国家领导人马可·奥勒留是一个比较诚实的政治家，他没有用"帝国江山"之类"大"概念来忽悠百姓，反而劝告人们去"热爱那仅仅发生于你身上的事情，热爱仅仅为你纺的命运之线，因为，有什么比这些更适合于你呢？"奥勒留的皇位、功业都荡然无存了，他的智慧和诚实却可以流芳千古。

其实我对赵凤岚所知不多，从她的文字了解到她是"湖南南部人"，曾修读美国史，熟知"权利法案"，喜欢行走，行走对她的成长和见识有较大的影响。我是一个膝盖已经走坏却没有从行走中长多少见识的粗心之人，说到行走和看世界，现在的车轮和相机取景框只是让我们能在地图上插上更多小红旗，在电脑里垒放更多G的照片，但其间我们和世界的认真交流每次都不会超过1分钟。而在苏格拉底、释迦牟尼的时代，人们直接用赤脚和眼睛来接触和记录世界，这也是最能从世界中汲取能量的方式。行走者被星辉垂抚、被河流托浮、被人群包裹，于是获得大能量，那个乔达摩·悉达多如果不迈出到宫城外的那一步，那他最多只是一个讨人喜欢的小王子，即位后说不定还会成为一个暴君。

学生时代的赵凤岚信奉"旅行并不奢侈，只要出发，就能到达"、"人生那么短，本就该用来做美好的事"这类小清新宝典，"少年当行万里路"，常常在读书之余走路看世界。我想她的求真、向善、追美之心，会在这些旅途中得到鼓励。人类经验告诉我们，慈悲心、温良之心是从行走、与众人接触中产生的，偏狭戾气则产生于自我封闭。读书看世界，走路看世界，交谈看世界，面对面、心对心地与万千世界里的"他者"接触，这些都是看世界的好方法。不要通过横店看世界。

2013 年 4 月

文字的疆界

偶尔我是个"落后于时代的人"，通过文字与世界和人心对话。而一提起笔或者一打开电脑，心中就会升腾起一股说不出缘由的自信。自小如此。所以成年以后的我常常告诫自己，你不过是沧海一粟。

然而文字世界带给我的自我满足和快乐感觉，是没有止境的。在母亲的有意培养下，我从学龄前就开始了较为广泛的阅读，成长的时光因为书籍而变得芬芳静美。也正是长年的大量阅读，让我在少年时可以很任性地看世界，成年后可以很包容地看世界，做事有自己的定见，不容易为外物所动。

爱写文章其实是一种特别的生活方式。中学时的作文课，我写完再帮同学写，结果两篇都被老师当成范文在校内广泛传播；高考因青春期叛逆未能考上大学，复读时因第一堂语文课的第一篇议论文，让第一次给我们上课的赵聚宗老师大加赞赏，他甚至自己用蜡纸刻写了那篇文章，印了百余份发给了同学们。此事让我记忆至今，常常感念师恩。

上大学以后，我随意写的文艺类文章开始变成铅字，认真写的论文也相继在专业学报上发表。从性灵类文字转向学术类文字，其间有一个很艰难的过程。还好当时遇到唐希中先生、杨鹏程先生等一批很好的老师，不断地给予指引和鼓励，让我可以在这两类文字中趋于自如。上研究生后，我在导师李剑鸣先生及张友伦先生的谆谆教导下，在学术的道路上继续前行，同时坚持广泛阅读可以滋养心灵的书籍。此外，还利用所有的假期"走在路上"，读万卷书与行万里路，就这样并行不悖。

1998 年我从南开大学研究生毕业后，进入广州日报报业集团工作。在学术与媒体之路间，我最终选择了后者。"好读书不求甚解"的个人阅读习惯，以及相对较为外向的性格，让我做出了这个决定。此后我在记者、编辑、专栏作者、专题策划人、媒体管理者等等身份中穿梭，经常身兼几职，但从未放弃写作。

　　高密度的新闻写作训练，是人生不可多得的机遇与财富。在此过程中，除了书本知识得以致用外，还因工作广泛接触到各色人等，得以深入观察社会和洞察人性。未收入此书的曾荣获广东省新闻专栏奖的"阿岚信箱"，即属此种观察的外在表现之一。

　　保持撰写评论的习惯，让我得以挥发爱好思辨的一面。收入本书的评论稿包括在经济部时的财经评论、在国际部时的国际评论、与理论部合作的时政评论等。以前当编辑时写的一些版面评论，则未收入书中。

　　经过多个部门的历炼之后，从 2011 年 4 月起，我开始进入广州日报报业集团主管主办的《看世界》杂志社担任总编辑。从当年 5 月刊起，我开始撰写刊首语，迄今未落下任何一期刊首语的写作，字字句句均为"我手写我心"，从未假手他人。文章大多是在深更半夜、旅途或会议间歇当中完成的。因为匆忙，有些篇章自己并不满意，但木已成舟，无法悔改。于是，我便也硬着头皮将这部分内容编入此书中，还请各位不吝赐教、批评指正。

　　在我进入《看世界》杂志社以前，写下了一些休闲类文章。收入本书中的"东方小四·第四只眼",是此类文章的一个小小侧影。好吧,我已经暴露了,《看世界》津津乐道民国人物及其他人与事的专栏作者东方小四,就是我本人啦。这部分文章此次只选用了一小部分,其中数篇已被《读者》和《青年文摘》及一些报刊转载。此类文章的主体部分,也拟结集出版。

文字与思想一样,其实没有疆界——如果你的心中没有预设界限的话。大多数写作者,都在文章里埋下了TA的生命密码,希望可以遇到解人。如果本书或哪篇文章让你感觉愉悦,请让我提前在这里说一句:谢谢你。而首先要谢谢的人,是受邀为本书作序的庄礼伟先生。

是为序。

新浪微博@广州阿岚

2013 年 3 月 19 日

目录

国际评论　/ 099

CONTENTS

目录

《看世界》刊首语

KANSHIJIE KANSHOUYU

世界的模样

世界的模样，决定于你看它的眼光。

在面对本·拉丹时，美国恰似一只猫。在运筹帷幄良久之后，拉丹于北京时间 5 月 2 日被击毙于巴基斯坦。这离 2001 年 9 月 11 日，这个美国历史上黑暗的日子，已近十年。拉丹与美国上演的是一场如动画片《猫与老鼠》的游戏，壮硕的猫总是被逗得恼羞成怒，猫对鼠穷追不舍却总是一无所获。如今，美国情报机构通过水刑逼供获得线索，在长时间的精心布局之后终于达到了猎杀拉丹的目的。

以举国之力、倾十年之功追剿一个人，这也说明美国人对拉丹恨意之深。不少人感到奇怪，在早已确定拉丹在何处的前提下，为何美国特种部队不扔个炸弹完事？也许，对于美国而言，在明知结果的情况下，过程及细节就具有了更多更深的涵义。

美国总统奥巴马难掩兴奋，声称正义得到了伸张；美国上下也举国欢庆，再次确认自己身处的是当今世界最强大的国家。但也有美国少年很疑惑地问：拉丹是谁，为什么他死了这么多人这么高兴？一个人未经逮捕、审讯等程序就被杀掉，而绝大多数美国人都在欢呼，这显然与这个少年所受的教育有相冲突的地方。当然，这种高兴并非没有忧虑，美国及其一些反恐"盟友"就因担心"基地"组织的报复，已向其公民发布了出行的安全警示。这个世界上没有了拉丹，恐怖主义并不会随之消失；美国在"9·11"后开打的几场战争，也不会因此戛然而止。

还是"和平时代"弥足珍贵。但有些我们认为毫不出奇的细节——譬如说出去吃个饭喝杯咖啡等……在有些地方却并非那么容易。多年实行配给制的古巴便是"不那么容易"的地方之一。还好，古巴正走在"趋于容易"的路上，近几年悄然进行的经济改革正在改变这一切。

如今古巴人终于过上了可以拥有手机的生活。目前，中国的"宇通客车"和"海尔电器"等等，已经广泛进入了古巴人的生活。可以说，古巴正在进行的经济改革，已不再是古巴一国之事、也不仅仅是古巴人的事，其市场开放度及市场容量会有多大，已经是许多国家关注的内容。

从日本，我们可以看到更多纷繁复杂的景象。日本今年发生地震和海啸后，许多人对受灾民众的坚强隐忍与秩序井然心生敬意，于是各种赞誉成为全球主流媒体的关键词。然而，你看不到伤悲并不意味着他们不伤悲，因日本的"集体主义"文化已浸润至生活的方方面面，每个人都不想让自己表现得与众不同。因此，如果我们看到貌似一成不变的冰山，也要学会去了解其中的内容及缘由。

"因为懂得，所以慈悲"，华人世界澎湃的爱心超越了各种"过往"，各类捐助源源抵达日本灾区。在这样的大背景下，我们却也要接受"俄罗斯，对日本同情但不施舍"的立场。邻国争土的恩怨已绵延经年，不会因日本现时的灾难改变。当然，日本在天灾之后的另一场灾难——7级核泄事故中的一些举措深深地伤害了包括俄罗斯在内的邻国的心，也让人开始"重新认识"日本并慨叹日本政府也需重塑国际形象。恰如我们每个成年人都需对自己的选择与行为负责，每个国家也是如此。

在日本7级核灾的大背景下，同为最高级7级的切尔诺贝利核灾的25周年纪念在4月26日悄然到来。相关海域的鱼儿们依然承

《看世界》2011年5月下封面

受着远远超标的核辐射，那些"潜回"无人区居住的已无亲人的老人们表情漠然或无奈——伤痛已成，将恒久刻在心上。人们一边讨论如何纪念，却又忍不住说起4月29日的英国威廉王子的大婚。好吧，这个世界本来就是这样，凄惨与繁荣往往相互印照，"一半是海水，一半是火焰"，如此丰富而参差。

比世界更广阔的，确实是人的心灵。面对同样的事件，有些人跌倒又爬起来，越走越坚强；有些人得到好机会，从此高枕无忧却失去向上的激情；有些人就此沉沦，对命运踢来的球听之任之。谁比谁更高明？若从人性的角度来看，谁也不比谁高明。只能说，我们每个人都在看世界，都在改变着一点什么且自身也在被改变。

以悲天悯人的心兼容并蓄，在看世界的同时用心去体会，如此，世界也会在你面前，如花儿一样慢慢绽放。很精彩，很美妙。

2011年5月

心有多大

　　"要么忍，要么残忍"，这句话从某种层面来说，或许可以概括声名正炙的美国海豹突击队。因为在 5 月成功跨国击毙"世界头号恐怖分子"拉丹后，海豹突击队已成为美国人心目中的英雄；也因美国占据了舆论制高点，海豹突击队甚至已被塑造为世界范围内的英雄形象。而有关他们的种种，包括非常难熬的训练细节，亦被媒体放大，能"忍"过地狱式训练的队员们才可有日后"残忍"及风光的机会，去执行诸如消灭某人的任务等等。

　　还好，"英雄"也未被脸谱化。如果参训者真的不能"忍"，可随时拉铃退出。相信留下的已是极少数，他们本也是意志上的"超人"。而他们忍到最后的动机，除了过人的毅力和耐力外，还有至关重要的一点：他自己非常喜欢当特种兵，喜欢这种特别的挑战与感觉。这种发自内心的动力，才是创造奇迹的根本。否则，谁愿在这和平年代吃遍诸多苦，却只拿到并不"出众"的报酬？通俗点说，海豹突击队的战绩，也蕴涵着一些人的"理想"在其中——至于这种理想是否合乎道德要求，则另当别论。

　　在很多事情上，依然还是"心有多大，梦想就有多大"。如果将国家拟人化，那么以色列或许是一个强悍的男子汉的形象，而"他"的心，显然非常大。所以当有"以色列可能成登月第三国"的消息传出，初闻令人感觉讶异，细想却也觉得没有什么不可能。

《看世界》2011 年 6 月上封面

读一读犹太人的《塔木德》，就可明白，这是一个可以创造各种奇迹的民族。他们无论面对怎样的困境，都不会忘记知识与人心的力量，危急时可以丢掉财产，却一定要带上一部《塔木德》。在一些问题上，经历过深重创痛的他们，有时也会制造伤痛，是非难定。但他们如石头上的种子，依附仅有的一点土壤，顽强地向上，毫不懈怠。那好吧，我们等着他们登月。

新加坡也是"心灵强大"的国家之一。李光耀在新加坡的发展历程中起到了十分重要的作用，随着他于5月宣布退休，不少人有疑虑，没有了李光耀的新加坡会走向何方？其实不必太担心，没有了李光耀的新加坡当然会有所不同，但国家在政治、经济、社会等诸方面发展积累而得的成果不会变。或恰如李光耀所言，他的离开可让"年轻一代在更加艰难和复杂的环境中推动新加坡向前发展。"

心之所向，举足轻重。因此，会有知名企业家王功权抛弃一切，携情人大方"私奔"留下一串惊人叹号；也会有美国励志演说家为了给家人留下巨额保费而雇凶谋杀自己，结果却是保险公司拒绝理赔，可谓真正的"人财两空"；而印度一些地方对于女婴的轻视，也令人触目惊心。看来在这丰富多彩的世界，人心也如橱窗里的商品，包罗万象、琳琅满目。而无论在哪种处境中，保持适度的清明正直，于一个人或一个国家，都显得殊为重要。否则，迷失了未来方向，力量再强大又能如何？

心有多大，人就能走多远。 各类竞争，归根到底，最后都是心灵与思想的竞争。科技的繁荣、民族精神的振兴、少年儿童的教育和培养、文明的兴衰更替等等，最后亦将"百川汇海"。

物欲横陈之时，人心浮杂涣散，我们的明天在哪里？因此，心灵经由挥发的路径，也不容小觑。 在文字世界里，许多时候，寻觅，才能发现；执著，才有云开日。在思想的宽度与深度相似的一群人，彼此挂怀、相互砥砺，如此，便也可成就心灵的家园，恰如正在阅读此刊的你我。

2011年6月

守住底线

国际货币基金组织（IMF）原总裁卡恩因涉性丑闻于5月19日辞职，编辑部随后讨论有关新总裁候选人时，法国财长拉加德正值大热。我当时说，她的胜算难料，如果卡恩出事真有所谓的阴谋在，那意味着在这个棋局中有某种势力在精心布局，始作俑者不一定情愿让另一个法国人上台。而且，很多时候最热的人选往往有可能是一颗特意释放的烟雾弹，到后来倒可能成为牺牲品。

事实似正在证明这一点。不早不迟，拉加德莫名其妙地牵涉入"数年前"的一宗商业纠纷里，被指滥用职权。无论法国司法部是否起诉她，其政治声誉都已大大受损。已经有人开言，即便最终得以当上 IMF 总裁，拉加德也很可能成为下一个卡恩。

《看世界》2011 年 6 月下封面

对于政治人物而言，财与色均是非常"说不清"的领域。有可能过一段时间，卡恩能证明，性丑闻女主角真的是"你情我愿"，但他也已不可能再回到 IMF 总裁职位。无独有偶，法国公共工程部长乔治·特隆因被两名女子指控其性骚扰，于当地时间 5 月 29 日宣布辞职。特隆表示将反诉两人的诽谤罪。即便他"赢"了官司，也一样输掉了政治前途。

有时候，要否定一个人是多么轻而易举的事。从中亦可见，功名有多么脆弱；成功后能否守住道德底线，更显得十分关键。有些人多年来费尽心机、一点一滴构建的大厦，可以因一件不经意的事被全然摧毁，片甲不存。即便此人有诸多不是，这种多年成就一朝毁灭的轰然声响，亦令人心惊。

也有令人心痛的事。去年 12 月 11 日，美国 600 亿美元金融诈骗案主角、被判监 150 年的前纳斯达克交易所主席麦道夫的 46 岁儿子麦克，在其纽约住宅内上吊身亡。他举报父亲的罪行后，自己虽未被明确指控，但也倍受调查困扰，独自带着两岁大的小儿子的他，在苦闷中选择了一条不归路。此前一天，他还发了一封电子邮件，向分居的妻子诉说对家人的爱，且委托她照顾孩子。

不知为何，我一直忘不了这个场景，那就是身为两个孩子父亲的麦克自杀身亡，旁边卧室里那个浑然不觉的两岁大的孩子还在呼呼大睡。不知这个孩子日后将如何解读这一幕，也许会像我一样感觉莫名伤悲。一个没有明显过错的父亲因为受自己父亲罪行的牵连而不堪困扰，隐忍地放弃生命，也放弃了父亲这个身份。他的孩子，这一生都得度过"没有父亲的父亲节"了。此后，麦克的遗孀撰写了一部回忆录准备今年底上市，估计极可能大卖。麦克纠结痛苦转身离去的身影，仍是不可避免地被商业化了。

每个人都不是完人，每个人都与这个世界有无穷牵连。很多悲剧不值得同情，譬如说卡恩，无论他的性侵是否事实，他都已跨越了公众人物的道德底线。然而，在法庭外女儿的坚定支持，或可证明卡恩应该是个好父亲。否则，大难临头时，谁愿来分担这份羞耻？

我们需要坚持一些底线与原则，如此人生才可以恒定的姿态长出灿烂的花。与之相应的是，人性太脆弱，谁也不可能是铁板一块。每一个大错特错的人，一定有他可悲可怜的地方，但或也有些许的可取之处。这也许就是美国大片常会引人入胜的一个缘由：英雄也有气短时，坏人偶也讲侠道。不可否认，无论什么人，他的内心深处都有真挚深刻的一份情感在那里，会随风摇曳。

很多人的成败荣辱，常在一念之间。因此，父亲与母亲的角色与担当显得尤为重要。如是，无论你是否认可你的父亲，请在 6 月的第三个周日即 19 日，这个美国人发起的感谢父亲的日子，对他说一句温暖的话，顺便也对母亲说另一句宽心的话——在你看来可能微不足道，于他或她，或许至关重要。因为在这破碎世间，唯有爱可修弥缺点，战胜一切，可以抵达不可能到达的地方，也让我们记得要坚守人生的底线。

2011 年 6 月

性别之误

因文化模式的差异以及体制的局限，让中国人和美国人同时欣赏一个政治人物，并且能长久地欣赏，十分地难；比这更难的，是在两性文化审美格局异化形态下，让男人和女人同样喜欢某个政治人物并能跨越时代价值取向的隔阂。美国前国务卿基辛格则弥合了这两者之间难以逾越的沟隙，成为了"男人和女人的熊掌与鱼"。

基辛格能够"两全其美"，有时势的"风云际会"，有环境的机缘巧合，也与他个人的素养与性格特质息息相关。他温和中庸却不和稀泥的鲜明个性，守住"方寸"而游刃有余的政治智慧，深得中国人的心智认同；作为政治行为艺术的"炒作高手"，他在中美政治与外交场合的纵横捭阖也为其政治魅力大大加分。

当然，对于他笔下的中国，我们还是要辩证看待。每个人都会有自己的局限性，基辛格也不例外。他的所思所感所写，也都会带着浓重的个人色彩。但我们可"姑妄听之"，就当是多了一个从西方人的立场来观察中国的视角。恰如我们回头去看上个世纪费正清笔下的中国。只是与纯粹的学者费正清不同的是，基辛格骨子里还是一个政治人物。他笔下的有些太玄乎的事，若无对证，就当听听八卦就好。

能够赢得男性与女性的共同喜爱的基辛格，确实不简单。社会发展行进在趋向文明耦合的康庄大道上，但男女之间基于男权文化平台上的障碍与偏见却未见质的

《看世界》2011 年 7 月上封面

『看世界』刊首语

消解。不少人会将一些矛盾与竞争简化为性别问题。譬如说当下炒得沸沸扬扬的 IMF 新总裁之争，因为竞选者只余下法国财长拉加德和墨西哥央行行长卡斯滕斯，重要的职位竞争似乎就成了八卦体"一个男人与一个女人的战争"。值得注意的是，拉加德的性别问题不仅被男权社会关注，就是拉加德自己也似乎有点"信心不足"，此前她针对 IMF 前总裁卡恩"性侵嫌疑"问题表态，说还是女性更适合这个职位，因为女性不存在这方面的问题。这就多少有点"语过"的感觉了。

在任何问题上对性别优势的过分强调，都会造成片面性乃至对抗性。何况有些所谓的优势是否真的是优势，实在是一个"权变"的观点。看起来稳操胜券的拉加德如此强调"女性的此种优势"，引起同为女性的我的些微反感。卡恩那样的错之所以是不能犯的，与性别无关，只与社会主流价值以及每个个体的自律底线有关。此间若以性别来强调什么，不小心凸显的是内心深处的"性别歧视"或者说是性别的自我轻视。连拉加德这样才能过人的人都会"口不择言"犯这样的低级错误，普通人情急之下的性别之误也就在所难免了。

其实，性别本无好坏之分。但"这个世界上没有好男人（或好女人）"之类的话语常常会听闻到。这其实是一种文化语境的再现。一旦一个人如此认为，他（她）的身边也许真的就没了"好的异性"。因为其自身的眼光已经被局限，只能看见 "不好"的那一面。而为异性尤其是女性划定某种界限似乎成为"文化表达"的一种时尚。

对每个人来说，比学习知识技能更重要的，是平等宽容的人格锻造。而性别之误其实只是人生很小的障碍。但若连这么小的障碍都不能突破，宏图远景也就无从说起。从基辛格身上我们可以看到自信与宽容的力量：有立场的不偏不倚和坚韧不拔，从来不说绝对的话，让一切事物的可能性慢慢呈现。也正因为他突破了包括性别在内的诸多误解与障碍，这才是基辛格，由此也就赢得跨域际与性别的人的共同欣赏。

不被某种偏见束缚，相对容易；不被任何偏见羁绊，很难；那么，让我们从突破性别之误开始，去锻造一颗平和公允的心：有着犀利的判断力，却不失宽厚。如此，便会于无形中突破许多障碍，获得更高远的人生。

2011 年 7 月

国与家

国家富了，与个人无关？国外的一家媒体近日就此做出了肯定的回答，它特指的是时下部分中国年轻人，因经济生活不尽如人意而发出这样的牢骚。

对此，如果真的相信所有中国年轻人都持有这样的观点，那就大错特错了。个案只能说明个案本身，若无普遍性的客观数据，就不能武断地得出普遍性的结论。何况国外有些媒体对于中国社会现状做出诸种以偏概全的结论，似已成为一种习惯。

国家的繁荣与个人的际遇，自然有着千丝万缕的关联。从一个很微观的事例出发，我们也很容易得出自己的判断。譬如说，目前已有越来越多的国家成为中国的"旅游目的地国"，中国尤其是中国大陆的旅游人群，成为他们竞相争取的对象。越来越多的普通人走出国门，在旅游中亦可体会到国家形象对于个人"待遇"的深层影响。就像在欧洲一些国家，"中国人"已经成为商家热情招揽的顾客群体；在一些东南亚国家，人民币也已悄然通行无阻。如此种种，不一而足。

从宏观的角度与微观的生活而言，国家形象与个体生活，均息息相关。国家富裕了，更如"润物细无声"一般影响着改变着家庭经济状况与个体的生活及精神面貌。譬如说，本期刊物里"百年前华人血染墨西哥"的内容令人扼腕，而当时国人因生存压力或外力作用不得不远渡重洋，其中有不少在海外任人宰割、凄楚无助甚

《看世界》2011 年 7 月下封面

『看世界』刊首语

至连生命被剥夺都无人问津的困境，也正源于彼时祖国的贫弱。而从今年中国从利比亚和日本迅速撤侨的举措，已可见随国家富强而形成的对公民和侨民的保护力及带来的影响力，已不容任何国家小觑。

当然，在和平年代，"先有国后有家"的概念远远不及战争年代那么具有冲击力。本期刊物所做的有关"中国远征军"的话题就是明证。如果不是因为影视作品的钩沉，这支近70年前为了保家卫国而走出国门的军队，可能依然还不为众人所知。

但那种为了国家而牺牲自我的精神一直都在，在异国的丛林里，在幸存的军人们的心里，在关注这支军队的人的文字中，从未失落。一位于今年6月去世的远征军士兵在回忆往事时曾说，"从报考军校的那天起，我的生命就已属于国家"。闻之令人心酸且动容。

这是一句十分朴素的话语，却道出了诸多远征军将士的心声。当时他们面对的复杂环境和艰难险阻，是今天的我们所难以想象的，也是各种相关影视剧难以描摹其万一的。内心没有强大的精神支柱支撑的人，很难在那时巨大的现实困境甚至是生存困境中坚持为国以命相搏。

跨过国境的中国远征军，在艰苦环境中依然屡战屡胜，代价是数以万计的年轻人献出了鲜活的生命。那些战役对于保卫西南中国及促使日本于1945年投降，均起到了或直接或间接的作用。那些曾经度过艰苦卓绝日子的幸存的军人，许多人后来沉寂在生活中，往事日益模糊。期间他们会不会感到有一点委屈？不得而知，但他们沉默而骄傲，这可从每一个幸存者在面对媒体时的言语神态略见一斑。

时光磨灭不了那种为了国家而舍生忘死的情怀，岁月愈加夯实了知情者心底深处的敬意。谁说中国人没有血性？谁说我们只低头关注自己的利益？不，中国人在实际的思量之外，也是最富理想与激情、最具有家园情怀的人。

人需要一点精神，尤其是除了关注自身当下之外的高远一些的精神。这样的人组成的家与国，才有希望拓展灿烂未来，才有可能获得周遭的持久尊敬。让我们超越这平凡的生活，从重拾对卓越精神的敬意开始，从耐心的阅读与真诚的思考开始。

2011 年 7 月

变或不变

"穷则变，变则通，通则久"。此处"变"即创新，已成为诸多语境里的关键词。

"流水不腐，户枢不蠹"。在动与静之间，"动"往往被视为事物的活力泉源。

恰如树上掉落的苹果砸醒了牛顿脑海里的"万有引力"定律，横空出世的苹果手机也砸痛了诺基亚等手机界大佬。苹果手机好像一个童话，唤起了许多人心中的热情，这种遍布地球每一个角落的热情目前有什么可以与之媲美？可能只有《哈利·波特》的书和电影系列。乔布斯和罗琳的异曲同工之处，在于他们重视并开启了人们心中的梦想，并一丝不苟地打造了一个较为立体的抒发途径，让潜伏在人心深处的各种细微梦想可以开花。所以，迷"苹果机"的不仅仅是成年人，迷《哈利·波特》的也不仅仅是孩子们。

在商业社会，谁找到了人心相通的途径，便也找到了点石成金的法宝。变与动，如今对应的是"长袖善舞"。本期文章《诺基亚背水一战》所言说的诺基亚现在面临的挑战，也是曾经在手机领域占据重要席位的爱立信面对过的，后者市场日益萎缩，最后走上了与人合资之路。当年的诺基亚则有点像现在的苹果，由于常变常新而所向披靡，人手一部8810一度成为时尚的象征——如今想来，一部不能拍照的黑白手机居然也要卖2000多元，简直让人笑掉大牙。但科技发展的速度如此之快，人们面对现代生活的现实需求如此之丰富多元，让当时认为不可能的事情一一变成了现实。当年

《看世界》2011年8月上封面

『看世界』刊首语

013

势如破竹的诺基亚，如今也不得不重新思考并追悔莫及：他们提出智能手机的概念还比苹果早一年呢；但当时"变"的成本太高，他们选择了按兵不动。而如今若被动地"变"，成本只会更高。

居安时能否思危，并能在"动"中保持方向正确，是一种难得的智慧。可以说，在商业社会，成功绝非偶然。

但任何事物均有两面，"变动"并非应用在一切方面都好；社会也不只是"商业"元素，在社会的其他层面，未必需要进行太多创新。譬如说本期的话题栏目，所涉及的湖南省中学教育问题，其示范性中学的初中部与高中部的分离规定，就值得商榷。

该省教育部门出台此规定的初衷是好的，主要为了让教育资源与教育机会更公平。但在操作过程中，出现了一些光怪陆离的现象，不少学校的初中部与高中部仍然有事实上的关联甚至是隶属关系，"一校两制"并不鲜见；由于"分校"后初中教育质量参差不齐，有条件的家长选择让孩子"异地上学"，有些重点高中因此面临生源质量普降或缺乏的窘境；也有民间资本趁机与名校合作进入中学教育领域后，逐渐踢掉合作方，一边享受初中阶段义务教育的政策，一边以民办学校灵活的方式不断发展壮大，当然也不忘聘用名校和其他公办学校的老师以保证教学质量等等。家长们与孩子们面临各种经济压力与现实抉择的纠结，虽较普遍却悄无声息，不能不说，在现实面前，他们是弱势群体。

胡适说过，看一个国家的文明程度，第一点就是要看他们如何对待孩子。而初中生一般都还是12-15岁左右的少年，也是国家义务教育普及的人群。如何让他们充分享受到政策的阳光，得到健康健全的人格教育与完善完备的知识教育等等，不仅是政府的义务也是社会的责任。因此，所有与此有关的模式改变，均需慎而又慎，应该广泛征求各方尤其是学校、家长、孩子们的意见和建议再做决定。若无明证印证初中从高中剥离的举措更佳，则需有关方面深思或做出调整。听闻湖南长沙在名校办初中方面已有松动，这未必不是湖南教育部门从善如流的结果。

任何领域的变或不变，从来不是定数。一切都需因地因时因事制宜，才可谈长远发展。

2011年8月

寻不回的敬意

商业社会的疯狂逐利，已经让越来越多的商人丧尽天良。能与之抗衡的，唯有草根们那一点做人的底线，即以道义为基石的民意。先别消极说"这没有用"，到了一定时刻，抽象的民意也颇具威力。

默多克旗下的《世界新闻报》7月份"主动"关门，就是一个证明。这份报纸的辉煌，可谓建立在挖掘丑闻之上。它一直骄傲于这句口号"记录并创造历史"，当然它做到了：长期是英国发行量最大的报纸；多年来因各种不择手段的窃听事件，其部分前主编和编辑前仆后继地卷入调查，有人还锒铛入狱；在历次有关窃听的调查中，该报均涉险过关。终于在今年，它需要为一些超越底线的窃听行为付出全盘皆输的代价。

《看世界》2011 年 8 月下封面

这意味着默多克旗下的一颗摇钱树颓然倒下。但不要以为默多克如此果断是出于"良心不安"。凭借小报起家的他，并不是真的认为窃听有错——别天真地相信他对窃听行为不知情，《世界新闻报》如此持久、大规模、全方位的窃听举措如果是未经默多克事先同意的，那默多克也不可能成为默多克。因此，我们不需要从他的道歉及关闭报馆的行动里找真诚，只需要找原因就好了。

不为别的，是因为他也忌惮民意，这种发自民众内心的力量。窃听名人也就罢了，居然还窃听一些案件的受害者和英军阵亡士兵的家人，此举下作兼冷血，这确实逾越了人们内心的底线。而缔造了一个庞大媒体帝国

『看世界』刊首语

的默多克深谙民众愤怒的力量到底有多强大，故不得不有所"表示"。

早在2006年，他也有过类似的行为。那年11月他叫停了被炒得沸沸扬扬的、当年那个杀妻案主角辛普森即将上市的新书《假如我干了》，同时也叫停了他旗下的电视台对"嫌疑犯"的相关专访——"假如我杀了妻子"。 默多克同时"向受伤的心灵真诚致歉"。同样别以为他想这么干——如果不是受害者家属发起的抗议引起非常大的反响，那本书若面世一定会给默多克带来很大利益。但当时深犯众怒的情形让默多克不得不腰斩了这本书和相应的电视造势。

一切还是为了利益。默多克如今及2006年的道歉，只不过是决定让当前的利益让步于长远的利益，以免失去读者这个衣食父母——如果真有良心的因素在，他就不应该默许窃听行为，不该给逃脱了法律制裁的杀人嫌疑者津津乐道如何杀人的机会等等。老将默多克，不可能为眼前可见的几个铜板，影响他整个航母未来的航向和发展蓝图。

默多克也让我们反思，在挖掘新闻时，媒体的底线在哪里？不可否认，人性深处都藏着"皮袍里的小"，这也是小报新闻大行其道的重要原因。但这不意味着，只要是市场需要的内容，媒体就可不择手段，否则一旦触动了人心底线，就要面对前功尽弃的后果——默多克可能例外，他的媒体帝国如此强大，关闭一两个公司对他来说影响不大，这或也是他为所欲为的底气所在。

但世事难料，强势如默多克如今或也对一个中文成语"世态炎凉"感触颇深。曾经以"别惹默多克"为信条的英国政界，如今纷纷与他拉开距离。一度与他亲密无比的英国首相卡梅伦如今也迅速撇清了关系，貌似开始了沉默观望。订默多克旗下其他报纸的读者也有想退订的，说是出于失望。

默多克及其传媒帝国当然不会倒下，只是失掉了一些尊敬。他不介意么？不，他肯定在意，否则也不会如此慎重对待：包括在老迈之年及时出现在英国的听证会上。赚钱于他，可能已经是一个数字游戏，而钱买不来敬意。他想寻回敬意，却没那么容易，虽然批评他的那些对手未必比他高尚，虽然民意在此中也可能被人利用了。更重要的是，谁都知道他想找回的敬意依然指向——未来的利益。

不可否认，谁都会有无可奈何的时候，默多克也不例外。但种瓜得瓜，无法逃避。

2011年8月

尊重有多贵重？

人生不易。有许多挫折必须要经受，有不少委屈一定要隐忍。较之关注自我的这些得失，更不易的是对他人和社会的"同理心"，这也就是我们中国人常说的"己所不欲，勿施于人"。

本期话题"隐暴力"，指的就是一种欲说还休的"不尊重"。适度的监督是任何社会安全保障的法宝，但一旦超越界限就如画虎类犬，令人尴尬、进退两难。除了诸篇文中种种，还有一些匪夷所思的事，如美国一些机场以"反恐"为旗号进行机场安检的"全身扫描"，使一些乘客在大庭广众之下也感觉"一丝不挂"，十分不爽。但国家机器如此强大，反恐的口号如此洪亮，美国人又不能不坐飞机，所以绝大多数人只能哑忍算数。

总的说来，摄像头、监听器等设备以及网络搜索的技术本无过错，用来做什么以及如何运用，才是关键。就像狗仔队之于明星，他势如破竹地追逐有关明星的一切蛛丝马迹，完全不管对方的喜怒隐私，甚至有香港狗仔在明星的住所对面架设高科技录像设备，令明星的一举一动完全无所遁形。许多香港明星迁居内地后，都表现出长舒一口气的轻松感。不久前，并非特别有名的港星胡杏儿也中招，被拍到在绯闻男友家穿睡衣行走。更雷人的是男方，他以为在自家够安全而未着衫，结果很被动地"全裸出镜"。可能不会有人去问那个神气的拍摄者：你是否愿意被别人这么偷拍？

答案肯定是"不"。而这也说明了有些人在日常生活中常有的一个双重标准：如果不牵涉到自身，很多事都是"可以有的"；反之则是"不可以有的"。故要让狗仔队后悔唯有一条道，那就是将他打造成明星，让他也尝尝24小时被贴身窥视的感觉有多么无可奈何。也就是说，别指望他内疚，除非他学会"尊重"二字。

现在的问题是，社会的有些层面好像在"狗仔队"化。无论你位于何处、在做什么、与谁在一起、发了什么讯、打了什么电话、房子在哪里甚至于是结婚了还是离婚了等等，都已很难再是什么隐私。只要有人起心，你就很难逃脱"你在明处，人在暗处"的被打扰被隐性"侵略"的遭遇。连"你是否想听（看）别人的电话和短讯"的广告，也已遍地开花。谁的手机没收到过这样的短信，只有两种可能：新买的手机或屏幕坏了。在这样一个"隐暴力"无孔不入的时代，稍有点名气的人要说自己从未牵涉其中也基本上只是一句美丽的口号。

还有网络中的"人肉搜索"。铁道部的前新闻发言人王勇平也因言开罪了网友，其儿女孙辈貌似都曾被"人肉"了出来。王勇平确实在7月份的动车追尾事故的相关回应中，表现有欠妥的地方，但他的家人何过之有？尽管最终的搜索结果未获确认，但这种方式本身有待商榷。在一些模糊地带，相当多的"人肉搜索"案例在某种程度上让一些不正当行为无所遁形，这在一些个案上实现了正义，也让一些网民大为解气。但"人肉搜索"此种方式实质上有点像中国古代刑法的连坐制度，一人得罪，九族同诛。本质上令人感觉恐怖：无论你多无辜，都有可能被牵连其中。

《看世界》2011年9月下封面

尊重有多贵重？它比这个世间最稀有的金属还贵重。它让我们将心比心，从道德与自律的层面去把握言行的尺度。若能事事都从"同理心"的角度考量，"隐暴力"将不再成为"暴力"，只需起到其合宜的监督作用即可。但这似乎仍属"路漫漫兮其修远"，需假以时日。

尊重有多贵重？它与感恩的心一样，可以创造奇迹。

2011年9月

担当的勇气

"每当关闭一所学校，就得开设一座监狱"，同一天，遇见两个人与我说这一句话。马克·吐温此语尽管有些夸张，却也值得深思。他想强调的是教育的重要性，以及贸然关闭学校可能带来的潜在恶果。不说你也知道，这句话如今被"广泛"用于北京关闭近 30 所民办学校一事上，根据媒体报道，有万余民工子弟因此面临在京无书可读的境地。

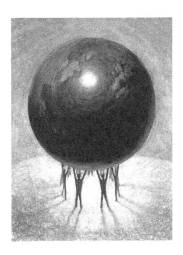

我并不赞同激烈指责北京有关部门的举措，想来人人都有难念的经。只是看到那些家长悲伤的表情以及无助的言语"我们也对北京做了贡献"等，心内恻然。人生不易，民工们一边打工一边将孩子带在身边接受教育，过程本已纠结，如今忽然面临更艰难的选择，他们及他们的孩子将何去何从？如果事情没有太大转机，估计相当多的孩子会回到农村的爷爷奶奶和外公外婆或其他亲戚那里，接着读书或也有少数人会失学。纯粹为了陪伴孩子的成长而选择返乡的打工者，估计少而又少——非不为也，实不能也。用广东话说，搵食艰难，他们怎可轻易放弃饭碗生计？如此，那些不得不返乡的孩子除了需要面对环境的骤变外，还要接受与父母的"生别离"，这对他们的成长会造成怎样的影响，谁也不能预料。我有的也只是一个成年人的担忧，深远绵长却也无可奈何。令人欣慰的是，北京已有一个区开始为民工子弟建立或指定正规的学校就读。

记得许多年前，曾经有一个记者拍摄了一张"大眼睛"

的新闻照片，画面中小女孩渴望求学的眼神感动了包括我在内的无数人。而像她那么好学的农村孩子其实很多。刚当记者的时候，我曾参加 1998 年江西抗洪报道，在一个搭建着临时帐篷的大堤上，看到一些衣着破旧的孩子在临时教室里读书；在简陋的难以遮挡风大雨的帐篷里，他们岿然端坐，那清脆的读书声，至今仍荡漾在心间。在困窘的环境中，精神的力量可以超越其他。梁启超曾言，"少年智则国智，少年富则国富，少年强则国强……少年胜于欧洲，则国胜于欧洲，少年雄于地球，则国雄于地球。"如此，无论通过怎样的努力，让孩子们有书可读，拥有健康向上的心智成长环境，是我们每个社会人的责任。

是的，每个健康的成年人应担负起"社会责任"。有着美国"股神"之称的沃伦·巴菲特 8 月 15 日说，美国政府应向包括他本人在内的超级富翁增税。"金融大鳄"乔治·索罗斯随后表示支持。说实话，我个人对这两人一直无好感，曾经还写过一篇《千万别信巴菲特》的评论文章，事实也证明当时"不信"巴菲特关于投资股市的言论是正确的。但在"喊政府向富豪加税"的事情上，除了政治因素外，我还是愿意去相信巴菲特的话带着抒发内心责任的因素。

在责任感问题上，美国政府则"相形见绌"。上月标普下调美国主权评级虽在意料之外，细想却也在情理之中。需要警惕的是，尽管随着 8 月份美国国会两院通过提高债务上限议案，使得美债危机勉强过关，但美国政府的债务压力仍在"滚雪球"，而上半年美国经济增速仅为 0.8%，远远低于正常复苏水平，经济增长明显乏力。因此，我们很难说美债危机日后不会转化为美元危机。而以美国一贯的利己主义作派，将怎么应对？几乎可以肯定，它会将责任的球踢给"全球"。

我很佩服的一个人，从纳粹的奥斯维辛集中营劫后余生的思想者维克多·弗兰克曾如此说道：面对生命的扣问，只有以"担当"来答复；因此，"能够负责"是人类存在最重要的本质。深以为然。一个人、一个家庭、一个社会、一个国家都有着自己该负和能负的责任，唯有勇于担当，方可赢得尊敬。

《看世界》2011 年 9 月上封面

让时光沉淀

　　一所学校，用 32 年的时间培养出了 200 多个学生，是多还是少？从常规的眼光来看，确实不算多，但对于日本的松下政经塾来说，可谓恰到好处：这 200 多个学生中，出现了不少栋梁之材。这当然包括日本新任首相野田佳彦，也正是他，让松下政经塾再度成为热点话题。

　　这是一个带着一点理想主义情结的"私塾"。松下电器的创始人松下幸之助斥资 3 亿美元创办了这个特别的学校，目的是要培养"具有指导者所具有的优越的感性以及坚强的精神力，认真的学习态度与谦虚的姿态"的未来国家建设者。因此，每年仅招收不到 10 个学生的松下政经塾，一年的日常预算也达 3 亿日元。

　　从容的时光将一批批年轻人雕琢成材。雄厚的资金、严格的管理、半军事化的训练、自悟的学习方式等等，除了最后一条，松下政经塾看似没有太多过人之处，而最后一条自悟也有点类似中国古代禅宗的修道方式。

《看世界》2011 年 10 月上封面

但正是这些"平常禅",锻造了日本政坛的许多优秀人物。谜底在于,一个怀有理想主义的学校,只招收目光高远且脚踏实地的学生,这些精神的力量经过时光的沉淀之后,自然会熠熠生辉。所以,地球上有不少资金更雄厚管理更严格的学校,却只有一个"这样的"松下政经塾。它永远不可能太耀眼,但只要存在就会静静闪亮;它也不具备推而广之的前提,因为缓慢而坚定就是它的方向,不可能实现"批量生产"。

诸事不必匆忙,时光自会给出答案。美国的"名人堂"亦是如此。譬如说,球员退役 5 年后方获得提交申请的资格,因为"5 年是一个沉淀期"。是的,退役 5 年后,这个球员复出的可能性已极小,其真正的价值与分量基本上也已超脱了曾有的热闹与光环,得到真实呈现。

也正因为时光有力量,对于我们普通民众来说,有时只需抱定"你且看它"的姿势。譬如说渤海溢油事件,康菲公司的公关人员在接受央视采访时说"就是骗你的",其嚣张态度令人惊诧莫名。这种态度或许也与其"犯错成本低"有关。相对于整个溢油事件带来的巨大损失与环境破坏(截至 9 月中旬,溢油事故累计造成 5500 多平方公里海水污染),康菲公司所受到的处罚可谓轻而又轻。用扇子打豹子,用再大力也是徒然;若换成榔头,效果肯定就不一样了。若我们能如西方国家那样对同类事件罚巨款, 康菲一定不会如此"牛"。若想防患于未然,我们也应在相关的法律法规方面"与国际接轨"。假以时日,一切可能会不一样。而即便外在环境暂时变化不大,一个出尔反尔、缺乏责任感的公司能走多远,已经有了很多现成的答案。康菲可以牛到几时,我们且拭目以待。

很多事都不是当事人想怎样便能怎样的。譬如说美国夸大中国实力与军力,已非一天两天了。美国为自身或盟友们树立一个"假想敌"当然有其全球布局的考虑,而有些国家反应过敏也不是什么大不了的事。中国不会因为有人夸变得更强大,也不会因人贬而损伤丝毫。既然如此,在众说纷纭时保持冷静即可,同时也要保持淡然和宽容的态度,不必事事紧张或回应。所谓的大国心态,就是坚守自身的立场,不必过于理会无谓的纷争。让时光沉淀,偶尔的沉默也蕴藏力量。

时光是最好的魔术师,方向正确再假以时日,没有什么是不可能的。

2011 年月 10 月

少年当行万里路

不久前参加《羊城地铁报》5周年庆典，遇见不少故人。至少有4个人说，啊，你怎么这么快乐？我有些迷惑，是什么让他们有这样的感觉？他们都没有看出来么，如今的我忙碌到连睡觉的时间都要掐算着才行。

如果说有什么让我超脱的，那就是常会抬头看天。有时候是晚上躺在阳台上看满天的星光，更多的是白天奔波疲累的时候抬头望一眼高远的蓝天，若恰见树叶摇曳，透过那些阳光的缝隙去看天，更觉疏朗别致。即便只是片刻，那时亦可感觉人生于世的渺小。人所能遇到的不平不快事，忽然间都会觉得不值一提。以出世之心，做入世之事，或许就是这种瞬间的感觉吧：全力以赴去做事，同时心底知晓在天地之间，所有努力都如沧海一粟，不必过于在意寻求回报。

《看世界》2011年10月下封面

这种生活态度，应与我20岁左右时丰富的旅游经历相关。那时兜里没有多少钱，却勇于背着包就上路，寒暑假经常行走在路上。每到一个新的地方，都会去当地的书店转转，若买的书多，便邮寄回去。"读万卷书，行万里路"，不知不觉浸润在日常生活中。从此，虽深知自我的平凡之处，亦保有了对生活的热忱与担当，遇事常得自在，不惊不怵。

因此，我十分赞同台湾地区一些大学的教育之道：让学生从活动甚至是生活本身中学习。本期的"去台湾读大学"组稿中的《社团，台湾高校必修课》说的就是参加社团对于在台湾读大学的学子的重要性，而野营、游学、跨国实习等等也是这些学子所要面对的选择。在缤纷的历炼中，考试成绩不一定好于大陆生的台湾大学生，往往在一些实际能力上胜出许多。而见识与心胸常会决定人生的格局。

当然，我们也不要因此迷信台湾大学的教育体系。况且每年数千名的招生规模对于基数较大的大陆高中生来说，不可能将台湾高校当作投考的主流。只是说台湾此种教育方式，值得引起大陆教育界人士的思考。所有的书本知识终究会在漫长的岁月中消失无形，能给一个人的一生起到指引作用的，往往是融会了知识与智慧的实践锻炼，以及这种经历所打造的底蕴与才能。

教育问题关乎每个受教育者的前途，而许许多多个体的前途，便很可能以"合抱之木生于微末，九层之台起于累土"的力量影响一个国家的未来。不知不觉间，《看世界》近期做了不少与教育相关的话题："8月上"的《中学生源争夺战》、"10月上"的《松下政经塾》以及 "10月下"即本期的《去台湾读大学》等等。从这几个专题我们可以看出，无论是中学教育、大学教育还是日本政经塾那种培养政治家的特别教育，若想打造优秀人才，均必须注重"立体式培养"，即要锻造学生的健全心智、独立人格，也要注意强身健体；不仅要搭造丰富全面的知识结构，也要尽量让学生在包括旅游、社交等实践中开阔眼界，去看更高更远更精彩的世界。

读万卷书与行万里路，从来都不是一对矛盾体。对于拓展人生的可能性而言，它们的作用不可替代。若时机得当，家庭与学校都应该创造机会让少年们"行万里路"——学校不应该只组织家庭富裕孩子的跨国游学等，更要组织一些更朴素的不花钱或少花钱的亲近自然的远足活动或其他活动等。

少年时代奠定人一生的气象。因此，我们成年人要创造条件让少年人多去"看世界"，以培养志向高远且脚踏实地的一代人。若能如此，个人幸甚，国家幸甚。

2011年10月

谁可例外

指责人心冷漠是多么省心的事，自己可以占据道德制高点，且将坏结果的缘由归结得明确简单。

但在上月佛山女童小悦悦被两车碾过致亡一事上，一切都没有那么简单。针对当时路过者10余人无人施救等情况，在出事几天后《佛山日报》头条新闻的标题是"这一天，他们令佛山蒙羞"。舆论几乎也一边倒地谴责肇事司机与这些路人。而那位当时救下小悦悦的捡垃圾的阿婆随后却被个别人指责为"想借此出名"。这一切都令人震惊。

铺天盖地的关于"人心冷漠"的指责之声，却未必到位。不必强调这是发生在佛山的事，不必细数有多少个路人熟视无睹，更不必将此事上纲上线到道德沦丧的地步。已经不是第一次，路人旁观悲剧的发生，如果"冷漠"外化为一种不约而同的集体性的行为，那其原因何在？这是一句谴责就可以了事的么？

包括父母在内的监护人对两岁的幼儿看管失职、外来工子女缺少安全的托养机构与活动场所、社会上做好事反惹麻烦甚至赔款的事例、"各人自扫门前雪"的处世方式、人与人之间的隔阂与不信任等等，共同构建了形形色色的"冷漠"。而那些路人，很难说其中一定没有你。

当许多成年人表现出这种"集体冷漠"的时候，一些见义勇为事例的主角换成了少年人。令人五味杂陈的

《看世界》2011 年 11 月上封面

是，不久前有一个 13 岁少年因在公交车上制止了小偷，甫一下车即遭报复性毒打，一车人静静旁观，当血流满面的他去旁边店铺欲借电话也遭拒。你能说，这个少年长大后不会成为小悦悦事件中的路人？

是的，你我谁也不能例外。指责的声音强劲，并不会让声音的主人显得更崇高超脱。也许你的孩子也会乱跑到马路中央，或我们自己也会在某一刻避让不及；也许你也会是某个路人甲，遇到当机立断"救还是不救"的时刻；当然你也很可能是那个婆婆，救人只是出于下意识的本能，并没有什么弯弯绕，即便被质疑了也可以坦荡地说：我干我的活有什么可怕的。

很多时候，善良与正义不过一转念间的举手之劳，平常却灿烂。广州市见义勇为基金会理事长刘继生先生就一些事例曾说，为善良作证也是见义勇为。

确实如此。如果善良与义举得到有效鼓励，如果做好事不会有后顾之忧，如果我们的媒体及相关机构都能有意识地去培育人与人之间的互信，而不是一味的指责，相信有些坚冰会渐渐融化。一切都需诚心诚意地假以时日。

总而言之，在一些永恒的命题上谁也不能例外。譬如说爱，谁都爱自己的家人及孩子，但若能"幼吾幼以及人之幼"，即以同理心去面对需要保护与救助的所有孩子，佛山小悦悦的悲剧就不会上演；譬如说生死，优秀强大如乔布斯，也不能在癌症与死亡前获得豁免，本期关于"硅谷宅男"的文章也是想提醒技术专业人士及或优秀或平凡的所有人，事业与梦想固然重要，爱惜身体、保持健康更需上心。

能够深刻打动我们的事几乎都不能追溯，结果猝然到来时万千感叹已无济于事。人生的诸多挑战蕴藏着叩动心弦的多样性，以悲悯之心关怀人性人心，有时用心而非单用脑去感悟与思考问题，显得尤为重要。

2011 年 11 月

乔布斯的心理黑洞

　　"不惹眼，不闹腾，也不勉强自己，做一个落后于时代的人，凝视人心"，这是日本著名词作者阿久悠的一句话。

　　此语触动我心，闪念想起的却是史蒂夫·乔布斯。除了"凝视人心"这四个字外，我觉得他其实是这句话的"反义词"。他一生那么闹腾，辞世几个月后依然是这个世界的焦点人物，他的苹果手机与电脑，他的传记，依然让人们自觉地挥洒银两。

　　尤其是全球同步上市的《史蒂夫·乔布斯传》，让不同的人得到不同的结论。我的一位开公关公司的朋友说，她从中读到乔布斯的公关与宣传之道。相信还有许多人读到了自己想要读到的内容。

　　我也喜欢乔布斯。尽管他自私乖戾反复无常，但他是天才，哪个天才不是与众不同的呢？更重要的是，他内心深处有着羞怯的善良，只是通过喜怒无常的方式体现出来。还有，他这么一个自我中心的人，终其一生都十分维护自己的养父母尤其是养父，他最大一笔个人财产的赠与好像也是给了养父。他矛盾纠结、刻薄寡恩，却又如此情深义重。

　　这其实反证了他内心的黑洞：亲生父母抛弃了襁褓中的他，他对养父母的感恩也透着浓浓的忧伤。从少年时起，无论养父母多么疼爱他，多么宽容他的叛逆，包括养父理直气壮地与其中学老师说：孩子没有问题，如

《看世界》2011 年 12 月上封面

果他学不好是老师的问题（大意）等等，所有这些都填不满他的黑洞。他甚至会因自己过于超卓的聪明无所适从，这让他强烈地意识到自己是一个弃儿，连基因都与养父母迥异。

于是，他将奋斗的目标定为要去"改变世界"，而这样做的终极目的是为了让亲生父母后悔：为何要遗弃一个这样优秀的孩子。因此，乔布斯很多时候都像一个与风车战斗的唐·吉诃德，不断地透支自己，用尽全力去追求完美。是的，他得到了普通人难以企及的声名、地位与财富，却因积劳成疾致健康受损，最终失去了生命。直到离世，他都不肯见亲生父亲一面，而对方并未有任何回应。如此一来，乔布斯穷尽一生之力得到的荣誉，也许并未换得生父的悔意——当时遗弃孩子确有现实缘由，不能全怪生父母，可乔布斯一生都没能从这个黑洞中走出来。即便是在得到了较美满的婚姻后，关于身世的心理黑洞也依然在他心底。

万千荣华，依然抵不上父母最初的拥抱和接纳。从乔布斯的故事里，我如此深切地明白，父母的遗弃，会给孩子的一生带来多大的伤害。不要以为孩子小不懂事，生命会有自己的问答。前一段时间那个曾获得残奥会冠军的男孩发出寻找亲生父母的呼吁，他说了一句催人泪下的话："我想找到父母，用金牌换得看一眼也好。"他最终梦圆。而乔布斯，终其一生的奋斗本也是为了换得一句"后悔"，但岁月太久长，最后他也似乎忘了想要得到的是爱，便用决绝的恨意去隔绝了与生父见面的念头——内心深处，他其实还在等着那个拥抱。

看来，成功未必那么动人。如果我是乔布斯的母亲，我宁愿这个世界没有iPhone 和 iPad，宁愿他普通一点，平庸一点，却能在人生里多一些温暖和幸福。从另一个角度来看，所有为人父母者，也都要重新思考一个问题：成功是什么，需要孩子以长久的孤独与忧伤为代价去换取么？若如此，或许也是另一种意义上的抛弃。无论怎样，我们都不应再制造心理黑洞。因此，那个说是用严格体罚方式将三个孩子"打"入北大的"狼爸"以及美国那个以严厉著称的"虎妈"，他们在灿烂光环下制造的黑洞，或许只有孩子自己知晓。幸福多么虚幻，不过一种感觉，但它是多么重要的感觉，直接关系到人生于世的意义。如是，能做一个温暖幸福的普通人，其实也挺不错。

2011 年 12 月

总统的新装

在"赢家通吃"的时代，强势的美国成为全球关注的焦点一点也不奇怪。与世界许多国家一样，中国有不少大学设置了与美国相关的专业，譬如说美国历史、美国外交、美国文学等等，细数起来，研究"美国学"的学生和老师可以构成一支庞大的队伍。不论你喜不喜欢这些专业，也不论你喜不喜欢美国，这些研究者就生活在我们中间。而我，在校时恰也读过这类专业。或许"因为了解，所以清醒"，反而对美国的期望值相对没那么高。

记得第一次去美国的时候，站在著名的纽约第五大道上，心里有些许失落。原来，众口相传里一个那么繁华鼎盛的地界，也不过如此而已，不能给人一丁点的惊艳之感。可不是吗？在我们中国稍大一些的城市，繁华已是司空见惯；美国要惊到一个中国人，已经没那么容易。当时我还想，要是美国总统迎面走来，也同样惊不倒我的淡定。人都是人，无论位置有多高，他还是一个人嘛。

好吧，我们若将美国比作一个人，TA 会是什么模样？或许，TA 应该是男性形象的他，而且是男性里带着浓厚的大男子主义色彩的那种，霸气外露、自我中心、顺我者昌逆我者亡等等；当然，他也有温情细腻的一面——人性本就是复杂的嘛，又不是将他比成一尾鱼。

总体而言，十分强势的美国国家形象，使得在可以预计的未来，美国总统也很难是女性。君不见 2008 年

《看世界》2011 年 12 月下封面

『看世界』刊首语

大选时，形势一片大好的希拉里，稀里哗啦就败在了当时名不见经传的奥巴马的手下，种种缘由似乎都带有微妙的性别因素。曾经实行黑奴制的美国，经历内战之后一百多年艰难的观念转化，上上下下终可接受一名黑人总统，而何时能接受一位女性总统，仍需假以时日。

其实，美国总统是男是女是黑是白，是奥巴马是罗姆尼还是佩里等，都不会有本质区别。美国总统看起来权力无边，实际上已日益近于一个符号。可以说，你看到的美国总统并不是"他"。美国人或"总统锻造者"们习惯用一种英雄主义情结去打造总统形象——大多数美国电影里的总统，都有着恍如超人的能量，且都是心忧天下的圣人，在保家卫国、拯救世界的同时，他还对妻儿、邻里有着拳拳爱心，可谓"竹节梅风、剑胆琴心"，真是"天上有地上无"。不管你信不信，反正我是不信。依照我个人不算全面的观察，若光环褪去，美国现任总统奥巴马很可能只是一个有点抱负、有点虚荣的奋斗男，当然，是一个毋庸置疑的成功的奋斗男。

政治博弈与利益集团的操控，使得美国总统已经成为"三权分立"体制下最受局限的一极——总统只有一个人，相对比较容易掌控。譬如说奥巴马在美国次贷危机中谴责华尔街的高管们在危难时仍拿高薪，但当国家救助款相当大的一部分以分红方式进入金融高管们的腰包时，他一点辙都没有，甚至都无奈地省略了自圆其说的托辞。

2012年美国总统的选战已经拉开序幕。富翁罗姆尼再度"操刀上阵"，在"相信美国"竞选纲领的蛊惑下，"承诺一个更小、更聪明、更有效率的政府"成了罗姆尼的竞选口号。但华丽的辞藻之下，一切都不会有本质改变。美国总统，已注定只可在划定的水域内游弋。汉密尔顿等人著述的《联邦党人文集》所映照的那个政治家辈出的时代已经远去，工业化时代的美国政坛只批量生产政客，他们恰如《安徒生童话》里的那个皇帝，穿不穿衣服或穿什么衣服，都是那个人，不过是利益集团的"提线木偶"。

2011年12月

事缓则圆

不论期盼或是忐忑，传说中的 2012 终于到来。亲，见字快乐。

我也快乐，虽然还有点晕。因可致人上吐下泻的轮状病毒汹涌来袭，我不幸中招，且是很严重的那一个。据说成年人感染这个病毒一般只发一天，我却连续斗争了四天多。工作也依然如轮，不可稍加懈怠。其间辛苦压力，双双加倍。以"淡定姐"著称的我仍然未动声色，但让家人不满的是，为何不去医院吊针？唔，我不会去，除非是连续几天爬不起来，或是有性命之忧。轮状病毒显然没那么严重吧。我个人以为，有时候小病想要好得太快，就易于被医院和药物等外在因素控制，有些人一感冒就不得不输液，就是形成了"习惯性依赖"，从此欲罢不能。而事实不也证明了嘛，如我这样靠自身抵抗力去慢慢恢复的人，虽然好得慢些，最终不也好端端地坐在这里写刊首语了？

诸事皆如此，都会有个水到渠成的结果；保持乐观向上的心即可，不必事事过于用力。

譬如说孩童。2011 年 12 月有一个小美女诞生了，我知道她长大了会甜甜地叫我姑姑。握着她的小手心里美得不行，多希望她与我家的小虎子及天下所有的幼儿一样，慢慢地长大，一点一滴地去观察与了解这个世界的美好与不美好，就像树苗一样自在生长，假以时日便会悠然挺拔，不需要旁人哪怕是父母给他们作太多决断。

《看世界》2012 年 1 月上封面

是的，时光知道答案，也知道每个人自然的模样，我们只需温暖去爱、耐心等待。那些着急地鞭策幼童学好考好的虎妈和狼爸，或许可以培养出名牌大学生，却一定难以帮助孩子们构建一片快乐自足的天地，也不会知晓有些所谓的成功是以多重的忧伤为代价。人往往要到多年以后，才知道什么最重要，而有的功课只要缺席了就无法弥补，那就是父母与孩子之间及时从容淡定的爱。

譬如说奋斗。大街上人来人往，那些匆匆的步伐多数在奔向成功。可多少人瞄准了目标奋力扑上去，却很可能发现自己不过是玻璃窗上的那个蝇，前途看来光明，可就是无法突破。很多人将时间和力气放在了扑腾上，只有少数的人，选择了调整方向，用一点时间去思考和沉淀，去了解有些机会必须放弃。因为不那么急功近利，人便可得从容放松，事情的转机和弹性，便可能在不经意间到来。

譬如说矛盾。当双方相持不下的时候，先示弱的一方很可能不是真正的弱者。那个广为人知的事例，清代文华殿大学士张英因家人来信告邻居侵宅，他回了一首诗："一纸书来只为墙，让他三尺又何妨。长城万里今犹在，不见当年秦始皇。"邻居闻言便也退让三尺，如今"六尺巷"仍在桐城传为美谈。可见，任何事哪怕是纠纷中都蕴涵着美好的因子，需要当事人的宽谅与慧眼，去实践"事缓则圆"。而如今有很多"聪明人"，不过是将他人的智慧当成了软弱。

譬如说人生。人一生漫长又短促，只看你如何界定。为了一些小事小利去纠结忙碌，最终可能错过盛大的美景。不如慢下来，学习了解自己，聆听内在的声音，温和坚定地确定未来的方向。终有一天，你可达成内心的强大明净，那便是悠长岁月细细打磨时附赠的光亮。

许多时候就是这样，态度决定了方向。时光那么柔软又迅捷，总是让我们找不到来路。好吧，那我们安安心心，在这众说纷纭的 2012，做个从容淡定、宽厚慈悲的人，不要着急在一起或说分手，不要太过匆匆赶路或停步，不要用恶意去面对心怀不满的人，不要为了利益而模糊了自己的面容，不要呵斥不敢回嘴的人，不要将怒火那么快地喷射出来而是要冷藏在心里至少 10 秒钟……当冲动的魔鬼到来之前，轻轻对自己说一句"事缓则圆"。

谨以此文，问候亲爱的读者，迎接我们共同的新年。愿大家圆满盈通，心想事成。

2012 年 1 月

无法忘却

一个14岁的女孩，小心翼翼地抱着一台台式电脑，非常吃力地走在城市的大街上，就这样熬了约四公里。快到家的时候，遇见一个乞讨的老婆婆，她费劲地将电脑放到地上，从衣兜里掏出一块钱，给了她。她身上一共有两块钱，是刚才给她这台旧电脑的姑姑让她坐公交车用的。为了省下一块钱车费，她选择了如来时一样的方式，走路。最终却将这一块钱给了出去。

这是真人真事。当年听外婆不经意讲述这件事的时候，心里一动。从此无法忘怀这个场景。我见过这个女孩，她十分漂亮，也十分朴素。如今的她靠着勤工俭学，即将从大学毕业。

还有一个有关"走路"的故事。广东某市的公交车普遍从一元提升至二元甚至三元的时候，该市消委会接到了投诉电话。原来是刚调价的相当长一段时间，学生们没有任何折扣，得掏如成年人一样的钱；有些低收入家长抱怨，公交车费太贵了，孩子坐不起。于是，真的有路途较远的中学生走路上学，他们得很早起床，不断地走啊走去学校；放学后又得抓紧时间赶路回家。我从此常会想起，在微亮的清晨，当我们还在酣睡之时，是否已经有孩子爬起来赶路，心里便有些难过。

很难想像吧，大都市中居然还有人坐不起公交车，而这些人里不乏前文提及的少女，坚韧独立自强且仁爱，令人钦佩又心酸。

『看世界』刊首语

因此种种，我非常支持信孚教育集团董事长信力建所提出的建议，在有条件的城市，在校青少年是否也应该如长者一样全部免费搭乘公交车？若能如此，或也可部分解决校车问题。

青少年的坚强有时更令人起敬。很久以前，我在香港一家电视台看过一个21岁英国女孩的故事，她的面容如10岁左右的小女孩，声音也稚嫩。原来她从父母的基因里遗传了一种至今不能治愈的病，每天皮肤纷纷脱落，一点点小碰撞或小动作也会让各处皮肤大面积磨损；由于皮肤掉落，她的手指脚趾都长到了一起，萎缩成小拳头的样子。几乎每天，她都要面对非常痛楚的换绷带、上药的2至4小时，在平静坚定的容颜后，处处鲜血淋漓。由于每天吸收的营养都"用于"身体的复原，她也不能长高长大。

但她不放弃这艰难的生命。这个21岁的小姑娘，为了坚持最爱的舞蹈，克服没有手指可以伸展、必须穿得厚实以防止受伤等困难，每天跟着老师和同伴欢快地跃动。她还开了网站，安慰全世界同病相怜的人，因得这种不治之症的人，往往活不过十几岁，她自己已是奇迹。她还每天为同病者写诗，已经出版了几本诗集。在一首诗里，她如此写道：

感谢你 / 让我参加舞蹈 / 这灵魂的舞蹈 / 令人迷醉

一直到现在，我仍清晰地记得她乐观的容颜。遇到困难时想起她，就会对自己说，我们要坚强，为了灵魂的美，为了勇者的无畏。无论面对怎样的逆流，都要闪光，自己的光。哪怕这逆流永无止息。

谨以此文，向所有读者拜年。《看世界》与你们同在，这本杂志向上的精神永远不会变，让我们共享人生盛宴，创建更美好的生活。

在新的一年，我们也作出承诺，愿意为公益事业出一分力。或许我们可以从公益广告，尤其是有关学生的公益广告做起，其他形式亦不拘。欢迎各方通过各种方式联系我们。

2012 年 月 1 月

《看世界》2012 年 1 月下封面

雅子的华袍

"在我身上既有传统，也有新生事物，我的目标是把优良的传统与新时代的挑战巧妙地结合在一起。"初为皇太子妃时，小和田雅子曾兴致勃勃地描述自己对于未来生活的憧憬。但这点亮色，极快就归于黯淡。

如果日本皇室也有爱情童话，皇太子浩宫与太子妃雅子就是其中的一对主角。无论外界怎么施压，浩宫一直坚定地维护着自己的妻子。但现在传言甚嚣尘上，日本宫内厅正在谋划让皇太子与太子妃离婚。希望这个说法，只是谣传。

雅子已经不再是当年那个骄傲地拒绝皇太子多年追求的美丽女孩子，也不再是那个才华横溢、挥洒自如的女外交官了，她甚至已经不被一些人视为正常的女性，而是患有严重抑郁症的48岁的中年病人。青春、美貌、才情、自信，一切都消失得几乎无影无踪。日本媒体对她，也从最初的兴奋期待，慢慢变成了冷言冷语。她注重自我的方式，对皇室规矩的怠慢，常常被人认为不识大体。她站在舆论的风口浪尖，却已不再是当年那个强大的自己。

我很同情她。张爱玲曾说，生命是一袭华美的袍，上面爬满了虱子。于雅子，耀眼的青春和初嫁时的憧憬，都是"华美的袍"，此后多年的隐忍忧郁、形同木偶，恰如后者。

是什么改变了她？应该说，她年轻时灵动自信的气质，本与严谨的皇室规矩格格不入。日本皇宫是我见过的最朴素的一个宫殿，看起来是一片很不起眼的低矮的灰灰的房子；周围空地是成片的沙子和小石子，踩起来吱吱作响，据说，那是幕府时代留下的"传统"，一旦有人侵袭皇宫，也不得不经过这片沙石地并弄出些响动来。日本人的性格特点，或可从其皇宫得窥一斑。而接受了全面西方教育的雅子，要融入那片无声的灰色，需要悠长的时光。

日本宫内厅严苛的管制，或是雅子难以融入宫廷生活的直接因素。宫内厅负责"管理"皇室成员每天的起居言行并设计他们的人生。譬如说，秋筱宫和纪子年轻时也曾"不更事"，请朋友到家里吃了餐烤肉，也被宫内厅官员"斥责"。如今深得民望的美智子皇后，年轻时因"平民出身"，也曾面临巨大压力，数度失声。在传说中，时为皇太子的明仁也曾为此哭泣，因为他不能保护自己的妻子。如今的皇太子浩宫，不也曾在记者招待会上"揭露"宫内厅对于雅子的苛责么？

此外还有数不清的规矩，譬如说被称为"神族"的日本皇室成员，不得有身份证、护照、户籍等，相互间还得说一般人听不懂的古日本语等等。如此种种，给曾经特立独行的雅子带来重重压力，却难有疏解途径。

且从容些，曾经自信的雅子找回往日的自己需要时间。相信谁也不希望因爱结合的一对夫妻仳离，尤其是像浩宫和雅子这样曾历经考验，一直相濡以沫的夫妻。但根据一项调查，有六成日本人赞成雅子与皇太子离婚，这样，精通5国语言的她就可以去国外"过一种宁静的生活"。投赞成票者可能有不少出于善意，可宁静二字哪有那么简单。还好，浩宫和雅子其实足够坚强。尽管浩宫现在面对的是秋筱宫等人直接或间接的逼宫，甚至有声音表示雅子将难胜任未来的皇后之位，但只要这对夫妻一直能保有最初的坚韧与互爱，能坚持他们特有的责任感，那么所有的困难都会迎刃而解，恰如中国的一句古语所言"二人同心，其利断金"。相信终有一天，雅子的华袍会熠熠生辉。

人生需要童话，希望浩宫与雅子，hold 住。

2012 年 2 月

《看世界》2012 年 2 月上封面

放下与摆脱

在湖南南岳祝圣寺的后院，有一则禅宗偈语深得我心：放下放下，摆脱摆脱。

在龙年春节之后的闺蜜聚会上，有人说起方舟子与韩寒的"抄袭"之辩，让我想起这则偈语。

面对朋友的提问，我选择相信韩寒。虽觉他的才华被高估，但他是其作品原创者这一点，应是没什么疑义的。这样一个特立独行的人，虽以赛车手自居，对什么都表现得满不在乎，实际上却有其宅心仁厚的一面，且对文字保持了一定程度的尊敬。比起另一个知名的80后作家、正被一些人批为"对文字缺乏敬意"的郭敬明来说，韩寒似乎更值得关注。只是有些事有些话，他也大可"放下放下，摆脱摆脱"，将时间、精力与情绪，用来做更有意义的事。譬如说，即便后悔当作家，用心当个赛车手也可以冲出国门，到国际上去威一把，不必要将力气都化成了"浆糊"。

因为，文字本就不是用来叽叽歪歪斗嘴吵架的，而是要用以升华我们生活的。本期《世界网坛的男人之战》一文中的小德与纳达尔，虽然也涉"争斗"，两者却能让人起敬。在那场长达 6 个小时的网球赛里，他们都尽了全力，累到在领奖前还得坐一会儿才有劲站起来，也让观众们不得不休息一会儿看一会儿，能坚持看完全场的也都是些可敬的人。至于我嘛，惭愧得紧，当年付了钱的网球课只学了一半就落荒而逃，毅力不足的借口往往就是体力不支。就那点三脚猫功夫，却也足以让我明

《看世界》2012 年 2 月下封面

白 6 个小时的比赛意味着什么。怀着敬意，因没空看电视转播的我，特意找来了相关视频。可以说，这场比赛，没有败者，它让我们领略了体育精神之美，人的体力与毅力之美，两个男人间磊落光明的对抗之美。

"比花园更美的是诗句"，在本期《伊朗古城记》里读到这样一句话。这是本刊专栏作者徐翔翔的作品，文字于衣食无忧的她，表达的是人文的关怀与灵魂的温暖。她的文笔可能不算华美，却因内容真挚朴素而动人。而身在泰国的 80 后小白领逸琳与宅在日本的可木，也都是如此可爱的作者，前者《别惹泰国蚂蚁》令人忍俊不禁，后者的《日本的异乡人》使人感觉尽管生活不易，依然值得鼓足勇气坚持下去，可木自问自答，"因为什么？因为有人喜欢你"。

在这纷繁世间，能够打动我们的往往就是一种精气神。当然有些类型的执著不在此列，譬如说在本期有关军火商的话题中，知名人士、世界 500 强企业、个别国家等都可能是军火商生态圈中的一环，他们为了利益无所不用其极。获利颇丰的他们在某种意义上也可谓世俗的成功者，但这种成功永远与我们的敬意无关。

获得别人的敬意很重要么？这是一个见仁见智的问题。如果你爱惜羽毛，如果你想要走得更长远，那当然很重要；否则，这种无法物化的感觉可以轻如鸿毛，别人不能说什么，至多只能选择用眼光投票。于前者，放下与摆脱人生中一些无谓消耗，也就成为一种顺其自然的选择。

2012 年 2 月

奔跑的姿势

数年前有一次去日本出差，行前有朋友让我带一台数码相机，叮嘱道："要索尼的，因为日本本土产的电子产品，只有索尼的配件可以与我们这里的电源通用。"多年过去，想必这种局面已有改变，但这句话让我记忆至今，当时就觉得，也许索尼有一颗"世界心"。

如今索尼财报巨亏，仍没乱方寸。经济学家白益民"不能孤立地看待索尼巨亏"的观点也是建立在确凿事实的基础上。尽管在电子产品方面暂呈败局，索尼的相关产业链仍然盈利、金融服务领域已成最大利润源，此外日本产业经济领域的一个特点，即大企业交叉持股的方式也使得在电子产业方面巨亏的索尼仍有"接地气"的诸多支撑点，不会轻易倒下。此外，它还在发力，譬如说收购了"索爱"手机中爱立信所持50%股份就是明证。下一步，它似乎瞄准的是苹果公司，长期为苹果供应零配件的索尼，已渐渐积累了一些独特的优势。

日本企业有其鲜明的优点和缺点，索尼也不例外。但它在飞速发展、向前奔跑的时候，一直留意到通过多个触点保持自身的平衡。因此，当传统产业发展遇阻、大环境发生变化的时候，它还可以在金融领域和新兴产业中寻找机遇。索尼未来成败仍待观望，但至少，它不会如美国的有些知名大企业一样，面临巨亏就轰然倒下，而是从诡谲的市场中赢得了持续发展的可能性。

中国的企业或许可以从中得到一点启示，怀一颗"与

《看世界》2012 年 3 月上封面

『看世界』刊首语

时俱进"的心，在追求快速前进的同时，也要注重产业的"相关多元化"，当然是力所能及且脚踏实地的多元化，而非毫无谋略的贪多求全。而面对金融领域，不应仅仅盯着波段操作带来的短期收益，企业间长远的战略性交叉持股也是一个可以考虑的方向。如此，至少在大风浪到来之时，企业不会那么脆弱，因一个领域的失败而全盘皆输。奔跑时保持矫健的姿势且达平衡，绝非易事。故而失败者众、成功者寡，商业领域也不例外。

很多事情都是如此，奔跑的速度固然十分重要，奔跑的姿势也很关键，往往能定乾坤。国家、企业、个人均是如此。身为世界经济最强国的美国，在次贷危机后已现疲态。而它正面对诸多难题以及大毒瘤，那就是美国乃全球最大的毒品消费市场。本期话题《墨西哥：毒可敌国》的几篇文章令人感到惊心动魄，而与墨西哥有着千丝万缕关系的美国也一直对其毒品走私之猖獗莫可奈何。美国仍在奔跑，只是带着一些心病。

姿势重要，个人亦未能"豁免"，尤其是政坛人士。政客们往往容易忘记，在职位上快速晋升的同时，也要兼顾家庭的平衡，否则就会埋下地雷；而不少政客的前妻，已经或正在点燃这枚地雷。美国一位州议员因前妻向媒体曝光他酗酒的恶习及他们"在国会大厦台阶上做爱的内幕"等等，他的政治前途瞬间泡汤。而美国共和党总统候选人金里奇，也因前妻向媒体揭露他"移情别恋、虚伪邪恶"的事例，目前正面临信誉危机，不少选民在初选中毫不犹豫地将选票投向了金里奇的竞争对手。于《政客们：前妻出没，请注意！》一文中诸多本来功成名就的"前夫"，前妻们的倒戈绝对是对其前途与人生的一记沉重铁拳。但，谁都得为自己的所作所为买单，何况是靠人品吃饭的政客。旁人的同情或鄙夷，都已于事无补。

2012 年 3 月

海滩种花

"苦难锻造了一个人的性格，有这样的性格就会怀有希望，有希望就不会令人失望。"据说正是这句源自《圣经》的话，一直激励着多年走麦城、几番遭球队裁员或下放的林书豪坚持自己的 NBA 篮球梦。如今他的名字恰如一首老歌的歌词，是"一句美丽的口号"。而篮球迷、媒体和很多原本不看篮球的人，都在大声地呼喊着这句口号。

《看世界》2012 年 3 月下封面

其实不必强调林的肤色、原籍或其它，那不是最重要的。他打动人的是一种精神。在漫长的看不到前路的幽暗时光里，他坚持做原版的自己，哪怕是睡队友的沙发也要坚持在 NBA 打篮球，而如今他或许只是得到了他该得的那份荣光。

如果要以一个武侠小说中的人物来形容林书豪，我觉得金庸笔下的郭靖与他颇为神似。林打篮球恰如郭练降龙十八掌，那简直是倍遭江湖白眼啊。林对忽然到来的盛誉与影响力，也如成年后的郭靖对自己的过人功夫一样茫然不知其所来自。因为，遭遇挫折与埋头苦练，

是他们从小就习以为常的事，轻松地超越别人是他们从来不敢梦想的事。但他们终于走到了梦想成真的这一天。靠着普通人极少有的极为坚强的韧性，他们在艰难的逆境里脱颖而出。

明知不可为而为之，在现实的利诱面前放弃眼前所得，闷头选择一条难行之路，不管自身际遇从天黑走到天亮，你可以么？如果回答"不可以"，没什么难为情的，因为绝大多数人都难以做到。那些做到了且经历了巨大艰难险阻仍不改初衷的人，本就是可以创造奇迹的人。对此，我们不得不心服口服。但此时，身为篮球外行的我，想多说一句：我敬重林书豪，却更关注易建联，哪怕他目前没有那么辉煌。只要精神不倒，谁都可能成为明天的主角；再说了，即便不再成为主角又有什么关系，易建联早已证明了自己内敛的力量。可以说，林与易是不同风格的"武林高手"，各有自己的专长与人生际遇，都带给了我们惊喜，也都堪称华人的骄傲。而在强手如云、亚裔球员占比极小的 NBA 赛场上，他们恰如"在海滩种花"，需要付出太多不为人知的卓绝努力。他们，也是那些在海外各个领域奋斗的华人的缩影。

徐志摩曾于 1926 年发表过一篇名为《在海滩上种花》的文章，文末有言："你们都是青年，都是春雷声响不曾停止时破绽出来的鲜花……你们要不怕做小傻瓜，尽量在这人道的海滩边种你的鲜花去——花也许会消灭，但这种花的精神是不烂的！"包括林易二人在内的许多人，都在践行这种精神，令人钦佩。

海滩上还有另一类"花匠"，让人感觉五味杂陈，那就是本期话题的主人公普京这样的人。俄罗斯政坛的"梅普二人转"需要延续多久，仍是未知数；但普京欲长期在幕前运筹帷幄的算盘已打得尽人皆知。"大夫是普京，产妇是普京，估计新生儿也是普京。"，漫画家们的调侃让人忍俊不禁。但值得注意的是，普京的影响力已与从前大不同，而俄罗斯遇到的诸多问题，也让强人普京的未来之路多了几分难以预料的因素。无论是他重回总统之路，还是面对俄罗斯的未来发展方向，甚至是在与梅德韦杰夫的位置微妙互转上，都会面临诸多难题。3 月 5 日，他以 64.39% 的得票率提前宣布获胜，这个强人也流下了悲欣交集的泪。普京在权力角逐方面的"海滩种花"，显然一点不轻松。而他与坚持总统不超两届的美国首任总统华盛顿相比，或许恰好是截然不同的两种人。

2012 年 3 月

流言的动因

"小孩吃鱼籽会不认得秤"，湖南有些地方如此逗小孩。我幼时吃鱼也都小心翼翼地避吃鱼籽。直到懂事后，方才明白大人每次那么强调之后为何强忍着笑。据说可能是有些大人喜欢吃鱼籽，以此哄小孩别吃，慢慢这就成为一个大人与小孩博弈的玩笑。

如今在很多重要领域的"西方定论"面前，我们恰如被哄的小孩。以转基因食品为例，从曾任美国食品药品监督管理局"人类食品安全司"副司长的米勒将牛奶的抗生素标准莫名其妙地提高 100 倍开始，转基因食品逐渐以沉默而强势的姿态稳步推进，西方舆论关于"转基因食品完全无害健康"的说法也渐甚嚣尘上，以至于现在已成糊涂账，譬如说非转基因食品也难"泾渭分明"，其中很难说不会有某种原料与转基因"有染"。

"（美国）转基因生物计划的目的就是为了控制全世界"，一个美国籍作家如是说。此语无论真伪，谨慎应对是"必须的"。还好，我国国务院法制办于今年 2 月已公布《粮食法（征求意见稿）》，规定"任何单位和个人不得擅自在主要粮食品种上应用转基因技术"。这条规定与袁隆平的"中间派"言论（见《看世界》2012 年第 7 期），也有一定的共通处，我们并非要贸然否定转基因技术，只是要慎重再慎重。希望有关各方抛开西方世界有关转基因的矛盾重重的说辞，更不要迷信代表西方尤其是代表美国利益的专家，而是要从食品安全事关国家安全的战略层面对转基因技术审慎把关。

此外，在食品安全领域，可谓"得种子者得天下"。阿根廷遭遇的"种子悲剧"值得所有国家警惕。美国的孟山都公司先是慷慨地大量提供了"优惠价大豆种子",待这种产量大得多的转基因种子普及后,则以强势态度收取"延期专利费"。传统农业模式不再的阿根廷,农民们最终不得不交费就范。孟山都公司获巨利在其次,更需重视的是它借种子掌控了阿根廷农业的未来。看来,名曲《阿根廷别为我哭泣》也可演绎新的内容。

《看世界》2012 年 4 月上封面

美国外交领域曾用的"大棒加面包"政策,貌似已绵延到经贸与粮食生产领域。只是顺序倒转了过来:先是笑眯眯地给你提供低价甚至免费的"面包"(转基因种子等),待得对方原有的传统农业模式逐渐消解于无形,此时再利用国际期货市场等掌控定价话语权,经过几轮忽上忽下忽左忽右的折腾,一切被其牢牢把握。届时收多少"专利费"或提供含有哪些看不见的基因的种子,全由它说了算。因此,我们一听到"提供种子"和"免费的种子"之类的话语,就要打醒精神,想想后面藏着哪些"大棒"——不是有句话么,天下没有免费的午餐;同理,当然也就没有免费的面包。还好,中国在昆明也设有种子库,衷心期望它越建越完美,有朝一日可与挪威种子库等并肩维护全球的"种子安全"。

流言传来传去,尤其是在掌握强势舆论权力的美国等发达国家的主导下让其成为定论后,往往让大多数人深信不疑。除了上文所述种种,还有"全球气候变暖给人类带来威胁"的说法,我们深信多年,唯有在西方科学家为之激烈争论并形成截然不同的派别后,我们才惊觉,原来气候未必在变暖,且变冷会比变暖更可怕。至于当初形成定论的直接动因,则是欧美国家推广新能源的利益诉求。

如此种种,也让我们更能一窥西方世界关于"中国威胁论"等流言时不时冒头的深层原因。此时,针对此论进行解释和说明用处不大,因诸如此类的流言不过是"他们"深思熟虑的谋略。恰如中国古语所言"流丸止于瓯臾,流言止于智者",而我们媒体的责任所系,也就在于拨开迷雾,即便力量微薄,也好过装作若无其事。

2012 年 4 月

美剧的奥妙

"是邪，非邪？立而望之，偏何姗姗其来迟。"悠扬的惆怅之语，道出了久远的哀思。美貌多才的李夫人病后，一直不让汉武帝目睹自己的容颜，直至辞世，于是就有了这首汉武帝怀念早逝的李夫人之作。对美丽容颜的缅怀，成为对一种审美意境的执着。

如今的美剧就像这个李夫人，喜欢在繁华处说再见，抵死不回头，令你怀念，又引起无限的遐思。由此，令人联想起美剧的取舍之道。继一些美剧陆续消失之后，今年5月，已经连播了八九年的《豪斯医生》和《绝望的主妇》将不再出新剧集。它们其实还有众多铁杆粉丝，广告赞助等等也还过得去，但制作方宁愿"冒着使过去8年中建立起的千百段亲密的友谊崩裂的风险"（福克斯电视网致《豪》剧观众的信），仍然坚定地作出了"再见"的决定。

不少美剧在风头仍在时与观众说分手，总好过日后"韶华已去容颜老，难胜却人间无数"的哀怨愁思。这种当机立断的理性作派，或许正是美剧的魅力所在。美剧有着自己强大的推广逻辑，那就是让市场和人心说话。每一部剧的选取、播出或终止，都出于对观众和市场的了解分析、调查取样等等。"取样"这个词用在这里很奇特吧，但事实就是如此。如果一部剧播后收视率不高，这部剧可能很快就被撤下来，不管制作方已经拍了多少集投了多少资，观众不爱看就不用勉强看了，因为你不

《看世界》2012年4月下封面

换剧，观众就可能换台。如此，便使得美剧很少没事找事地冗长拖沓着，在每一集的一定时间内，它必须有桥段有亮点，而在每一部热播长剧集的背后，它还得满足人心深处的某种精神需求。譬如说，人们可从《豪斯医生》里学习心理学，从《绯闻女孩》那里学时尚潮流等等。

看似等闲的美剧，其实内蕴深邃。至少你无法将其脸谱化。提起日剧韩剧，你的第一印象可能是爱情家庭戏居多，如今新"崛起"的泰剧走的也是温馨情感路线；而美剧，你很难说它的主旨和方向是什么。香港有一家电视台曾长年播各种美剧，往往是周一科幻、周二伦理、周三情感、周四家庭等等，让人感觉完全不搭界。若你迷上星期一的这个剧，不到国外网站下载就只能等到下周一继续看了。好玩的是，我认识的一个老牌"美剧粉"，真的会为某剧等足一星期。可见，美剧的粉也是"铁粉"啊，绝不亚于那些韩剧迷们。

美剧的丰富多元也恰如美国本身，两者更深层次的共同点则在"谋略"。美剧每一个看似不经意的动作，其后都是扎实的案头功夫与颇具前瞻性的规划。美国也是如此，它常常以各种面目出现，譬如说并不是一味展示强国的形象，偶尔的"示弱"往往会带来更大的收获。现在已有很多人在怀疑，美国在全球金融危机里，其受到的影响是否如其说的那么大。事实也确实是，美国只在金融衍生行业等方面遭到重创，其实体经济本就未见有什么异样。通过某种"危机渲染"，美国强力推行了量化宽松政策，通过大量加印美钞缓解了自身的外债压力，让不少国家吃了哑巴亏。如今的美国，一些食品和生活用品的价格甚至比"危机"前还低，有人因此直指：部分美国人的生活比危机前更好了。

是邪，非邪？且让我们透过美剧，看美国这个世界头号强国如何"输出其核心价值观"。至于其是否"韶华依旧"，那就该另当别论了。

2012 年 4 月

汉语的美

世界上最美的语言是哪种？小时候读都德的《最后一课》，他借文中的韩麦尔先生之口说，法国语言是世界上最美的语言——最明白、最精确。读小学的我很不服气地想，不对，世界上最美的语言是汉语。

如今我已理解都德对祖国语言的"偏爱"。对大多数人而言，自己的母语就是最美的语言。因此，我们不可对一个外国人断言汉语最美，却可以说，汉语非常美。她的文字、韵律、内涵、文化，我们穷尽一生都难以参透，却常常可以让人在片刻得到"悠然见南山"的顿悟。多少现实的艰难险阻，往往可以因一个字一句话，在心头悄然化解，此后从容面对。因为，在中文里，藏着冲淡又向上的人生哲理。

《看世界》2012 年 5 月上封面

如今全世界的人都在学汉语，主要原因当然不单单是"追寻美"，而是为了那两个字——"中国"。中国对外汉语教学领导小组办公室一位负责人说起为何外国人学汉语时说，"现在中国的地位越来越高，他们希望自己的未来能与中国拉上关系，谁和中国有了关系，就说明谁的品位更高"。

虽说有些外国人学习汉语的目的很实际，其中多少也蕴涵着"喜欢和爱"。汉语对他们就像一座桥梁，让"老外"通达想要到达的彼岸。记得多年前在火车上遇到两个穿得很精神的老头，言谈中得知他们均为韩国的退休医生，出于对中医的热爱，两个人选择了结伴到

『看世界』刊首语

中国河北的一所大学进修中医；他们对学习的效果相当满意，准备"多学几年"。中文水平不太高的两个人信心满满，看那朝气蓬勃的架势，仿佛都还是初出茅庐的年轻人。我很感动。

后来才得知，很多韩国人都会点汉语。有次去韩国，遇到一个兼职当导游的刚毕业的女大学生，在校时学了不到一年中文的她说，韩国大学生中的很大一部分都会兼修至少一年的中文课程，"这样有利于找工作"。

如今，随着中国经济的发展与孔子学院"走向全球"，汉语在世界上的普及率已大大提高。本刊在本期话题里，就对外汉语教学领域的方方面面进行了一个大致扫描，也对"对外汉语教学老师"的现状进行了初步的解析，而且对那些想去国外教汉语的人也指明了"考证"的路径。可以说，对外汉语教学无论在中国之外还是中国之内，近几年都取得了长足的进步。但话题的每篇文章都隐隐给我们一种担忧，外国人学中文，或者说我们教外国人学中文，仍然只是教了一种文字的符号与表达沟通的渠道，却没有教他们领略深层的"中文之美"；而中国人也远不是一些"老外"眼中的中庸圆滑模样，每一个中国人，也都是各有性格、生动可爱的。

是的，在教汉语的潮流越来越猛的同时，我们仍然缺少了点什么。或许那就是与外部世界进行深层的、社会的、文化的、心理的沟通与交流，尤其是文化与文化之间的交流。中文与中国一样，不仅仅是西方人眼中的那个单一的形象，她有内蕴深厚、感人至深的一面。

如果没有优美精确的中文译笔，原文为英文的《万历十五年》在华人世界里不可能有那么大的影响力；如果林语堂当年没预付 500 块大洋请郁达夫翻译他用英文写作的作品，而郁因各种原因没能翻译，我们也很难了解原来深谙中文之美、生活之美，写作了英文经典《生活的艺术》的林语堂，竟然基本上不用中文写作。从他也可看出，学习中文本身不是最重要的，最关键的是，了解一种语言的美，懂得她的美源自何方，欣赏"吾土吾民"的生活方式等等。因此，在教外国人学中文的同时，我们更要懂得去弘扬一种多彩丰富的文化。在中文日益国际化的同时，中国和中国人也不能再被脸谱化。这也是重中之重。

2012 年 5 月

教育二字

有天在小区里，看到一个父亲教训中学生女儿："你这么爱读小说干什么，读这个可以得高分？可以上大学？"

他的问题代表了一些中国家长的意见。学生所做之事，最好都与学业相关，否则就是"不务正业"。但养育了9个成就卓越的儿女的梁启超不这么看。

读梁启超家书常让人感觉温暖，无论人们对他在其他方面的功过如何评价，他慈爱又睿智的父亲形象定是无疑的。他常说的两个字是"趣味"，即讲求做人做事的"有趣"。当年他在一封写给在美国留学的儿子梁思成的信里提及：

《看世界》2012年5月下封面

"我愿意你趁毕业后一两年，分出点光阴多学些常识，选一两样关于自己娱乐的学问，如音乐、文学、美术等，我怕你因所学太专门之故，把生活也弄成近于单调，太单调的生活，容易厌倦，厌倦即为苦恼，乃至堕落之根源。"

梁任公说的是大实话。所有成功的教育，无论是学校教育还是家庭教育，都源于丰富多元的课程或心念。本期话题所关注的巴黎政治大学，也不例外。该校"以侧重培养学生决策能力的多学科教育理念，以及创新型的教学手段而闻名"，当代法国绝大多数的总统和总理，以及法国各领域的大量顶尖人才，均自此校出。即便是因裸死纽约而引发争议的校长戴国安，人们也无法否认他在推进巴黎政治大学的影响力方面的卓越贡献；也正是他，逐渐淡化了该校的贵族气息，让更多的普罗大众可以在此受教。

相较本刊曾经做过的话题"松下政经塾"，巴黎政治大学似乎更显成功。日本松下政经塾凭雄厚财力，用30多年的时间培养出200多个学生，即便个个皆精英，毕竟人数有限，而且其影响力多限于日本本土。巴黎政治大学就不同了，它分设校区的举措便是有意识地从世界各地吸引优秀学生的到来。课程设置的丰富和高强度、涵盖范围极为广泛等等特点，正是名校之所以成为名校的"基本功"。

人们常言"有教无类"，我们其实很难去寻找最成功的某种模式，因为每一种成功教育模式都可能难以复制。譬如说本期有关中国男孩在硅谷名校读小学的文章，予人诸多启示。该校教学生种菜做饭、养猪放牧、打毛线做纺织、从来没有考试等等，就绝无可能在中国推广；即便在美国，该校学生升名校比率虽高，其教育方式仍被视为异数。但家长们或可从中获得一种全新的理念，即完全摈弃高科技的手段，尊重孩子们亲近自然的本性，凭着兴趣自由自在地成长，亦可成才。若有可能，像本期《加拿大的插班生》所述，让孩子们去见识不同国家的不同教育方式，对他们的成长也会大有裨益。

教育二字有多重？比我们能说出的重要还要重。于个人、于家庭、于国家，均是如此。《日本之石》中有关日本人将全国划分为8大学区显其缜密，从小学到大学的数量、配备均有明确规定，而重视教育正是日本经济飞速发展的核心要素之一。

近日重读"二战"期间犹太女孩安妮用年少的生命写就的《安妮日记》，不觉为其中的很多真实细节感动。即便处境艰难、朝不保夕，女孩及女孩周围的人依然读书不辍，她与父母姐姐讨论书籍的记录也时见描述。而安妮的父母，也一直在利用生活中的一切机缘教她做人的道理，教她去自然面对成长期的叛逆情绪等等——即便安妮一度非常反感母亲。从其中的诸多细节也可看出，犹太人重视教育的传统，已浸润在其日常生活中。这也是为什么犹太人里常出顶尖人才的谜底所在：家长在重视知识与技能培训的同时，也极为在意孩子的心智成长及是否快乐。

2012年5月

无法回避的挑战

不少人以瞧热闹的心态看待法国新任总统奥朗德的"第一女友"瓦莱丽，有些人甚至在讨论各国"第一夫人"将参加的有些活动，瓦莱丽可能会因身份难题而面临窘境。其实，这个难题在奥朗德那里应该不算什么，他坚持"不婚"仍是他的自由，而让他"压力山大"的是法国的现状。"新官上任"的快乐，估计很快就将被左右为难的困境所湮没。

现在，法国不再是萨科齐初任总统时那个意气风发的法国。甚至法国主权债务评级遭下调已经无关乎"面子"，因为财政和贸易呈现双赤字、经济增长低迷而失业率攀升、财政失衡却又不得不面对欧债危机持续等等一系列问题，已足以让奥朗德当选的灿烂笑容不会持续太久。何况他在选战中较之萨科齐的支持率，高得也不算太明显。这意味着相对缺乏从政经验的奥朗德，必须迅速进入角色直面诸多挑战，否则投票时态度犹疑的一大批人，很难说不会倒戈。遥想当年，萨科齐可谓"春风得意马蹄疾"，如今却也因应对政策不得力而不得不黯然下台。"此一时，彼一时，"正是政坛常态。

但细说起来，在欧洲债务危机面前，相较希腊前总理帕潘德里欧和意大利前总理贝卢斯科尼等人，萨科齐总体而言还算走得体面。现在已经有人在猜测，下一个"告别者"将是风头正盛的德国总理默克尔。

此话并非无中生有，譬如说奥朗德曾在选前采访中

《看世界》2012年6月上封面

提出对欧盟"财政契约"进行重新谈判，这无疑是对主导"财政契约"的默克尔在应对欧债危机中的领导形象的间接冲击。而随着欧洲债务危机波及面越来越广，以及欧元区选举季次第到来，默克尔坚持的"财政紧缩"政策将面临更大挑战。

在 2013 年 9 月德国的选举中，默克尔将何去何从？她如何应对挑战当然很重要，更关键的因素则谁也无法料定：欧元债务危机是否已转向，或者说已发展到了何种程度。因为这也关涉到扮演"拯救者"角色的德国，所要承担的风险系数与机会成本，这一切都与默克尔的政治前途息息相关。可以说，"谋事在人，成事在天"这句话于默克尔再恰当不过。

至于本期话题"聚焦菲律宾"里专文论及的菲律宾现任总统阿基诺三世，在应对挑战时似乎常带"个人特色"。他在香港游客马尼拉遭绑事件中轻松地咧嘴冷笑，已让华人世界迅速记住了他；而在南海与外贸问题上，他对中国的态度表现反复，在阴晴不定中完全没有章法与过渡，也常让人莫名惊诧。

阿基诺三世的举措，也会让人不由问一句：菲律宾怎么了？很明显他们在南海问题上指望着美国"实际介入"，事实上美国也常常冷不丁冒一句支持的话。但美菲纠结百年的历史，证明了 19 世纪英国首相帕麦斯顿"首发"，后来在二战中被丘吉尔"转引"的那句名言：一个国家没有永久的朋友，只有永久的利益。阿基诺对中国的态度反复，恰也反证了他对美国态度的不确定。而对一直持有现实主义外交政策的美国而言，其自身利益的最大化才是最重要的，菲律宾自始至终不过是一枚棋子。

面对挑战，依靠别人往往会极为被动。恰如我们在人生的道路上面临各种困境时，如何应对很可能将决定未来的人生。迎难而上或许将要面临努力未必有回报、进退维谷辗转纠结等过程，但人生那么短，不往前走又能往哪儿去？我们可以巧妙迂回向前，却一定不要轻言放弃。坚持正确的方向，迈过无法回避的坎，一切可能将大不同。一个人一件事是如此，一个社会一个国家又何尝不是如此。

2012 年 6 月

选择·存在

为文者多恋深夜。而因同时需主管经营业务而被朋友笑称已成半个"商人"的我，也总在夜半时分才开始写刊首语。不是因为为文者的"矫情"，实在是没有时间啊。近来总有关心《看世界》的人问："你日常事务这么忙碌，刊首语真的是你自己写的么？你会坚持写下去么？"

是的，若文章署了我的名，那一定是"吾手写吾心"，绝不可能假手他人，如果连这一点都做不到，俯仰皆有愧怍。至于坚持写下去，那也是自然，否则不如不要开始。这本是一件微不足道的事，在此说明只因询问者较多，不如一并回答了。

其实，许多人选择做或不做一件事，走怎样的路及往何处去，仅仅是因为喜欢某种状态，为了体现一种"存在的方式"。本期话题所及的"总统的保镖"，里面也不乏这样的人。时代不同了，保镖不再单单意味着孔武有力，更多的是智力、观察力当然也有体力的博弈。因此，他们中的很多人，智商情商都高于平常人，而这也是他们被挑中去做元首们的保镖的前提条件之一。这些再加上不错的外貌与体型，他们的人生本来可以完全不同，理当有机会取得世俗意义上的更大成功。

但每种正当的职业，都会有其深层次的美，不在其位难以生出"同理心"，这恰如中国古人所言"自非鱼，安知鱼之乐"一样。选择做保镖，也是一部分人关于人

《看世界》2012年6月下封面

生的最乐意的选择，最精彩的存在方式。

还有一类人，为了一种念想，勇于抛开俗世的规则，自顾自作出人生的重大决定。本期专栏作者鱼落，就是一个这样的人。她曾经是公务员，且是一个有着自己的办公室的年轻小头目，但后来为了一段感情，义无反顾地放弃了稳定的工作与熟悉的城市，以自由落体的方式到达了我们以前不怎么关注的所罗门群岛。那里四周皆为茫茫大海，但有一个深爱她的人，与她共筑一个温暖的家。她读书广博、心思细腻、文笔优美，如本期的文章《所罗门航空》就写得妙趣横生。

一个人要超越这平凡的生活，只需要一个先决条件：勇气。好吧，且让我代表《看世界》所有的同事与读者们，祝即将当妈妈的鱼落快快乐乐、平平安安，生下一个可爱淘气的娃——所罗门群岛那么寂静，孩子自然是越淘气越好。

不仅仅是个人，企业有时也面临棘手的选择。本期刊登了一篇颇具争议性的文章《汇丰银行为何宽恕多取钱的人？》，即英国的一台ATM机出错双倍吐款，很多人因此获益，但汇丰银行最终选择不追究、不索款。这件事在欧洲不是第一次也不是最后一次，而让银行决定不追索的理由往往是：追究的成本太高。如果只有一个或数个储户获利，汇丰银行则未必如此大度，因为它也同样有与"许霆案"类似的判例。此次汇丰银行在权衡利弊后决定对取钱的人"放一马"，在公关形象上则有加分，可谓"失之东隅，收之桑榆"。

塔可夫斯基在他的《雕刻时光》一书中写道："意志的自由，必须意味着我们有能力去评估社会的诸般现象，以及我们和其他人的关系，能够在善与恶之间自由作选择"。是的，我们已在不知不觉间通过各式各样的选择去体现自我存在的价值，去践行人生在世的意义。归根到底，希望我们每个人在大的选择方面于人于己于社会，都能与"善意"相关——人生太短，本就该用以做美好的事。

2012年6月

屌丝的利器

当年，"屌丝"吴文藻遇见"白富美"冰心，上演了一出动人的爱情剧；即便两人的孙子吴山近来惹了些纷扰，也不会改变往事中超越世俗利益、如霞光一般美好的部分。细想起来，吴文藻先生也是通过不懈奋斗站到人生高点的人，其成就可谓与冰心相互映照。

哪个时代都不缺少传奇。"比起现在流行的'白富美'标准，默克尔同学基本算是只知埋头学习的女屌丝"。默克尔这个看起来并不出众、连穿礼服都曾被欧洲媒体质疑、从来不会语出惊人的德国女总理，其影响力却以一种"润物细无声"的方式不断夯实。相较"法国男屌丝"萨科齐，她的从政与处事方式，显然更具智慧——无论你喜不喜欢，她坚持自己的原则和立场，也不招摇；更重要的是，她从不会让自己身处险境，恰如中国古人说过的"君子不立危墙之下"。

《看世界》2012 年 7 月上封面

是的，天上不会掉馅饼，且绝大多数的屌丝都不会成为默克尔或者萨科齐。此两人即使不当政府首脑，也已是传统意义上的"成功人士"。他们俩在欧洲政坛上曾经惺惺相惜，很难说没有"曾同为屌丝"的感怀与默契。默克尔较之萨科齐，显得更为稳健，其政治生涯当然也会因此更长久。

默克尔突出重围的法宝就是，永不停歇地奋斗、善于抓住时机、关键时刻懂得以退为进、时机成熟则"该出手时就出手"。这一切的另一个核心点是，她明白自己想要的是什么。即便如今身处位高权重的位置，下班后她仍会去超市买菜，给丈夫做一顿温馨的饭。于是，这个貌不惊人、看起来也似乎没有太多才艺的女教授，在职场与家庭之间，实现了一种近似完美的平衡。羡慕她？不如学习她面对人生的智慧，着眼长远去规划好未来。此后便以"得之我幸，不得我命"的态度，不抱怨不偏激地踏踏实实走好每一步，在"量变"中等待并抓住"质变"的时机。

任何人的命运逆转，已越来越不可能在朝夕间实现。即便你是"高富帅"或"白富美"，亦同此理。未经过漫长的奋斗与等待，未在自己的人生观与价值观方面达成恒定的标准，成功便难以持久。对，一时一事的得势人人皆有可能实现，但要将所有的正能量融汇入自己的人生，身处繁华时也能保持清醒的头脑，切实把握住机遇并实现"可持续性"，则是大多数人难以做到的。举一个很简单的例子就知道了，据美国某机构 2011 年的一项调查显示，近 20 年来欧美的大多数彩票头奖得主在 5 年内因挥霍而陷入穷困境地；美国彩票中奖者的破产率每年高达 75%，而每年 12 名中奖者当中就有 9 名破产。由此可见，因为人生还没做好迎接巨额财富的准备，突如其来的好机会反而成为一些人悲剧的开端。

屌丝的涵义已包罗万象，没有背景、少有先天的一些优势、诸事需要努力奋斗才可能达到目标等等，或许是屌丝们的共同特点。而在现代社会，已可谓"人人都有一颗屌丝心"。没有什么都不要紧，不能少的是一颗奋斗不息、方向明确的心，懂得自己想要的是什么，便总会逐渐靠近自己的人生目标。若不能达到顶点，那也没什么大不了，不是说"高处不胜寒"么。踏实迈出的每一步，都会有别样的风景在。

所以，若机遇到来，你要回答的是："我已经准备好了。"如果说这就是屌丝的利器，你会不会笑出声来？其实啊，很多事情都是说起来容易做起来难，不信你便试试吧。祝大家都能得到自己想要的成功，譬如说有一种成功便是锻造一颗从容面对万物的心，套用时下流行的甄嬛体，"那也是极好的"。

2012 年 7 月

智慧·精神·力量

一个缺少故事的城市，恰如一个没有灵魂的人，不可能创造惊心动魄的美。

若你曾将"雾都"伦敦误会为这样一个城市，那一定是你不曾真正走近它。

第二次世界大战时，伦敦曾如一个百折不挠的勇士，在法西斯铁骑所到之处几乎是哀鸿遍野的欧洲，它在凌厉的炮轰攻势前骄傲而坚定地保持了屹立不倒。让人感动的是，"当时的国王乔治六世不顾自身安危，坚持与民同生死共患难，拒不撤离被德国法西斯多次轰炸的伦敦白金汉宫"。最终，伦敦与其背后的英国书写了一个传奇，成为扭转二战战局的一个重要因素。国王不计生死与国家和国民同在，这种精神所蕴藏及激发的力量，无可比拟。如今有公司估算出英国王室的品牌价值达 445 亿英镑，亦非偶然。但在伊丽莎白二世之后，英国王室在英联邦国家是否还能保持昔日威望，则另当别论。

伦敦并非天生如二战时的 "骁勇"。在 17 世纪中期以前，伦敦曾经是欧洲一个籍籍无名的小城市，毫不起眼。此后声誉渐隆，与当时较长时期相当宽松的文化政策所带来的文艺繁荣有着千丝万缕的联系，莎士比亚的剧本、塞缪尔·佩皮斯的日记、老柴郡奶酪酒馆、英语世界一众文豪在伦敦的生活足迹等等，均以"润物细无声"的方式，曾成为伦敦人生活的一部分，如今又都

《看世界》2012 年 7 月下封面

浓缩为闪亮回忆的吉光片羽。文化与智慧，经历数百年岁月的淘洗与提炼，逐渐形成了独特的风骨和味道。

恰如中国古人所言，"不破不立"。1665年6月的一场大火，烧掉了旧伦敦，一个更具规划感的新伦敦如凤凰涅槃般重生。到了19世纪，西区的露天市场变成了漂亮的店铺，伦敦制造成为奢侈品的标志。伦敦遂成为时尚中心，牛津街便是主要的商业街。。至此，伦敦终于有了"大家闺秀"的眉目。

而19世纪中叶的伦敦虽一跃成为世界上最大的城市之一，"但那时候的伦敦污染严重，垃圾遍地，城市里到处是粪便的气息，臭气熏天。整条泰晤士河都在发酵，流淌着褐色的液体。"。此后即便经过了多年整治，伦敦的"工业城市"的烙印还是深深刻下了，再也无法更改。

而昔日伦敦所代表的帝国荣光与今天的日渐式微的落差，亦非再主办一场奥运会可以弥补。耐人寻味的是，有一个调查结果显示，在英国民众印象中，耐克是与奥运会关联度最高的品牌，但事实上耐克"没有支付一毛钱给国际奥委会和伦敦奥组委"，不知其多年对手、奥运会的"TOP赞助商"阿迪达斯闻知此事作何感想？不要以为此结果是"顺其自然"的，耐克早已在暗暗"引导舆论"。因此，在2012年的伦敦奥运会上，除了看体育竞技外，还可留意包括耐克和阿迪在内的诸多大品牌的"斗智斗勇"。此中商战，颇值得细细品味，而赢家也不一定就是花钱最多的那个。

说到赚钱，那你知道全球哪所大学的校友最富么？你很难猜对，不是哈佛商学院或其他欧美名校，"曾有人计算过，在全世界所有大学中，印度理工学院的学生成为百万富翁的比例最高"。

这个世界的很多事情永远都出人意料，因此，我们对任何事都不要想当然。这当然也包括对伦敦以及伦敦奥运会，我们不要太早下结论。于国家、社会、个人而言，任何可以持续的成功均非偶然，超脱于俗事之上的智慧再加上乐于奉献的精神，才可浓缩为无往而不胜的力量。

2012年7月

成功的模样

"当我唱歌的时候，就是一个发光体。"夜半被这句话打动。她是台湾街头的盲人歌者，很胖，衣着相貌都平凡。但她的歌声特别通透，让她可以与刘欢、那英等平等对话。当他们夸她的时候，她很自然地说出了那句话。

很多条件注定了这个歌者不可能成为世俗意义上的成功人士，但她那么淡定自信，好像已胜券在握。她与那英合唱一首《征服》，更是震动全场。是的，她一点也不比她低微，一点也不。

成功是什么模样？对于很多人来说，就是这样，它取决于一个人心中的底气，在不断努力之后，自己对自己的信任与认同。至于是否有高位重权、华宅美车等等，一点也不重要。重要的是，你是否在做向上的事，是否对自己"满意"。

奥运会的第一个冠军康诺利就是一个特立独行却从不言悔的人。年少曾轻狂的他忽然奋发，终得进入哈佛大学，入学不到一年听闻雅典举行第一届奥运会，便不顾学校的反对，自行打工筹钱前往；他历尽艰辛最终拿到了冠军，却被哈佛开除学籍。80岁时哈佛再授予其"名誉博士学位"，他毫不犹豫地拒绝了。恰如前文那个盲人歌手，康诺利知道自己可以在哪方面做一个"发光体"。

成功二字并非只论个人，某件事做得漂亮也可闪耀明亮光彩。"美国每一幢大楼，不管位置在哪，不管多贵，其中都有一两套是给低收入者住的。""纽约有超过100万套固定租金公寓，由政府同房东和租户共同签订协议。这种公寓租金每年涨幅很小或几乎不涨"。有些低收入家庭因而数十年来得以以远远低于市价的价钱租住高

《看世界》2012年8月上封面

级公寓，因有政府的强力介入且以成文规则约束，天性逐利的资本才会如此普遍地眷顾贫困人口。

这也给我们带来思考，目前在大城市的房价限购政策之外，是否也可以给那些手握多套房产的富人们一个选择：必须将所有房产中的一套或几套以低价长期租给贫困人口，遵守此约的人可以再购房或享受其他优惠。如此，资本或可有序造福社会，同时也可无形中缓解贫富差距带来的一些社会负面情绪。

成功的感觉有时还在一种心态，"不以物喜，不以己悲"。"2000年至2008年，西班牙房价涨幅高达150%……2011年上半年，西班牙成品房建造数量狂跌90%。"而根据一份权威评估公司的报告预测，西班牙房价还将下跌25%。此时若没有稳定健康的心态，估计很多人都会抓狂；而有这种心态的人，往往不会孤注一掷"将鸡蛋放到同一个篮子里"，危机来临便也不会摔得太猛。

成功还应该有一副幸福的模样。我大学时代非常要好的闺蜜，一个做事持之以恒、学习废寝忘食、曾经被许多人视为前途无量的女孩，早已成为一个全职太太。此前她嫁给了一个英国靠谱帅哥，然后在一家全球排名前几名的咨询公司工作，有一天忽然觉得过于忙碌的生活需要改变，而家中的孩子比工作更需要她，便义无反顾选择了全然放弃职业女性的身份。此后，理工科出身的她在相夫之外，开始读国学、学钢琴，将每天下午的半天留出来陪伴只上半天学的幼女等等，"生活从来没有像现在这样充实，像一朵花儿一样慢慢绽放"，她说。是的，任何职业的成功都是可以取代的，而对于年幼的孩子来说，一个内心向上的母亲的陪伴所带来的甜美感觉，是一生的宝贵财富，无可替代。焉知这不是另一种成功？是，一定是，没有什么比人生起初时认知的亲密关系更重要。

人心的世界比外物的风景更重要；若无灵魂的温暖，人生将无比苍凉。因此，只要你认定了成功的某一个侧面，有可能让自己成为一个发光体，那就可以坚定地去选择和描画。

2012年8月

只关乎心

8月5日威斯康星州枪声又响起，致多人死伤。"步枪不杀人，杀人的是人。"在2008年发表的评论《美国禁枪，明日黄花》一文中，我引述了源自美国步枪协会的这句话。当时我供职于《广州日报》国际部，记得几乎隔一两年就要策划一次有关美国枪支管理的专题。因为每隔一段时间，美国就会发生一次较有影响力的枪击事件，也总会有人提出来，美国怎么不禁枪嘛。

这是个无解的问题，无论再发生多少次枪击案，无论"外国人"对美国有的州甚至允许未成年人持枪多么惊诧，无论你相不相信曾经有一个父亲为10个月大的孩子也申请到了持枪权，此问的答案都是：美国禁枪，绝无可能。是的，美国可能会更完善枪支的分级管理制度，但全面禁枪终归是"不可能完成的任务"。

做媒体本不应说任何"绝对"的话，但万事均有例外，不是么？当不期而至的暴雨曾给全球许多城市带来关于"城市良心"的话题时，也有不少城市经受住了老天的考验，给我们提供了一些值得参考的经验。只需用心，这些经验完全可以"为我所用"，在日常生活及日后面对同类天灾时，城市可以为民众筑起一道安全的保护墙。

其实，"反求诸己"，我们发现中国古代在排水系统的构造维护方面，早已体现了超卓的智慧与技术。英国加迪夫大学建筑系访问学者刘楠在接受本刊采访时，

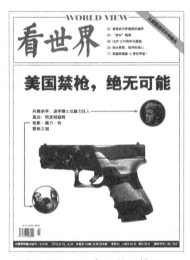

《看世界》2012年8月下封面

『看世界』刊首语

对中国北宋都城的明渠暗沟等排水系统了如指掌且评价颇高，而同时期的苏州城，因河渠发达"虽名泽国，而城中未尝有垫溺荡析之患"。

看起来不起眼的排水系统，中国古人的智慧亦不曾有漏，让人心中不免生出几分惭愧。我们现代人在发展得太快走得太急的时候，是不是也丢失了一些珍贵的东西？在所有此类悲伤的事情背后，是逐利的大背景与功利的取巧心，其中你我他，都很难完全撇清干系。

在这样的大前提下，人本真的善意人性，逐渐闪耀出可贵的光。因此，当编辑部有点犹豫是否刊登韩寒的那篇有关怎样在雨中开车的长微博时，最终"也许可以救人于未然"的正能量念头占了上风。是呀，别人说杂志或编辑跟风怎样都不要紧，只要文章或许能救人已自闪光；文字有了如此功用，亦自圆满。

当然，相较韩寒的"雨中开车"，《从美国洪灾中学救生》一文看起来更专业。译者将此文挂上网的时候提出一个要求：转载请保留译者名。在此我们感谢这位译者，且希望此类有意义的事情以后可以多一点人来做。

人生如此短暂，我们可以像韩寒及这个译者一样，偶尔去做点不会有看得到的现实利益、但或许有益他人的"无用功"，其实很值得。如果越来越多的人存了这种心念，"举手之劳"成为善意的习惯，那么社会上抑郁的人也会少几个吧？

美国那个从博士生变成杀人者的霍姆斯，从小到大都有一个关键词：孤独。从孤独的小孩到孤独的学生，最后，他就变成了在电影院大开杀戒的凶手。是的，杀人的不是枪，是持枪的人，是霍姆斯那颗冷寂的心，也是人与人之间缺少有效沟通的疏离状态。

从来一切，只关乎心。

2012年9月

平安成长比成功更重要

写下这个题目已是百感交集，至今想起那个场景仍是泫然欲泣。一对读小学的双胞胎姐弟为救同学，手牵着手掉入水库一去不返，已届中年的母亲对着那片水哀哀悲泣。当时我在读高中，双胞胎姐弟与母亲都是我认识的人，孩子品学兼优，唯一的这次淘气便是瞒着妈妈与同学去水库玩水。那个母亲瞬间老去，看到她哭的时候我也忍不住泪流满面。她将他们教得太好，不会游泳却也不畏牺牲地去救人。

日后当我成为一个媒体人的时候，每当看到"孩童救人典型"的宣传，即便并无孩子牺牲，亦觉不妥。十年前在一次几个孩子救同学牺牲的新闻事件中，我就在一个业务探讨会议上很鲜明地表达了自己的观点：对于孩童牺牲自我去救助其他孩童的行为，不能提倡；媒体尤其不能大张旗鼓地树立典型，因为对于无判断能力的孩子来说，不会游泳却跳入水中、不具备救人的能力却冒险去救其他人是"正确的"，是"英雄"，牺牲生命是"有价值的"。

在不懂得生命的意义、不懂得失去生命意味着什么的时候，一些那么美好的幼小的生命，就永远失去了懂得的机会。我个人以为，宣扬这种行为是非理性的。因为救助孩童是社会的责任，给孩子们提供平安健康的成长环境是成年人的责任，并非未成年人应该承担的内容。媒体报道此类事件时的态度应该是：客观报道事件，同

《看世界》2012年9月上封面

时要强调，在遇到危险的时候，未成年人应保护自己及尽快知会成年人，而不是贸然施救。

但我至今基本上仍未见到中文媒体如此"说话"。故留意到《英国儿童十大宣言》时，便觉"于我心有戚戚焉"。其中第一条"平安成长比成功更重要"和第八条"遇到危险可以自己先跑"尤其与上文所言种种相关。而第六条"不与陌生人说话"等内容可能会有矫枉过正的嫌疑，若改为"你有不与陌生人说话的权利"更为适宜，但总体而言，这份宣言很值得为人父母者、从事教育工作的人、媒体从业人员等等细心阅读，也值得推荐给孩子们看。

读者稍稍留意一下便可发现，今年第17期《看世界》除了主话题之外，还有一个有关教育的"小话题"，《英国人教出小绅士》只是其中一篇。另外很触动我的，是《最好的儿童教育在日本？》一文。秉承"教育是最廉价的国防"理念的日本，在儿童教育方面的高额投入、长远规划、注重细节等等均令人叹为观止。我每一次去日本，都有一个强烈的印象，他们的少年普遍阳光友善且长于沟通，让人感觉其教育制度确实很有可取之处。

在儿童教育方面，英国人和日本人的公立学校有一个共同点：除非孩子出现生病和受伤等特殊情况，一般不鼓励父母开车接送孩子。连日本皇室的爱子公主，也同样得循例走路上学。这一个细节，已让人感觉到某种不同。我们即便有学校出台这样的规定，估计能够遵循的家长也寥寥。那么，谁该反思？该反思些什么？

日本的教育，是从20世纪80年代开始反思并确定了"将儿童自我成长放在首位，强调心灵自由，人格独立"、"（幼儿教育）重点是培养幼儿社会化教育能力，培养健康、安全的日常习惯"等等原则之后才取得长足进步的。

孩童平安成长之后，才有可能言及"成功"，而成功并非要成为第一名。因此，浦野起央是成功的，泰国那位在奥运会上拿到第四名的Pug也是成功的。剑桥大学校长乐思哲在接受央视记者柴静的采访时说的话很在理：我们的选择永远取决于一个人的潜力。所谓的成功也是如此，它是一场时光的马拉松，谁也不必着急。

2012年9月

梦想，在路上

"旅行并不奢侈，只要出发，就能到达。"在本期封面话题的一个作者介绍中读到此句，不由感动。

还好，在"有时间没钱"的学生时代，我一有机会就行走在路上，去过许多地方，看过许多云，在路上不断遇见绝美的风景与有趣的人。待到工作后，当很多人都抱怨有钱却没时间去旅行的时候，我暗忖自己没有这个遗憾。而从业媒体的数年记者生涯，更让我得缘续上学生时代的行走梦。如今，我仍常会抬头看天，从世界之大里，瞥见人的渺小。于是，不论顺境逆境，总是心意悦然。

这就是旅行的魅力，也是真正的旅行者的魅力。那些路上的时光，不经意的细节，辛苦却闪光的晨昏，旅途中的温暖问候与笑颜，让人可以超脱于凡俗的生活之上，可以静静驻望梦想的光。而梦想恰如旅行，"只要出发，就能到达"。

"出发"的人，正越来越多。有白发苍苍的老年夫妻，不懂西语仍信心百倍地在地球另一端云游四方；有"少年不识愁滋味"的年轻人，带着青春的热情上路，譬如说我认识的一个学子就曾兜着 26 个馒头走遍大江南北；还有本期话题里那些可爱的人，在"沙发客"中切实感受人性的可贵温暖，用最经济的方式去寻找世界的精彩，在摩托车上载着爱情浪迹天涯……在各式各样的旅行面前，生活像已经琢磨的钻石一样，闪烁着多棱的迷人的光。

《看世界》2012 年 9 月下封面

相较"到此一游"的走马观花式旅行，我觉得旅行者"在路上"的种种经历、对文化与人心的感悟等等，要更接近旅行的本质。如果有人仅仅只是想看山看水，那还不如看图片、纪录片呢。很多时候，身临其境才知道"天高地厚"，才知"远近高低各不同"，才知"沧海一粟"的意味深长。

为什么要去旅行？就是要去寻找别样的美，风景与人心的美。其中当然也会有遗憾。几年前我遇见一个酷爱旅行、不断用文字记录下许多美好事物的朋友，那时在她的周围，凝聚了一群真性情的人。他们曾经组织了几次很有意义的旅行，其中一次是去帮助一群贫困山区里的孩子。这些"驴友们"曾亲如兄弟姐妹，他们有热闹的 Q 群、共同的理想、共同关心的人等等。我看过他们在冰天雪地里的搞怪照片，青春灿烂不羁，如漫天雪花飞扬。但世事如白云苍狗，因为一些事，那个美好的集体如今已分崩离析。一直身为旁观者的我，却有不舍，于是写下这段文字，为一群爱旅游、爱生活的人的友谊留个纪念，希望大家都记得彼此最初的模样，且需明了，旅行者应有豁达心胸，学会"放下放下，摆脱摆脱"。

在旅游"大爆发"的时代，如今流行"各种游"。本期"天下博客"栏目里有一篇文章提到一个概念：孝心旅游。这是一个温暖的词语，即日本的年轻女子普遍陪伴父母出游。中国有一句古语，"父母在，不远游"，这说的是出行不易的古代；在各种交通工具发达的当下，旅行已非难事，而能够抽出时间陪伴父母长辈旅游，这比给他们多少钱要有意义得多，"父母在，一起游"亦别具内蕴。因为，陪伴是最好的礼物。

同样在日本，无论春夏秋冬，都可以看到成群结队的少年出游。身着校服的他们，兴高采烈地完成学校的"旅游课"。孩子们只需支付一点点钱甚至完全免费，就可以实现或远或近的旅行梦。他们经常在老师的组织下出游，旅游景点与相关旅馆多会大开绿灯，让少年们在集体旅行里看到世界的精彩。而短途旅游的孩子们极少买零食，大多会吃父母准备的"爱心便当"。今年夏初我在日本奈良的一家寺院，见到一群坐在大树下埋头吃饭的少年，快乐而安静地吃着各自家庭准备的便当，脸颊被太阳晒得绯红。他们，已经出发。

2012 年 9 月

矛盾的日本与现实的美国

人不可貌相，国亦如是。在日本这个地域狭长的国度，从近代以来一直潜藏着一股惊人的能量，"海洋大国"梦只不过是其诸多"大国梦"中的一个，却也是很坚定的一个。

在飞机上，可以看到一个"绿色日本"，其森林覆盖率令人惊叹。在东京的日本皇宫前，一大片静默而威武的树林再次提醒你，这是一个十分重视人与环境和谐共存的国度。但2011年3月因地震而起的福岛核泄漏事故，震惊了全世界，大量的核污染物排入大海，至今仍给一些地方带来核辐射的隐忧。而日本政府在应对此事时，显得有些前后矛盾、欲语还休。"绿色日本"的另一面，渐渐若隐若现。

《看世界》2012年10月上封面

此事也折射出日本自相矛盾的侧面：在日常生活中，日本人精致细腻，照顾环境就像照顾自己一样一丝不苟；但当环境保护与国家重大利益两者之间"万一"相左的时候，他们会毫不犹豫选择后者。这几乎可以成为一个公式，任何其他词语，都可以被"国家利益"所替换。这是一件可敬的事，同时也是一件可怕的事。

有规律可循的是，日本一直服膺强者。日本曾对中国的文化钦佩有加，在中国唐朝时尤为明显，当时除了向"中土大唐"虚心学习之外，似不作他想。至明朝时，随着日本周边国家国力渐弱，日本对实现"大国梦"跃跃欲试，但1598年的露梁海战，中国对日本的完胜带

『看世界』刊首语

来了直到 1894 年甲午海战前的 300 年的海洋安宁。300 年后，悲剧性的甲午战争看似日本侥幸获胜，实则这一结果彼时迟早难以避免；甲午战局激发了日本的"雄心"，间接改写了相关国家的海洋史。

美国于日本而言，毫无疑问是当之无愧的"强者"。日本从二战失败并缔约之后，基本"不敢造次"；在美国的多年托管之下，似乎很多方面都已经"美国化"，历年来在很多国际大事上都"唯美国马首是瞻"。但如果有人据此选择美化日美关系，全心信任《美日安保条约》，那肯定是忘记了历史。

花团锦簇的表象之下，是彼此不堪回首的记忆。美国一直不曾忘记日本对珍珠港的突然袭击，骄傲的山姆大叔将此当作奇耻大辱，此后也将日本潜在劲敌，一直极为小心地防止日本军国主义的复兴；而你若想让日本抹掉美国在广岛和长崎投掷原子弹的往事，那简直就是南柯一梦；即使有人希望淡化处理，可原子弹带来的巨大创痛非几代人即可平复。

英美至今仍有一些人气颇高的纪录片，讲述二战时英美战俘落入日军之手的悲惨生活。而美日在塞班岛的苦战，留在美国人的记忆里的，是日本军队强迫本国平民"殉国"的可怕画面：当时不少平民不得不跳崖的时候，美国士兵会向落至半空中的日本人开枪——因为悬崖下是嶙峋的礁石，人落下后若伤重未亡则会在极度的痛苦中慢慢死去。美国士兵们，就这样射出了"善意的子弹"。你以为，一直讲求对"民族和国家进行深入的心理分析"的美国，会轻易将日本当作铁杆盟友？不，美国只是有时需要日本。包括金融风暴、次贷危机等，美国哪次不是软硬兼施迫使日本不得不参与买单？美日一荣未必俱荣，美国一损则日本必损，这就是他们多年来"父子兄弟情"的真实写照。

所以，即便是美国的 F22 开过来了，也不必太担心美国真的会花多大精力去圆日本的"海洋梦"。因为，美国人更爱的是他们自己的"美国梦"。

2012 年 10 月

移民之痛

    几个月前的一个黄昏，站在马来西亚槟城的华人"姓氏桥"上，瞥见落日的余晖将一个老妇人脸上的皱纹映照得特别沧桑落寞，不觉泫然欲泣。她与我们在中国街头见到的普通老奶奶并无二致，只是她住在海上，住在异乡。

    许多人赞美"姓氏桥"，因为那里代表着古老中华文化的传承。每座桥恰如一个姓氏的生活圈，可体现华人聚居文化和不同姓氏的习性特点等等，而且那里年年还有华人的盛会与庆典，届时有不少船只蹈海而来，蔚为壮观。

    但生活非文化所能涵盖，居民也不应仅仅是文化的道具。我在那里见到，

《看世界》2012年10月下封面

民居是用柱子支撑的简单木房；因几乎没有排污系统，屋下的海水其实已成死水，浑浊不堪且很多地方都可闻到异味。有人说"姓氏桥"面临拆迁，有人说最终还是会保留下来，当地政府将"修旧如旧"。而就我眼见的数户居民所过的日常生活来看，并不方便、并不舒适甚至也不安全。我个人觉得当地政府应该逐步将他们全部迁徙到岸上的固定住所；若想保留文化，则大可将那里建成展览馆，聘几个人维护。但这种想法或许是异想天开，至少短期内难以实现。

"姓氏桥"有点像一些未能飞黄腾达的老一辈移民的缩影。时光如水，他们进退两难的处境仍未有实质性改变。他们中的许多人经历了怎样的奋斗与苦难，只有那些流逝的岁月知道。而每年在此举行的华人盛会，成为旧日移民怀想故园的吉光片羽。

数千年的农耕文明锻造了中国人安土重迁的心，近代中国人不到万不得已不会选择移民。而自古代至近代严格的户籍制度，也令中国人的移民之路颇多顾虑。那些背井离乡的经历，多少带着无奈与仓皇，其中许多人以及他们的后代，至今仍无法在异国得到安稳现世。

旧时代中国移民的筚路蓝缕甚至是悲惨遭遇，至今仍令人叹惋。如1603、1622和1639年的菲律宾，均发生了西班牙殖民者大规模屠杀华人移民的事件，每次遇难者少则数千，多则数万。如此惊心动魄的悲剧事件，似乎仍静默在历史的尘埃中，无人道歉亦无人追责。

而以民主国家自居的美国于1882年公然出台《排华法案》，当时给赴美的很多华人带来诸多阻碍，甚至连日常生活都困难重重，一直到2011年美国参议院才通过一项议案就此向华人道歉。但那些心灵的创伤与消逝的生命，都已无从弥补。

苦难重重的移民史，锻造了中国移民的卑微心态与坚韧性格，基本上"给点阳光就灿烂"，大多数人可以较快在异国找到适合自己的位置甚至取得一定成就。而且，相较那些移民先辈，如今的移民们当然要幸福得多。只要条件和机缘合适，他们就可以享受到美、加、澳、新等国家的较好福利，子女也顺理成章得到较现代化的教育。

但近年来一些发达国家逐步提高移民门槛也轻轻敲响了警钟：天下没有免费的午餐。若留意那些发达国家越来越难满足的移民条件，你或许会发现一个微妙的细节：许多条款是针对华人提出的。在第一波和第二波移民潮之后，第三波移民潮已经让整个世界感觉到了"华人的力量"，一些国家便如"春江水暖鸭先知"一般作出了反应，悄然垒了一面墙。

而部分投资移民者，兴冲冲移民后才逐渐发现自己无法满足一些后续条件，不得不悄然在别国干着端盘子等工作糊口，还要面临随时有可能被"扫地出国"的境地。但很多人选择了无论如何都要"挺下去"，因为他们已无法回头。面带笑容的他们是否内心酸楚，有谁知晓。

值得一提的是，现代华人移民似乎仍"重商轻政"，只顾埋头干自己的活、过自己的小日子，较少融入当地社会尤其是政治社会，这便也带来了一些问题。华人移民若能认识到，投票权在民主国家中起着至关重要的作用，以及群体选民壮大后其诉求才可在选举政治中获得关注，新移民如果能在这方面团结起来有所规划与建树，或许才能真正改变历史上中国人遭遇的"移民之痛"。若能如此，本刊所做的移民话题也算另有所得。

2012 年 10 月

何处不胜寒

《看世界》2012年11月上封面

"美人迟暮"与"英雄末路",哪种悲凉更甚?在我看来,当然是后者,因为较之美人失去美貌,英雄无用武之地更近似于人生的全方位凋零。因此,看到《看世界》本期有关外国政要退休后的各种生活状况,觉得那些仍旧繁华似锦者的热闹,仍是替代不了一些凄冷度日者的悲凉。

人都会老,这并不奇怪。但如何在荣华正盛时为未来做好准备,得志者也会有不同的选择。我个人比较欣赏赖斯的"答案",无论做什么都不同凡响,态度上却是游刃有余。如果说要学她,多数人甚至多数西方政要都是学不到的,因为她有一对颇有远见的父母,在她年少的时候培养了她多方面的特长与爱好——那些逼孩子练琴的家长不要暗自得意,如何用爱与温暖的方式让孩子自觉爱上某门艺术,才可让爱好成为爱好,最终化为一生的营养,这才是最关键的。

成功是什么?回答林林总总,有一点却是一定的,它不仅仅是成功而已。前些年有一次参加培训,听中央音乐学院一位教授上课,有两句话让我记忆至今,"乐于此道而又善于此道的人生,才是好的人生";"获得幸福人生的前提,是富有体验幸福感受的能力"。

如果人缺少感受幸福的能力,即便身在福中,也很难知福吧?很多人根本不必等到晚年才会感觉"凄凉",往往尚在功成名就时,早已觉得人生了无意趣,因为生活的内容过于单调。从来没有人告诉过他，过一种有趣味的温暖向上的人生，虽然没有显赫声名或过人财富为背景，做个这样的普通人也是一种成功。

因此，你可以看到，自觉得过得幸福的，多有一种可贵的"普通人意识"，他们清醒地了解自己是谁，也知道如何将日子过得有滋有味。参政的时候，他们会种花；做回普通人的时候，他们会去买菜；如果你冲他微笑，只要他看见了，也一定会回报一个微笑。本期话题所及的西方政要，也不乏这样的人。

其实不仅仅是"高处不胜寒"，压力太大照样会"寒"。前一段时间，许多周刊的封面纷纷上了2012年诺贝尔文学奖获得者莫言的"大头照"。作为半月刊的《看世界》，自然是赶不上这趟热闹。当然我也暗自庆幸不需要赶。我注意到的是，在莫言那些可以看清皱纹的封面照里，几乎没有一张照片是面带笑容的。还好，在央视的一个采访中，才可知晓莫言还是具有相当的抗压能力。面对那个著名的"幸福提问"，他很明确地回答：压力太大。在面对各种采访中，他神情虽显疲惫，仍不失其力度，让人感觉有点底气，且越来越欣赏他的智慧。

如果不是因为诺贝尔文学奖，媒体不太可能将莫言"放那么大"。但正因此，我们才会明白，不论有多少质疑，他都配得上这个奖项。而我也很同意杨恒均先生的评述：在村上春树和莫言之中，还是莫言更有资格得这个奖。尽管就个人的喜好而言，我与许多人一样更喜欢村上春树；但单纯从文字的深度与力度而言，莫言更值得肯定。还好，莫言也是知道自己是谁的主儿，没有被这不期而至的巨大荣耀冲昏头脑。有关他的灿烂，其实才刚刚开始。

其实，社会底层才是真正时刻感觉到"寒冷"的人。譬如说，洪都拉斯一些地方因过于贫困，很多人死后没有棺材，只能被家属装进麻袋掩埋；于是，有洪都拉斯政客出招用送棺材来拉选票。此外，数十个孩子被老师塞进一辆小汽车、老人生活艰难无人闻问等新闻也在全球范围内此起彼伏。身为媒体人，也常常因此感觉到无能为力的"寒"。我们能做的，也只是尽力而为。

诚信与真实

《看世界》2012年11月下封面

如果说诚信是人或组织为人处世的外在底线，那么真实则更像是一种内在品质，可遇而不可求。

本月欧盟"满"19岁了，接近中国古人所言的成人标志20岁弱冠之年。因为瑞典诺贝尔委员会送上的一份不期而至的生日大礼——2012年诺贝尔和平奖，面临诸多挑战的欧盟又被推上了全球舆论的风口浪尖。它是否具备得此奖项的资格及时机是否恰当等等，"惊起一滩鸥鹭"；尽管唾沫星子确实可以淹死人，还好欧盟并非一个人，在全球网友和媒体的吐槽及神侃之下，它并未少一根毫毛。

但要我完全相信在本期话题里，某位欧盟前驻华人员就经济关系方面"欧盟与中国像恋人"的比喻，那还是得持保留态度。从中国节能灯到打火机到蜂蜜等等，诸多欧盟标准与中国出口企业的博弈，其千回百转惊心动魄的过程，可以写若干部纪实小说。欧盟标准之细致与费用之昂贵，一般的企业只能"高山仰止"。问题在于，部分中国企业历时N久好不容易达标了，那句骄傲的"达到欧盟标准"的话语刚出口，部分标准却已拔高，企业必须再次面临大考。而这种际遇并非欧盟的独创，"西方发达国家"就此似乎形成了某种默契。此时别国出口企业与它们谈其标准改变有违诚信原则？省省吧，人家对你一家企业甚至整个行业的"市场地位"的身份界定就可以先发制人地提出质疑。因此，别讶异2010

年3月冰岛全民公决以93.1%的绝对票数，否决对因冰岛数家大银行破产而造成英国和荷兰等国储户的损失进行赔偿的议会提案。求自保的利益诉求赤裸裸地凌驾于诚信原则之上，并非冰岛孤例。此后如多米诺骨牌一般发生危机的欧盟成员国，其实也并非完全是经济危机，一切发轫于"兄弟们"曾共同视若珍宝、不可动摇的诚信原则。

在本国利益与欧元地位之间，欧盟各成员国都在跳着各自的"摇摆舞"；是否能坚守各国当初执手共建欧盟的共同价值观，决定着欧盟的未来。否则，再多得一个诺奖亦于事无补。无论人或事还是文字，我们最终记得的都是打动内心的那些。如果说本期《看世界》最让我印象深刻的人物，那就是"单人帆船跨越英吉利海峡的中国人"郭川。在读稿之前，我以为他不过是那些挑战极限的人中的一个而已，但从第一个问题开始，我知道他不是。他是那种用行动去回答"我是谁"的人，他一丝不苟挑战着的，是自己。脱离体制、选择帆船的郭川，有点像是海明威《老人与海》里的主人公圣地亚哥，凭着坚强与执著的精神坚持内心的信念，在大海上默默前行、百折不挠，甚至可以说，郭川有点像海明威本人，一生都做"对自己有要求"的硬汉。他说"环球一圈，地球就是一个赛场"。轻松语调下，是坦然面对一切的纯粹。

在深夜读这篇专访，我不像一个审稿的总编，而更像是心灵产生共鸣的读者，几度站起来感慨不已。记者于莉与受访者郭川，用大白话加大实话完成了一次心灵共振，对谈全无雕饰、直指本心，让我们看到了选择了一条与众不同人生道路的人的真实内心。于他，终点也是出发的起点，生生不息的是超越功利、追寻内心价值的心念。他是否可以顺利完成本月启程的一百多天的单人航海，是否可以克服曾经面对过的抑郁症？相信他能够。且让我们送上发自内心的祝福；也谢谢这位勇士，让世界看到了这样一个言出必诺、坚强真实的中国人。

真实是一件说起来简单，做起来未必容易的事。譬如说因本月编造自身履历而道歉的日本人加藤嘉一，他在日本道歉的6小时后，终于在其新浪认证微博上也发布了中文致歉。但只是避重就轻地就拼凑学历一事致歉，对其他种种造假行为不着一词。这是个很聪明的人，已经将包装自我的市场开拓到了哈佛的他，似乎已可不太在意曾经将他捧上天的中国粉丝甚至其国人日本人的反应。28岁的他，不讲诚信更罔顾真实，似乎没人能拿他怎么样。但是，熟悉中国文化的他想必也知道《论语·为政》中的那句"人而无信，不知其可也"的话。而将他推到耀眼位置的中文媒体及从业人员，亦需反思。这当然也包括我们自己。

至于意大利地区法院10月因发布地震预警信息时"存在疏忽以及玩忽职守"的行为，而对6名科学家和1名官员作出6年监禁判决的决定，则有待商榷。是否坚守科学真实及遵循过程中的诚信原则，也是7人上诉能否翻案的核心所在。

践行诚信、内心真实，你无法将其换来金子，却很可能因此赢得未来。

2012 年 11 月

新离合时代

分手时，更可见人的品格。当年小虎队的"队长"吴奇隆的形象，在他离婚后骤然高大起来，因为据说他默不作声地将自己多年辛苦打拼下来的 8 套房子中的 6 套过户给了前妻。

在这个"新离合时代"，名人夫妻在恩爱时如胶似漆，分手时锱铢必较、撕破脸皮对簿公堂、转移财产等戏码不断上演的时代，曾经背负家庭重债的吴奇隆若真如此做了，当属难能可贵。

尽管在各类离合之中，都多少有真情在，但理论研究仍然证明：婚姻并非

起于爱情。对婚姻与家庭、社会私有制颇有研究的恩格斯曾如此写道，"一夫一妻的婚姻制度不是以自然条件为基础，而是以经济条件为基础的"，"是建立在丈夫的统治之上的"，因如此才可确定财产将由父亲的嫡系儿女继承。尽管这样，恩格斯仍认为，"只有能够自由地支配自身，行动和财产并且彼此处于平等地位的人们才能缔结契约"。

令人多少感觉尴尬的是，在总体经济水平早已超越初级温饱阶段的当下，如今不少人的婚姻观居然回到了婚姻形式缘起的人类早期：经济因素不仅决定离合，也给离合的姿势是优雅还是别扭写下深刻注脚。"宁坐在宝马里哭"居然成为不少女性的婚姻座右铭。

其实关于感情的朴素观念是，在哪儿哭都是不好看也不好受的，在宫殿或宝马里哭，人也不见得高级多少。然而，敢于将物质欲望表达得如此赤裸裸，以至于在还未遇见心仪之人的时候就透出自己的拜金底线，这些人无论男女，都堪称新时代的牛人。只是，你怎么就会知道，"高富帅"或"白富美"，会不等你哭完，就将你从宝马里或者宫殿里赶出来呢？到时候，在路边补妆或擦泪，可是连里子、面子都丢光了。

"唯成功论"的社会，锻造了"唯物质论"的婚姻观。因此，在"金钱决定论"的强大暗示之下，关于王石与田小姐、默多克与邓文迪等等之间是否存在爱情的讨论，很多人都心怀鬼胎地下了一个"唯物质论"的定义。然而，麻烦下结论者想一想，本来就什么都不缺的他们（无非是谁的钱多得离谱一点），如果

《看世界》2012年12月上封面

再仅仅为了钱而结合，得有一颗多么"机器人"的强大心灵，况且此过程还要招惹世人的非议甚至是臭骂，一个人犯得着这么惩罚自己么。因此，无论是爱情或其他情，此中总有关乎心而并非全部关乎头脑的内容。

新离合时代，也是一个质疑一切的时代。人们不仅仅是不再相信爱情，只要遇到没有太多物质利益的事情，都将信将疑甚至彻底否定。这是一件多么悲哀的事。怪不得现在许多人总说下辈子要做一棵树、一只鸟之类的，原来他们中的一些人已否定了今生人之

为人该有的那一份天真与赤诚，"人若如此，树何以堪"。

"行走太快，会将灵魂丢在后面。"到底是谁说的这么精辟的话？在新离合时代，我们熟悉或不熟悉的人们，正在对此语进行各种演绎。无论面临离或合或对别人和自己的任何感情下结论，都不要着急；若感纠结就不妨停下来，仔细想一想。这一刻的停顿，或许会听到花开的声音。

合与离，很可能只是转念之间。关于离婚，自身命运也颇坎坷的恩格斯如此写道："如果感情确实已经消失或者已经被新的热烈的爱情所排挤，那就会使离婚无论对于双方或对于社会都成为幸事。这只会使人们省得陷入离婚诉讼的无益的泥污中。"他再次不幸言中，不少人正主动或无奈地"陷入泥污中"。

任何社会新闻追本溯源几乎都是"家庭新闻"。近期最沉重的社会新闻之一，是贵州毕节那5个在垃圾箱里避寒而闷死的男童。除了像大家一样伤心愤怒质疑之外，我很想知道孩子们的名字，很想知道他们的父母是谁，他们是否曾接受救助，是什么样的家庭和环境让这些孩子没有起码的温暖归处。仍在津津乐道明星绯闻和家长里短的"我们"成年人，若不能痛哭一场，也应该静默一刻。5个需要家庭和制度庇护的孩子，以生命为代价，暴露出了社会的病。

2012年12月

最宝贵的，是时间

《看世界》2012 年 12 月下封面

"亚里士多德和牛顿都相信绝对时间"，"相对论终结了绝对时间的观念"，主要靠眼球的移动来操纵电脑的天才物理学家霍金，在其《时间简史》一书里如此娓娓道来。这本 1988 年写就的科普著作，其发行量至今已是一个令人咋舌的庞大数字。这是件令人感觉欣慰的事，说明在我们自以为繁琐功利的俗世里，还有大量的人群关注甚至醉心于宇宙理论，以及其他一些抽象的向上的无关周遭种种琐碎事项的精神追求。

人一旦拥有了自己的精神家园，就可锻造一颗相对超脱的心，去面对许多别人以为烦忧的事。即便是身处陋室、粗茶淡饭，亦觉尊贵且甘甜。而世界也不仅仅是目力所及的世界，它可以更高远。说了半天，也就是建议：没事可翻翻霍金的书，不限于《时间简史》。

我们平常所说的"时间"，当然没有霍金所言的那么高深。它如"空气"一样，是一个平淡却不可或缺的名词。在任何事情上，计算"机会成本"的时候，我们都无法逃避这个十分重要的构成元素：时间。

要衡量一件事情和一个人的分量，或许可以从时间的分配比率上一窥端倪。譬如说，希拉里和奥巴马这两个大忙人，近年来不辞辛劳接连飞赴缅甸，从他们对昂山素季的连番拥抱与微笑亲吻等亲密举动，以及他们对锐意改革的缅甸总统吴登盛的频频赞许，我们当然知道了，美国已经如此在意缅甸。就这样，曾经多年默默无闻的缅甸，一下子就在世界舞台上闪亮起来。

巴勒斯坦与以色列，当然也是互相"在意"的。无论是实质性的发射与拦截导弹，还是相互的放狠话，双方都铆着劲儿耗着。在看似热闹的表象之后，是绵延数千年的伤害与忧伤。恰如一盘下僵了的棋，这种情状还会继续下去，一年又一年，却不可以如棋局一般推倒重来。"巴以掐架"，谁说了都不算。最后，只有时间说了算。

时间可以很冷寂也可以很温暖。本期有篇文章分析日本的自杀率为何居高不下，我觉得除了日本根深蒂固的生死观念之外，更重要的一点是，在一个城市人口居住那么密集、日常压力相当大的国度，很多人可以找到成功，却逃不过内心的孤独。而过度讲求礼仪，便也在心灵之间设置了屏障。有时候仅一念之差，人就那么简简单单地挂了，由不得你瞠目或欷歔。

近期中文微博热议的"90后请假未获准即跳楼"一事，也那么触目惊心地出现在社会新闻栏目里，我猜想与他关系最亲近的人尤其是他父母，其实都有一份责任。若有人愿意陪他说说话，曾经不带任何目的地关心他、同时也需要他的关怀，那么，他何至于脆弱得如此幼稚。

如今为了一件小事走上不归路的内地少年已越来越多，这应该引起我们成年人的警惕。生与死这样的大命题，一个人不应该如此草草作决定。一个人的人生观，需要身边的成年人尤其是父母的言传身教，从一点一滴的小事、一个一个的场景、经意不经意的决定做起，其中的核心内容是：你对我很重要，我对你负有责任，因此为你我花多少时间都应该——而不仅仅是花多少钱都应该。

2012年12月21日如期而至，那将是"玛雅历末日说"彻底破灭之时。我们且不用管这种胡说八道，但我还是希望，大家都来珍惜时间，珍惜生命。生命在于质量也在于长短，每一天，每一秒都不可重复，不会再来。对于所有读者，我们要说的是，感谢2012年的陪伴，2013年《看世界》会更精彩。我们所有人，一定会，继续精彩。

『看世界』刊首语

2012年12月

2013，我们都要更美好

《看世界》2013年1月上封面

终于，流传已久的玛雅人关于 2012 年 12 月 21 日是世界末日的说法，随着 2013 年的翩然而至，被证明只是玛雅历旧纪元的结束，而新的纪元已经开始。

在这崭新的时代，不少国家或执政党已经或将要出现新的领导人。其中，中国、美国、日本三国的新领导人尤为引人注目。美国的新总统奥巴马与日本的新首相安倍晋三实际上都曾是各自职位的旧面孔，而中国共产党在刚刚结束的十八大上，也选出了习近平为总书记的新的领导班子，我们完全相信，未来的中国在中国共产党的领导下，一定会继往开来，呈现出更加蒸蒸日上的新气象，这毋庸置疑。而韩国新当选的女总统朴槿惠，也给世界政坛带来一股清新的风。

我们普通人，当然也可以从 2013 年起有一个新开始——并非一定要从形式上推倒重来，而是可以在态度与心灵的层面，做更美更好的自己。

这也是为何《看世界》在 2013 年的第 1 期，选择来做"地球需要小清新"这个话题。我们希望每一个人，在 2012 年的奔波繁忙之后，切实感受到 2013 年有个芬芳温暖的开端。

是的，"小清新"不仅仅发韧于对音乐品位的形容，也不仅仅是对青春电影的界定，更不单单是从"小资"升级的一个词语，它还可以是一种生活态度。其形式不拘一格：女孩子长发长裙、不施或少施脂粉，男孩子不拖泥带水、爽朗真实等等都可以是小清新；更令人信服的内核是，一个人生活得真实质朴，呈现本真的自我，温和地坚持做自己，既不随波逐流也不偏激乖戾，保持内心的光明与向上力量，切切实实去爱与被爱等等等等。它就像很多概念一样，细品时才发现其中有太多内涵。还好，都是让人感觉轻松温暖的内容。

也许这正是台湾的几部小清新电影在内地大热的缘由所在。而被冠以"小清新班长"的内地歌手曹方，在回答关于此名头的褒贬时说："这个世界有太多阴暗面，如果我们沉没在其中，这个世界还会变得更好吗？"她从完全正面的角度，来面对"小清新"的定义。我很赞同。

我们对这种向往"清新"的潮流和体验不要轻易否定，因为它展现的是人性的细微真实，体验又那么温暖可人。在所有宏大的题材之下，不正是普通人的喜怒哀乐填满每一个日子？因此，一些人从纠结的现实中解脱出来，以小清新的态度来解读我们生活的这个世界，以电影等艺术形式来细致刻画青春与激情，理应值得肯定。

2013年，无论我们做一个怎样的人，地球上的那些冲突与对立依然呈胶着态势。这个世界有很多无比纠结的元素，恰如有人言及巴以问题时所言，"我们无法选择邻居"（见本期内容）。而我最近大爱叔本华，他曾写道："舒适和幸福具有否定的本质，而痛苦则具肯定的特性。"看到这句话，我第一个念头所及也是痛苦纠结了数千年的巴以冲突。而小清新电影《别人的儿子》，从巴以两个家庭抱错孩子引起的一系列问题来阐释巴以争端（见本期内容），其

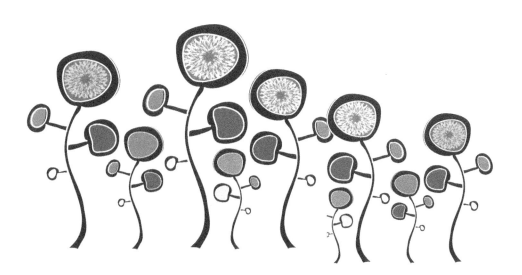

获奖也并不令人感觉意外。这种现象有点像那本曾经红极一时的《追风筝的人》一样，残酷的现实与人情冷暖的交错，总能燃起人心深处隐藏已久的火花。

即便叙利亚仍不得安宁，即便有些国家的核弹头正蓄势待发，即便有些国与国在分庭抗礼，即便天灾人祸频仍等等，我们每一个个体依然可以决定，从2013年起，选择做个更美好的人。在有生的每一天里，做更纯粹的自己，待他人友善，关注而不纠结于细节，真实自然地去面对一切值得的人和事。如果被感动了，不必过于掩饰，这说明你依然还有一颗柔软的小清新的心，因为小清新最核心的要素就是：简单真实。这其实与年龄无关。

十分沉重的是，有些人已经失去了迎接2013年的机会。对那些在2012年12月14日枪击案中丧生的美国儿童，我们在伤痛之余还要思考更多问题。本刊在2012年曾做过一期封面话题"美国禁枪，绝无可能"，虽然在美国全面禁枪是不可能的事，但如何加强枪支管控，尤其是让内心有缺陷的人远离枪支，则是奥巴马新政府需要认真面对的问题。至于同一日在中国内地被砍伤的中国儿童，我们在担忧之余更要感谢那十几个堵在教室门口救全班的男孩们。而政府与社会如何保护所有的未成年人在安全的环境中成长，是亟需面对的重大课题。

在2013年，让我们从每一件小事每一个日子做起，以冷静的眼和温暖的心，做更美好的自己。

2013年1月

何谓贵族

一直记得一篇小说《最后的贵族》，是台湾作家白先勇很多年前写的作品。少年时的我似乎是从一本台湾杂志上第一次读到这篇小说，感觉很震撼。后来内地拍了同名电影，由当时一位内地一线女演员演绎女主角。她演出了那种悲情与决绝，但我总觉得少了一点什么，仔细想想，原来是贵族气质。这个，怪不得谁。气质这个东西，一半是天赋，一半是环境赋予，而那位女演员成长的大环境，似乎不太有利于培养贵族气。

看本刊本期《辜家与霍家的政商情结》一文，才知"从平民到贵族，需要三代人的努力"的说法源自巴尔扎克，并非我们中国人的原创。多少年来，这个观念根深蒂固于我的认知范畴里，故而十分同意大学时一位老师所说的话：中国尤其是内地已经没有贵族。因在三代以内，有太多的缘由让贵族变身平民。

这个倒也没什么。现代社会已经有现代社会的规范，未必需要贵族。翻开各种书籍，当地球盛产贵族的时代，也更多征战杀戮、尔虞我诈、装腔作势等等。不说别的，随便打开一本中国古代史，无论是各诸侯国还是宫廷内外，每一页都内斗得不亦乐乎，那都是贵族们所干的事。他们中的很多人，即便出身尊贵，关注的范围也不过周遭的一个"利"字。

故而，未必出身贵胄，那就算得上贵族。贵族首先是有贵族气质的人，而这种人一直是不缺的，他们往往

《看世界》2013 年 1 月下封面

具有深深的家国情怀，却又关怀弱者，必要时会毫不犹豫地舍生取义。从近代"我自横刀向天笑"的谭嗣同到鉴湖女侠秋瑾，到前段时间美国校园枪击案里诸位不计个人安危、毫不犹豫舍身保护学生的老师，以及广州的那位"托举哥"等等，他们骨子里都可称"贵族"。因为他们的智慧、教养与气力，可以为值得的人、事、规则而无私付出。

因此，我不觉得意大利前总理老贝是贵族。他其实非常有实力和才干，但经常被一己的绯闻甚至是丑闻所困。即便他堪称"豪门"，财富多到令我们这些普通人叹为观止的多少亿欧元，但因个人的欲望覆盖了普世情怀，他便很难赢得尊敬。从普通人的角度，他应该还算得上一个"敢作敢当"的可爱老头儿，但要论"贵族"二字，似乎很难搭界。

现在这个世界，像老贝这样的"豪门"众多，他们的差别仅在于财富的多少；若不以天文数字的财富来划界，那简直是多如星星。在此基础上，堪称"世家"的则不太多。有意思的是，在日本，这两个称呼基本上可以重合，那里的政治世家基本上是商业豪门，从首相的更迭，亦可见日本那几个"世家"的轮流坐庄游戏。大家都心照不宣，你方唱罢我登台。仔细探究其来龙去脉，也是一件十分有意思的事。

不要以为以民主大佬自称的美国就可例外，那里的政治，同样由"世家"把控。包括布什家族、肯尼迪家族等几大政治家族成员在美国政坛上"此伏彼起"的表现绝非偶然，就连希拉里成为美国国务卿也绝非她个人能力出众那么简单，这与曾任总统的她的丈夫克林顿的强大人脉，也有着千丝万缕的关系。而包括欧洲在内的很多地方的政界，又何尝不是如此？他们中间，当然也可能有"贵族"。

恰如前文所言，真正的贵族，高贵不在于形式，更在于一种精神。因此，要想从豪门与政治世家中找贵族，未必那么容易。让人感觉温暖亲切的是日本王室的小公主，她从上幼儿园起就得自己背书包，这是日本的教育习惯使然，哪家的小孩儿都是如此；即便贵为公主、服侍者众，她也需背起自己的这份小小责任。也许，就在这些自然而然的细节里，就蕴含着贵族精神。

2013 年 1 月

心有猛虎嗅蔷薇

身为诗人，一生有一句不朽的诗句，已属难得。英国当代诗人西格里夫·萨松（Siegfried Sasson）曾写过这样一句可以传世的诗：In me the tiger sniffes the rose. 台湾诗人余光中将其翻译为"我心里有猛虎，在细嗅蔷薇"，整体中规中矩，"细嗅"用得颇生动。

心中忽然闪出这句诗，是在夜半时分，读到本期一个小话题中有关李安的几篇文章。若以这句诗来形容李安，可谓再恰当不过。温文儒雅的他，内心敏感锐利，当然也有很多属于我们中国人的内心冲突与痛苦，无法言说。所以，他以"天分"和"赤子之心"（留意一下，这是他在接受采访时必定会提的两个词）去拍电影，去接受各种极端题材的挑战，甚至不是"接受挑战"，而是"发起挑战"。其电影《少年派的奇幻漂流》的成功，也就不足为奇了。许多人，包括很多华人以及越来越多的西方人，一听到他的名字就会好奇：他又拍了什么，得去看看。

正是这种信任感与期望值，更多地来自陌生人的期望，让李安如台湾资深媒体人陈文茜所言："你好像刻意想逼迫自己，一直在跨越，跨越所有的边界。"这种"跨越"的勇气与执著恰如猛虎，而那些一路走来的细节就是"细嗅蔷薇"。这种姿势看似温情芬芳，实则艰辛无比，此中滋味，可能唯有"懂得"的人才明白。

李安代表了一种"很中国"的形象，却有一颗映照

《看世界》2013 年 2 月合刊封面

『看世界』刊首语

普遍人性以及整个世界的心，也就是他自己所说的"赤子之心"，这也是他的纯东方元素电影《卧虎藏龙》能够在西方世界取得不俗票房的重要原因。文化的力量就是突破包括地域在内的种种框架的限制，像阳光与风一样，自然而然到达每一个可以到达的人群。李安一直在往这个方向努力，且日臻成熟；我们所能做的，就是看他的电影，体察他的"猛虎嗅蔷薇"。

"面孔"话题中的另外几个人，也都践行了"文化的力量"。譬如说获得2012年诺贝尔文学奖的莫言，他也是在尝试以文学的形式去突破一些人为的限制。在表现手法与影响力度来看，他还在行进途中，但他的努力是脚踏实地且绵延已久的，故也"值得"此奖项。诺贝尔奖适时给他加了把火，让他的"猛虎嗅蔷薇"可以得到更多人的关注。无论如何，这都是一件好事。

专栏有文写胡因梦，我曾经想写一篇《无草之因》，聚焦胡因梦与林徽因，源于她们都有一个共同点，那就是胡将原名中的"茵"改为了"因"，林也将"音"改成了"因"，后因事情太多，我想写的那篇文章终未能落笔。同样身为女性，我个人的感悟是，除却种种其他因素，不同时代的她们不约而同改"因"字可能有一个深层原因：从"因"字看不出性别，希望其他人不要强调其女性的身份，且关注她们心中的"猛虎"，即智慧与力量。

是的，人心中的猛虎是跨越了性别界限的。许多外表温婉柔弱的人，却有着极为坚韧的内心世界。譬如说本期漫画《政客很忙》里的韩国总统朴槿惠，她心中的猛虎如何嗅蔷薇，我们拭目以待。

可以说，前文萨松的这句诗未必适用于形容所有中国人，但应还是适用于大多数中国人。说起来，地球上只有中国人几乎可个个当诗人，除了数千年的诗歌传统，也因为我们"修身齐家治国平天下"的教育期望，让我们早已习惯了自如转换于两种或多种相互冲突的人性特质中，"猛虎嗅蔷薇"恰如"诗意栖居"，不经意中成为了对中国人的特别赞许。

农历蛇年已至，让我们暂且停驻匆匆的步履，跟随内心深处的"猛虎"，去寻觅花的芬芳。亲爱的读者，感谢您一年来的陪伴，这192页的二月合刊，每一页都有我们的心意与祝福：祝蛇年大吉，芬芳四溢。

2013年2月

查韦斯的大国梦

如果说"温水煮青蛙"是一种外交政策，那最细致生动却也最残酷的践行者应该是美国。它往往可以用最温情脉脉的方式，达到武器难以达到的目标，最终实现其国其民的利益最大化，在天然资源方面尤其如此。因此，如果美国政府要员甚至是总统、国务卿齐齐向某人或某国笑得灿烂，可能得当心了，那很可能是他或她瞄准了你手中的某张好底牌。

委内瑞拉的底牌是石油。它盛产石油，且因与美国地理临近，它呼呼冒出的石油最快数天内就可运抵美国东海岸。尽管奥巴马对委内瑞拉暗示"怀柔政策"，但它就是不领美国的情。因为委内瑞拉还有第二张底牌，那就是查韦斯。这个苦苦与病魔搏斗，一直坚持要延续玻利瓦尔梦想的硬汉。

《看世界》2013 年 3 月上封面

一些微妙的细节值得关注。2013 年 1 月 10 日，在查韦斯缺席的总统连任就职典礼上，22 个拉美国家的外长和代表签署了《加拉加斯声明》，表示支持委内瑞拉；而在此前后的几天里，美国有主流电视台言之凿凿地说：查韦斯已经去世；除了反对派的严辞抗议之外，委内瑞拉查韦斯阵营内部的派系之争已见暗流，相关人物的拥抱鼓励，仍藏不住各怀的心思。这些细节可以佐证：查韦斯在拉美有着极大的影响力；美国恨极了这个连任者，巴不得其早日归西，为此连基本的新闻真实也不必讲了；委内瑞拉的内部局势与查韦斯的健康状况息息相关，任何明争暗斗都要以此为先决条件。

查韦斯，就这样在拉丁美洲起到了"牵一发而动全身"的无可替代的作用。而且因其对石油领域多年的纵横捭阖，他的健康问题所造成的连锁影响，可能会通过石油价格波及这个地球的每一个角落。

好吧，我们来看看查韦斯如何打石油这张牌。从 2005 年起，他在拉美推行"加勒比石油计划"，向拉美输送大量低价石油，仅巴西每年就可从此计划获益约 60 亿美元。稍稍细心的人可以留心一下，签署《加拉加斯声明》的 22 个国家，绝大多数都是此计划的直接受益方。不要嘲笑这是"金元外交"，国家利益本身就是国际关系的重要元素；何况你要人家在美国的强大吸引力下光靠理想过日子，那显然不现实。因此，即便查韦斯病重，拉美盟友的友谊，暂且还温暖。

在对付美国方面，查韦斯口口声声念着的"要减少对美国市场的依赖"，即减少对美国的石油出口量云云，其实勾不起美国那么大的恨意。查韦斯动美国人"奶酪"的，是关于石油定价权的坚持。对国际期货市场稍有了解的人都知道，美国在掌控能源、原料、粮食等方面的定价权简直无所不用其极，在大

豆、棉花等方面的出招曾歹毒至极却往往成功。而查韦斯不仅要将石油的所有权和定价权相统一，还直接要改变"石油—美元"的贸易结算机制，甚至提出颇具创意的"石油元"以替代美元在国际贸易中的结算地位。此计划若能成真，对善于玩"空手道"的美国，近似于抽筋剔骨，令其无处遁形。只是这种计划需要"从长计议"，其前提也是他有健康身体。

在委内瑞拉国内，查韦斯也在一定程度上做到了将石油贸易带来的收益"藏富于民"。中产阶级可支配资产增多，社会底层的穷人也可获得一些"社会项目"的帮助等等。如此种种，便是查韦斯可以在缺席就职典礼后仍获诸多支持的重要原因。

难忘那一幕。在竞选连任总统时，一群人簇拥着查韦斯，欢歌笑语；查韦斯大幅度地扬手扭胯，动作张扬，表情欢乐。那时，他刚做过癌症手术不久，据说康复得很好。不知为何，当时无论看电视还是看照片，我总觉得那个场景有点不自然，他的动作不太流畅，更像是隐忍着身体的不适，却不得不尽可能展示健康强壮。此后他顺利连任，却因健康问题，最终没能出席就职典礼。2月18日，查韦斯在 twitter 上宣布结束在古巴的治疗回国。

是的，查韦斯不仅仅是勇士那么简单，他还是个真正的智者。若以马尔克斯的《百年孤独》里的主人公上校来形容他，那还只能是一个侧影；查韦斯不仅仅是顽强，他的目标极为精准，善于出牌，知道自己想要得到什么、要实现什么目标。但他是否能如自己从不讳言的那样，去实现西蒙·玻利瓦尔的"建立从墨西哥到阿根廷的美洲联盟的蓝图"的梦？他是否可以将拉美从绵延已久的悲情而纠结的历史情绪中拉出，带领拉美突破美国对其"后院"的定位，实现他们本应获得的荣光？只能说，希望查韦斯能健康生活下去，然后，继续追梦。（注：此文发表于3月1日，3月6日查韦斯去世。）

『看世界』刊首语

2013年3月

韩国的几个侧影

《看世界》2013年3月下封面

　　韩剧里的韩国，有点像那句话：艺术源于生活但高于生活。

　　数年前我第一次去韩国的时候，是从另一个国家直飞韩国的第二大城市釜山。从机场到宾馆的路上，脑海里都在闪现韩剧里的精致场景，此后当然是大吃一惊。不瞒你说，我觉得咱们中国一些较好的县城，似乎更具都市风范。如果说釜山有什么优越的地方，那就是处处整洁，连大排档的桌椅都清洁得一丝不苟。

　　此后因适时调整了期望值，从釜山坐公务大巴奔往当时的汉城现在的首尔时，在漫长的路途中，我对沿途种种"平凡景观"已不感意外。直至到了首尔，才觉得那儿还算得上是大都市。傍晚在汉江边宽阔的休闲地带散步时，看到许多人在游玩，还有一些玩轮滑的少年呼啸来去。据说当地政府有规定，汉江边长且宽的休闲带，是严格受到保护的，所有的宾馆酒店及其他设施均需"退避三舍"，建在一定距离之外。当时心里一动，觉得有心保护市民"呼吸空间"的城市才可说得上具人文关怀，才当得起"大都市"的称谓。

　　如果说韩剧有点像韩国的名片，那韩国人于韩国更具"名片"意义。由于学习与工作关系，我接触过一些韩国人，他们在生活与工作的许多方面，大多极为认真勤勉。无论男女，是否整容，他们的衣着妆容都较为精致。曾有一个韩国年轻男子闲聊起洗面奶的学问，让我即刻心生高山仰止之感。多年前我在天津读书遇到一个韩国天才，精通六国语言的他说仅学了半年的汉语，三句话就听出了我是"湖南南部"的人。从那以后我惭愧地埋头读书，尽量少与天才们说话。而越来越多的韩国人都多少会一点中文，有一个韩国人很老实地告诉我：很多人在大学期间会选修中文至少一年，这样有利于找工作；如果有机会，尽量来中国工作至少一年，因为中国的市场很大。

当然韩国不仅仅是韩剧与一些韩国人所代表的鲜亮积极的"正能量"。譬如说，若在全球范围内评选高危职业，韩国总统很可能排得上号。

常常会想起那片嶙峋的山石，尽管事实上我没有亲眼看到过。2009 年 5 月，已经归隐田园的韩国前总统卢武铉，跳下了其家附近的那个山崖。那时我在《广州日报》国际部工作，策划此专题时，脑海里总是出现他戴着草帽、骑脚踏车载着孙女的灿烂笑容。这个没有上过大学的人历尽千辛万苦、奋斗一生，却在从总统的职位上退休后，因家人的贪腐他必须接受检察机关的调查时，走上了不归路。那时，深夜在办公室，对着他充满理想主义色彩的履历，阅读同事们写的相关文章，不禁掩卷叹息。功名的无谓、世事的荒凉，就这样纤毫毕现。

卢武铉只是卸任韩国总统中有着悲惨遭遇中的一个，其他许多人的际遇也好不到哪里去。1948 年韩国立国至 2012 年共计有 10 个总统，其中首任韩国总统李承晚被逼卸任后远走夏威夷且最终客死他乡；此后朴正熙在其第五届任上的 1979 年被当时的情报部长枪杀，此前 5 年其妻也在一个公开场合遭枪杀；全斗焕在卸任后因遭贪腐调查于 1988 年卸任当年即出家；金泳三、卢泰愚均因"叛

国、叛变及贪污问题"被捕入狱，1998年初在金大中上台后获特赦；金大中任职后期因儿子涉政治资金丑闻而倍感困扰，而两个儿子终因贪污和逃税被定罪；卢武铉在任时已遭弹劾短暂停职，为其卸任后最终的悲剧命运埋下了伏笔。

如今刚卸任的李明博，近两年也因宅地问题而不得安生。还好，韩国新任总统朴槿惠，以其温婉且柔韧的女性特质，让人相信，韩国卸任总统的悲惨命运或会终结。她是曾任韩国18年总统的朴正熙的女儿，笑容明朗的她从不提家庭的悲惨过往，还曾为其父任总统时的独裁统治，向韩国民众道歉。

韩国卸任总统的悲情命运，是值得社会学和心理学学者们深入研究的课题。此中或也折射出韩国社会的特点：浓厚的东方人情伦理观念与黑白分明的西方管理规范，狭路相逢、无法闪避；其中也难免夹杂各派政治力量冤冤相报的情结。卢武铉的遭遇只不过是其中最极端的一个例子。曾经历父母双亡悲剧的朴槿惠，若真能做到"放下放下，摆脱摆脱"，将不仅仅是韩国总统的幸事，也是这个国家的幸事，更是韩国文化的幸事。

是的，领导者的理性会造就社会的宽容，也有利于打造社会文化的包容。在本期话题文章里，韩国驻广州总领事杨昌洙先生在接受本刊记者专访时说了这样一句话：与其一味地以竞争思维方式考虑，不如拿出镜子对自身进行审思与反观，文化没有竞争对手。我深以为然。

因此，"鸟叔"是讽刺还是赞美首尔富人区的生活方式，实在不重要。重要的是，他以风靡全球、仅有一句英文歌词的《江南Style》推出了韩国的另一个侧影，拉近了韩国与世界的距离。而他的成功，绝非偶然，其后是韩国政府对文化艺术产业的持久扶持。

2013年3月

"城市病"衍生"心病"

　　"大城市病"已成全球难题。环境恶化、人口剧增、交通拥堵、房价高企、就业困难等等，都可以算得上是城市的病。而在所有这些表象之下，人们往往忽略了上述种种带给人们——不仅仅限于城市居民——的巨大心理冲击。在生活的重压之下，人际关系的防范、疏离与冷漠，给许许多多的人尤其是青少年带来了极大的伤害。其中一些人装作已经习惯了这种隐性的伤害，其中也有少数人，再也装不下去了。

　　南京 90 后女大学生"走饭"自杀已有一年多。一年以前，当我看到她留下的看似轻松的遗言"我有抑郁症，所以就去死一死"，以及其他大量调侃自己的微博，我在办公室落泪。这个她给自己取的网名"走饭"，也暗含凄凉：每一顿饭，都可能要在不同的地方吃。而她的笔调冷峻，颇有张爱玲之风。因她的遭际触动了我们，《看世界》杂志的编辑当时联系了心理学专家武志红，刊登了一篇他的相关分析文章。我们唯愿以文字的微薄力量，可以让"走在人生边缘"的一些人走到阳光下来，他们也是我们的兄弟姐妹。

　　然而，悲剧仍在不断上演。今年最让人唏嘘的同类事例，是一个有着海外留学经历的年轻女子，在冷静地发出了"抑郁症让我生不如死"的最后一条微博，且向亲人们表达歉意之后，一去不回。很多人都在感慨，她很有才能、学历高且年轻貌美，为何会走上这条路？有

《看世界》2013 年 4 月上封面

『看世界』刊首语

一个曾患抑郁症的朋友如此作答：对于抑郁症患者来说，每一条路的尽头都是墙，让人感觉苦不堪言、了无生趣，如果未能得到及时的心理干预，其中的一些人就会走上自杀之路。

世界卫生组织有数据显示，全球逾3.5亿人罹患抑郁症，此数字还以每年5%的数量递增；全球每年有近100万人自杀，其中超过半数的人患有抑郁症。世界卫生组织有一个负责人表示："抑郁症并非专属发展中国家的疾病，这是一个全球现象，不论性别与贫富。"

作为一个心理学的外行，我比很多人更关注抑郁症，是因为曾经在工作中接触到大量的"边缘人"。进入媒体行业之初，年轻的我因缘际会主持了一个面向打工一族的心理小专栏。每周一期，每期不过以寥寥数语解答3—5个小问题，然而信件如雪片飞来，许多人遭遇的困境让我震惊。原来在南方天空下，那么多年轻灿烂的笑容，藏着那么深的忧伤。因为种种原因，他们中的绝大多数人并不属于自己工作的城市，在夹缝里观望繁华，一遇到工作和生活中的难题，自身就常觉透凉。

主持那个专栏时有一些读者来信，现在看来，多多少少都与抑郁症相关，而很多问题，都直接叩问"生与死"。那时我也曾心急如焚地赶到珠三角的一个城市，去看望一个表示要自杀的女孩。后来证明是一场虚惊，但我不后悔。若能救人，当然功德无量；若人本不需救，那至少也证明了，在面对生死的时候，我不是一个冷漠的人。这是自己给自己的交代。当时，我以犀利但真诚的态度面对一切信中问题，一直到因为其他工作的原因不得不放弃那个栏目。直到今天，开始惴惴不安，当时太年轻，未必能当得起一些读者的期许。

2013年，不少自杀在微博直播，其中一些人不讳言：我有抑郁症。让人警惕的是，很多人在起哄，讽刺挖苦者也有之。甚至有一个妹妹见到哥哥自杀，首先居然是拍照发微博。当时可能没什么，可她今后真能心安么？

4月1日，是明星张国荣因抑郁症离世的日子。如果你喜欢他，请不要仅仅停留于怀念，请去关怀而不是嘲笑你身边自言"我可能有抑郁症"的那个人。坦诚地谈论抑郁症，本就是一种治疗。只要多一点用心，即便我们治不了"城市病"，也可以接近人的"心病"，然后温暖而理性地去应对。

2013年4月

是什么在决定未来

世界正在迎来"非洲世纪"？这也许是媒体的臆测，但不容忽视的是，全球有越来越多的国家和资本奔赴非洲寻找机遇。然而，奔往非洲的路途并非一帆风顺，即便你绕开索马里，你也无法绕开其海盗的威胁与影响力。

很长时间以来，索马里海盗困扰着各国商船与各国政府。2009年4月，我曾就此在《广州日报》上撰写了一篇评论《海盗问题需从陆地治本》。其中有一段话可沿用于此：陆地的问题出在哪里？索马里普遍的贫穷，使得做海盗成为一种"谋生途径"。而其"高风险高回报"的特性，让许多人甘愿铤而走险。此外，邦特兰司法地位不清，也为海盗力量的增长提供了温床。各国政府在面对海盗时的"各顾各"也为索马里海盗提供了可乘之机，所谓的"国际社会联合打击"也往往貌合神离。

《看世界》2013年4月下封面

在那篇文章里，我还提出了几条解决之道，其中一条是：发达国家应着眼长远，帮助索马里发展经济和文化，从根本上去除绵延已久的"海盗温床"。然而，现在觉得这个想法实在是太天真。

此次《看世界》做有关非洲的话题，我们再深入了解索马里乱象的来龙去脉，不得不承认，一些道貌岸然的发达国家，从近代起对索马里的肆意侵略与切割土地，等于是破碎了索马里的昨天；而欧美船队利用索马里的无序状态，对索马里原本渔产丰富的数千公里海岸线进行了灭绝性的捕捞，且将核废料等严重危害环境的废料毫无顾忌地倾倒于索马里境内，如此种种都等于是毁掉了索马里的明天。

『看世界』刊首语

一个丢失了昨天，又无法憧憬明天的索马里，就这样长成了尾大不掉的海盗毒瘤。而海盗在当地居民中高达 70% 支持率的"群众基础"，就是如此在国家的旧伤新痛中渐渐形成并"夯实"。

欧美国家对于索马里以及整个非洲多年以来的殖民、侵害、破坏等等，在某种程度上制造了索马里海盗问题，而这个苦果如今需要整个世界来吞咽。在这个时候，你无法与发达国家去谈公平、公正等等原则。

历史是否会重演，决定于那种过于自私、为自身利益不惜损毁旁人或某种底线的国家策略能否改变。目前的塞浦路斯危机，就是一种考验。但很遗憾的是，西方国家那种损人利己的思维方式并未改变。根据欧盟法律，塞浦路斯银行里超过 10 万欧元的存款账户因无存款保险，"将被冻结并被用来解决塞浦路斯的债务"，而这些账户的主人不少是外国商户尤其是俄罗斯人——相信其中也有在当地花了大价钱买了豪宅的中国人。这部分中国业主，很可能将要面临房产贬值、储蓄缩水的不利局面。俄罗斯商人联合会主席尤里·皮亚内赫将包含此项内容的欧盟救助方案评价为"合法化盗窃"，颇有些道理。

而这个可能损害外来商人和投资者的"塞浦路斯救助方案"之所以能浮出水面，主要是因为德国的坚持。而德国之所以如此，是因为总理默克尔及其政党即将面临连任大选，如何在既不失自己在欧盟地位，又不必付出太大代价就可争取国内选票，成为了救助方案的要义。于是这个"花别人的钱，买自己的明天"的所谓救援方案，以诡异的方式亮相，貌似还有欧盟的法律作依据。

"索马里困境"绝非孤例，只是它更为典型，去解决它甚至近于绝望。这与美国未成美国时，那些多数来自英国的欧洲移民以收集印第安人的头皮为乐一样，他们在某种残酷的毁灭中实现了自身利益的最大化。此外诸如希腊危机、雷曼兄弟事件、塞浦路斯危机等等不那么典型的事例，其中也有一个草蛇灰线的脉络：资本的利己、权力的自保，都以冠冕堂皇的方式去实现。

在全球聚焦之下，非洲是否会更灿烂？塞浦路斯的未来会走向何方？这就像物理学上的"作用力"与"反作用力"，若国际社会给非洲或塞浦路斯或其他地方输出的是"正能量"，那我们必定可见阳光灿烂；若有些国家仍对其采取饮鸩止渴的态度，那"索马里困境"还会迅速复制或重演。

2013 年 4 月

国际评论

GUOJI PINGLUN

"大话"时代

将本·拉丹错说成萨达姆的人不多，最不应该错的就是他们共同的死对头布什。可他偏偏在新闻发布会上出现了这样的"口误"。

布什近段时间屡出惊人之语。在"首度承认向伊开战己身有责"后，依然认为情报不准固然有误导嫌疑，但出兵伊拉克还是一件十分正确的事情。左右都有理的布什更让美国人惊得目瞪口呆的是，这个时刻标榜民主国度、通过民选上任的总统，居然承认曾授权国家安全局"未经法院批准在美国境内监视恐怖嫌疑人的长途电话和电子邮件"。

布什的"大嘴巴"是出了名的。但此次以新闻发布会的形式来公告明显有违美国法律精神的"监听"为"正确"，只能用叹为观止来形容他的"创造性"。

在美国"权利法案"成文初期，华盛顿、杰斐逊、富兰克林等人在美国历史上有名的"大辩论"中，曾经以各种方式执著地坚持：人民的人身、住宅、文件和财产（persons，houses，papers，and effects）有着不受无理搜查和扣押的权利，不得侵犯。这也是美国"权利法案"第四条的主要内容。

布什的一句话，轻巧地否定了这些。他认为，只要美国面临的恐怖威胁没有消除，就依然会超越法律，以总统的名义授权有关部门进行监听和信件查询活动。这是一句多么笼统的大话，谁能出具证明，恐怖威胁会在何时消除呢？

此外，美国还在通过各种方式，实现对"关键国家"的舆论控制。如美国国际开发署在阿富汗的塔利班倒台后，已投入巨额美元用于控制和支持阿富汗各类媒体，让他们发出"中听的声音"。

美国国际开发署旗下的一家公司，还在阿富汗组建了拥有40余家电台的庞大的新闻机构。"这些电台占据了调频的主要波段，很多都一天24小时不间断地进行着美式宣传"。

如果说这些就是"言论自由"，那么，冒出许多大话"泡泡"就不是什么奇怪的事情了。

备受布什关注的伊朗，也出现了一个"大话人物"，那就是前些天说"犹太人大屠杀是个神话"的伊朗总统内贾德。这两天他说的是，禁听西方音乐。这不能不使人想起中国古代"掩耳盗铃"的故事。

布什和内贾德，均身为一个国家的领袖，却时常会说些与事实不符的"大话"，在啼笑皆非之余，不由我们这些平头百姓不心惊肉跳，但愿他们的"胆大妄为"，仅仅停留在"大话时代"。

2005年12月21日

阿岚看世界

102

丑闻，层出不穷

联合国已进入了多事之秋，丑闻层出不穷。

先说远一点的。2004 年 4 月，联合国难民署高级专员吕贝尔斯被指控"性骚扰"；同年 11 月 19 日，联合国工会理事会投票通过了一项针对联合国高级管理层的不信任决议，起因据称为安南袒护被指控以公徇私、对下属进行性骚扰的副秘书长迪利普纳伊尔。

再说近一点的。今年 3 月，乌拉圭人卡丽娜·佩雷利被控在其领导的联合国选举援助司存在性骚扰、搞裙带关系和滥用公款等问题；5 月，一名为联合

国驻科索沃难民事务高级专员工作的巴基斯坦人又被指控犯有走私人口罪、性虐待罪等；10月，联合国宣布暂停英国怡乐食公司作为联合国食物提供商的资格，原因是这家公司涉嫌在合同竞标时舞弊。

联合国维和部队的丑闻也日益增多。从2004年3月至2005年4月，联合国驻刚果（金）、布隆迪、海地和利比里亚等国的维和人员也先后爆出性丑闻。而联合国秘书长安南正在经受煎熬。在"石油换食品"丑闻中，各方最关心的是安南是否"插手"其儿子曾供职的瑞士某公司从牟取不当利益的事情，相关调查仍在进行中。

面对丑闻不断的联合国，我们不能简单指责了事。联合国成立的初衷，代表着人类的向善且尊重秩序之心，这一点无论怎样也不能改变。而成立60年以来，联合国在国际舞台上一直扮演着一个不可或缺的角色，在多方力量的博弈中，有时也偏离了主航道，有时也会出现不和谐音，但那种向善的信念一直都在。

尽管联合国没有主权国家所拥有的强制力，但其在国际事务上的影响力和"权力"早已不言而喻。随着其规模越来越大，防止权力滥用的预警机制却不见"与时俱进"，层出不穷的丑闻将这一切端上了台面。联合国作为代表了人类向往光明、和平、美好的一种航向标，也已被涂上了一抹暗色。

随着安南宣布将选举援助司司长卡丽娜·佩雷利解除职务，因丑闻而离开联合国的官员队伍正在"壮大"。联合国内部的"整风"也日显雷厉风行。这也许会是一个全新的开始，且让我们拭目以待。

2005年12月5日

阿岚看世界

103

104

人道与规则

美国反恐过敏，一个度假归来的乘客被空警击毙了。

一个生命就这样消逝，大家都知道是误杀，却没有人说一句"遗憾"或者"抱歉"。

目前各方仍在争论：开枪，应不应该。其实，在符合多数人利益的一种正常态势下，不带私利和偏见的职务行为，没有什么应该不应该，因为它维护的是一种行之有效的规则。在危险到来之时，尤其在当时那样紧急的情状中，空警开枪，是一种顺理成章的职务行为，并不能说成错误。这也说明维护大多数人利益的规则存在的唯一意义，就是严格地遵循和实施。

但是，当事方一味地强调误杀的"必要性"，却不提误杀所带来的伤害，

这就有违人道了。更不可思议的是，因为事前曾有一埃及可疑男子被疑携带炸弹而又失踪了，迈阿密的误杀事件似乎找到更合理的注脚。因为某种莫名威胁的存在，"有问题的人"的危险性被无形夸大。

"大部分美国国会议员以及空中安全专家都认为，空警开枪的行为有助于加强商业航线的安保工作"。如果是这样，从另一个角度来说，这位精神病患者之错失生命，也有其意义在。但为什么就没有人问候一句，说一声"抱歉"？

美国众议院航空委员会的主席约翰·米卡称，"这个事件对意图在飞机上制造恐怖事件的人来说，是一个警告。"说的也是，一个根本没有实施袭击的人可以被紧急击毙而没有任何进一步的说明，更何况其他？进而言之，美国时不时会高调张扬一下的"人道主义"安在？

这不由人不生出一些其他的想法。有人认为，阿尔皮萨尔原来是哥斯达黎加人，长相不似本土美国人，"如果是一个本土的白人，空警也许不会这么当机立断地开枪"。是这样吗？恐怕不会有人回答。

在事件发生前后，唯一表示了歉意的，是被误杀者的妻子。她致歉，是因为给其他乘客造成了不便和恐慌；也是向已共同生活了 20 年的丈夫表示悔恨。她，是从尊重生命的角度出发，说了对不起。

一个病人，失去了永远不能再回来的生命；一个妻子，失去了她的丈夫；一对父母，失去了他们的儿子；还有许多的亲人和朋友，再也看不到那个曾经鲜活的。

这也许不够那些"警示"、"安保"等等词汇有分量，却是贴近每一个人的现实问题。谁活该倒霉？没有人应该。那么，当有失误发生，哪怕是不得不发生的时候，让我们听到一句"抱歉"。至少，这可以让这个世界在不得不遵循的规则之外，多一点闪亮的人性。

2005 年 12 月 9 日

这一年，世界举步维艰

在西方世界最隆重的节日、2005 年的圣诞节前几天来点评一年的国际新闻，少的是轻松和喜庆，多的是沉重与悲伤。

2005 年，是灾难多多、困难重重的一年。

本世纪还没有哪一年，像 2005 年一样集中了如此多、如此大的天灾人祸。卡特里娜飓风、南亚大地震、禽流感疫情蔓延、欧洲遭遇特大洪灾、民航遭遇黑色 8 月、遍地开花的铁路事故、伦敦油库大爆炸等等，太多的事情，为许多无辜的生命划上了休止符。

以空难为例。今年空难的频密，令人震惊。截止至 12 月，今年共发生了 6 起死亡人数过百的空难。最近的一次，是本月 6 日下午 2 时 10 分，伊朗一架军用 C-130 人力运输机在德黑兰居民区坠毁，遇难者人数达 128 人，其中有 68 人是记者。

2005 许多国家面临的头道难题，就是"反恐"。英国伦敦、约旦安曼被袭等等，已经让整个世界尤其是西方世界，陷入了恐怖活动的泥淖，"八公山上，草木皆兵"，如在英国伦敦地铁和公交系统遭到恐怖分子袭击后，前不久伦敦油库爆炸一发生，大家最"敏感"的是：这是不是又一次恐怖袭击？尽管警方一再否认，各方的疑问依然成了各大报的头条。

伊拉克依然是个充满悲情的地方。自从 2003 年 3 月美国发动伊拉克战争，这里就是战乱之地。2005 年在全世界造成大约百人或更多人死亡的恐怖袭击中，伊拉克境内就发生了三起；至 2005 年伊拉克普通民众死亡人数已经超过 3 万人，驻伊美军也在 2005 年死亡人数超过 2000；2005 年的伊拉克一共进行了 3 次全国性的投票，期间枪炮声此起彼伏，无辜平民屡屡受创。还好，12 月 15 日，伊拉克举行了正式的国民议会选举，这次选举将产生正式的议会。但愿进入 2006 年，伊拉克的人民能得到宁静和美的生活。

2005 也是充满回忆的一年，而这份纪念也是"悲欣交集"。二战胜利 60 年，全球进行了一次又一次声势浩大的纪念活动。欧洲民众纪念反法西斯战争胜利 60 周年；亚洲民众纪念抗日战争胜利 60 周年；在奥斯维辛，人们纪念集中营解放 60 周年；在纽约，人们纪念联合国成立 60 周年。"1945 年 5 月 9 日是一个美好战胜邪恶的日子"，俄国总统普京在纪念活动中如此说道。

在种种纪念活动背后，依然充满隐忧。一位历史学家说过，一切历史都是现代史。即言过往种种，都以某种方式将其影响延续到今日。曾经造成人类灾难的一些因素，如今并未根除其影响。伊朗总统内贾德本月 14 日公然表示，"纳粹德国对犹太人的大屠杀纯属虚构，是个'神话'"。这种论调引起了以色列的抗议和国际社会的谴责，也让人们更添疑虑。

日本更让人"不省心"。在半个多世纪前，对亚洲尤其是其中的中国和韩国造成深重灾难的日本，其政府高层在 2005 年依然"我行我素"，坚持参拜靖国神社；更有重要人士出面对于 "南京大屠杀"的事实信口雌黄，采取否认和狡辩的态度；日韩之间的竹岛之争成为了"定时炸弹"，不知什么时候就可能被引爆；日俄之间的"北方四岛"争议，双方依然各持己见。对于昔日被其侵入并最终兵戈相见的邻国来说，更显而易见的事实是，日本已经将"自卫队"升格为"自卫军"，事实上撕毁了二战后订立的"和平宪法"。而美国似乎也忘记了"珍珠港事件"，完全从现时的利益出发，对于日本的强兵之策，不仅不加以明确制止，有时还暗暗加以鼓励和扶助。

还好，尽管 2005 年经历了种种考验，人类向善之心仍然在引领世界走向光明。对于灾害和困难，整个世界也正携手面对。如南亚地震发生后，各国的志愿者送去了援助与关怀，在第一时间温暖了灾区人民；美国卡特里娜飓风发生后，痛定思痛，各国加强了有关生态环境的探讨和交流，并就地球臭氧层维护等一些事项达成了协议；对于恐怖袭击，更多的国家加入了反恐行列；对于阴魂不散的军国主义，国际社会的谴责之声从来没有如此强劲。

但愿那些曾经受难的人们，在 2006 年得到安宁；希望我们中国人常说的"否极泰来"，将会在国际社会中得到应验；相信冬天过后，又将百花盛开。

2005 年 12 月 21 日

美国的"两副面孔"

美军虐囚的新闻已经屡见不鲜，而打着"人道"的招牌来虐待囚犯，恐怕只有美国人才可想得出来、说得出来。美国在"人权"问题上的两副面孔，再一次显现无遗：一副"热"面孔是对本国重视人权的宣扬，以及对于美国公民张开双翼，在全世界范围内的"尽心"护卫；另一副"冷"面孔，就是"非我公民，必为异类"的冷漠无情。

美国国内人权的"热脸"，正在经受考验。"9·11"恐怖事件发生数月后，布什以寻找恐怖活动证据为由，秘密授权国安局监控美国境内人士的国际通信行为。"窃听门"事件自去年底被媒体曝光后，美国上下一片哗然，侵犯民权、违反法律等指责不绝于耳。

对外的"冷脸"，则一以贯之。对于不同时间、不同地点、不同对象的虐囚，美国也有着截然不同的态度。二战期间，日本人曾经俘获不少美国士兵，并曾用各种匪夷所思的方式进行虐待。美国人一直对此念念不忘，在不少关于二战的著作、电影、展览里，用不同的方式对此进行了毫不留情的谴责和揭露。但到了伊拉克战争时，面对美军一次又一次被揭露出令人发指的虐囚事件时，美国的反应显得有些暧昧，这可以从那个因为虐囚而"名闻天下"的女兵英格兰的遭遇看得出来：不少的美国人同情她，认为她是承受不了从军压力才"失态"的，美国媒体也连篇累牍地证明，她曾经是一个多么多么乖的女孩儿。

此次关塔那摩的"人道"虐囚，也有异曲同工之处。美军的态度是轻松的、肯定的、戏谑的：看守故意频繁地将粗大的食管插进囚犯的鼻子；看守还在强迫绝食囚犯服用的流质中加入了一种能导致腹泻的物质；美军官员说，这些措施的效果看起来很不错……如果说，此前美军虐待伊拉克战俘的事件，不是偶然发生的事件，而是系统地虐待战俘的罪行，那么此次对待关塔那摩的关押者的虐待，同样令人发指：被虐的许多人，仅仅是因为不一定能够得到证实的"恐怖嫌疑"就被关押、被虐待。

美国式民主的"双重标准"，公然在违反一些国际规则。如"施用酷刑"，就受到日内瓦公约、《世界人权宣言》等的严令禁止和谴责。根据1949年的日内瓦第二公约，"一切放下武器的武装部队人员和失去战斗力的人员，在一切情况下不得因种族、肤色、宗教或信仰而受到歧视"，"不得损害他们的个人尊严，特别是侮辱、降低身份等"。

说到底还是那句话，因为你不是美国人，所以你享受不了美国式"民主"；如果不小心落到了他们的手里，就要为"不是美国公民"付出代价。这样奇怪的逻辑，正是美国霸权主义的另一种体现。

2006年2月11日

"玩笑"背后

　　"拿了我的给我送回来，吃了我的给我吐出来"，流行歌曲《嘻唰唰》为刚刚过去的中国农历新年带来了几分玩笑色彩。可在巴勒斯坦1月份的大选中胜出的哈马斯，如今却"唱"出了相似的话语：如果以色列保证撤离所有巴勒斯坦被占领土，哈马斯就可以放弃武力抵抗。

　　稍稍有点常识的人都知道，以色列绝无可能"返回1967年中东战争前巴勒斯坦和以色列的边界"。哈马斯不可能不知道这一点，那么哈马斯为什么要开这样的"玩笑"呢？

　　哈马斯的此次"玩笑"话语，无疑蕴含着诸多潜台词。

　　哈马斯在巴勒斯坦大选中胜出，出乎所有人意料，也带来了前所未有的震荡。哈马斯坚持不承认以色列、坚持不放弃武装抵抗等等，让以色列、美国、欧洲各国头痛不已。不少专家认为，哈马斯依照现有的政纲往下走，必定会导致中东和平路线图的破产。此外核心成员只有数千人的哈马斯本身不足以驾驭巴勒

斯坦的内部局势，不能承担与以和谈的重任。事实上，以色列确实也没有将其当成和谈对手。

不过，有着深刻矛盾、不同立场的各方，本质上有着一个共同点，那就是冀望和平——哪怕这种和平不见得那么长久。包括巴勒斯坦民众在内的阿拉伯世界和以色列，均将寻求和平当作一种趋势，因此大家都在"说着凶恶的话"，却不忘记留下回旋余地。譬如说，以色列虽不愿意与哈马斯正面接触，却也不反对其他国家从中斡旋。

基于这样的呼声，哈马斯改变自身形象，真正以执政党的身份走到台前，树立一个谨慎、冷静、寻求和平的新形象，就成为当务之急。为此，他们必须真正面对巴以和谈，必须让"不搭理"他们的以色列在谈判桌前坐下来。而从另一个角度来说，哈马斯不可能退让太多，他们曾经对将其推举上来的民众承诺，保证巴勒斯坦得以真正建国，那么这句承诺就成了他们走向和谈的底线。

于是，"你退出领土，我放下武器"的远景，就这么"玩笑"似的说了出来。而且，说者有心，听者有意，双方在相互观望，并寻找合适的台阶。

2006 年 2 月 14 日

阿岚看世界

棋子与棋局

城门失火，殃及池鱼。以色列和哈马斯的对抗，已经影响到巴勒斯坦民众的日常生活。2月18日，以哈马斯为主体的巴新一届立法委员会宣誓就职。这意味着哈马斯在巴政治舞台上正式以主角的身份亮相。

然而，与哈马斯相互间有"宿仇"、短时间内难以找到疏解途径的以色列，迅速作出反应：19日，以内阁决定逐步实施"降低与巴关系级别"的政策。以相关部门也都出台了针对巴方的强硬政策，如禁止加沙巴劳工和货物进入以境内，切断向巴方的水电供应，不再向巴方移交代收的税金等。以色列期望通过这些手段，让"堡垒从内部攻破"，使巴自治政府在财政上陷入困境，从而动摇哈马斯主导的自治政府的根基。美国也在2月17日要求巴方归还美去年向巴提供的5000万美元援助。对刚刚履新、立足未稳的哈马斯政府来说，这些动向

无疑是"雪上加霜"。

只是,这个世界多的是事与愿违的例子。譬如说,哈马斯之所以能够打败执政40余年的法塔赫、出乎所有人意料当选,也部分诠释着"事与愿违"。

以色列和美国早就将哈马斯宣布为恐怖组织,但反而在某种程度上让强硬的哈马斯获得越来越多的支持。巴民众给了法塔赫40余年的机会,他们依然不能带来宁静和美的生活;而与此同时,哈马斯在社会福利等方面做了一些工作,似乎在乱世中为民众撑起了一片阴凉。一点点渺茫的希望,让巴民众做出了选择。

以色列和哈马斯的对立,看起来走入了绝境。譬如说,以色列要求哈马斯解除武装,就像两个手中拿着大刀的仇家狭路相逢,在摆好"劈人"架势的时候商谈和解,强势的一方说"你先放下武器",另一方则满怀狐疑:如果我放下了刀,你灭了我怎么办?于是陷入僵局。

局势看起来紧张,但双方还是留下了"转身"的空间。哈马斯并非铁板一块。刚成立之初,坚持暴力斗争的哈马斯的终极目标是消灭以色列,建立一个包括"全巴勒斯坦"土地的伊斯兰共和国;然而在今年1月11日,哈马斯公布竞选纲领时,只字未提"消灭以色列"。

1月23日,哈马斯领导人马哈茂德·扎哈尔宣布,哈马斯不把与以色列谈判视为"禁忌",不排除通过第三方与以接触。而以领导人提出的"弃武、承认以色列、遵守协议"三个条件,也为日后与哈马斯"面对面"接触留下了台阶。

只是,"冰冻三尺,非一日之寒",以色列和哈马斯从仇恨走向对话,尚需时日。

在这个漫长的过程里,巴民众还得承受"城门失火"之痛。尽管美国警告以色列,"不要采取任何可能使巴民众生活陷入困苦的行动",然而在现实中,以色列似乎正在这么做。民众被当成了棋子,令棋局更多风云变幻。

2006年2月21日

阿岚看世界

在禁令中生存

没有规矩，不成方圆。但规矩太多且过于"整齐划一"，未免令生活少了许多兴致。

美国人现在忌讳比较多，政府工作人员更有许多"注意事项"，从12日开始，又多了一项。美国驻伊拉克使馆发出通知，暂时禁止美国政府雇员乘坐从巴格达国际机场起飞的商业航班，原因是此前发生了"疑似安全事件"。无独有偶，十几天前委内瑞拉民航官员宣布，委内瑞拉从3月1日开始禁止美国大陆航空公司和三角洲航空公司的航班飞赴委内瑞拉，并限制美国美洲航空公司的航班。这两个"禁令"，前者凸显的是在"9•11"以后，美国人已经陷入"草木皆兵"的安全泥潭；后者则与美委外交关系转冷不无关系。美国处处示强，最终需民众付出一点代价。

比起美国面临的诸多沉重"禁令"，另一个规定更具"幽默性"。如今在巴基斯坦，"警方一发现有人放风筝，便会前往抓人。"巴政府颁发此禁令，当然有其缘由。由于放风筝在巴为传统活动，甚至还有个"巴桑特节"的主要内容之一就是放风筝。正因为这样，人们在风筝"部件"上各显神通，风筝线用上了金属丝，直接导致了他人的人身安全。政府对"放风筝"尽管责罚甚严，"顶风作案"者仍大有人在，从本月10日起，已有1400多人因此而被拘捕。

一个国家发布对于人们日常行为规范的禁令，自然会有其理由。譬如说，新加坡针对日常生活的禁令就比较多，禁止售卖口香糖，为的是市容整洁；禁止在公众场合吸烟，为的是保护环境和尊重他人；禁止乱闯红绿灯，为的是维持公众秩序等。虽然新加坡对于违令行为的惩戒力度也很大，但市民非议者少，更没有大规模的违抗行为。这可能因为，这些禁令尽管都是"小处着手"，但可谓"大处着眼"。

反之，巴基斯坦"禁风筝令"，则有因噎废食之嫌。严厉地禁止一项传统活动，还不如加强管理更有效。譬如说，对风筝制作、风筝线的采用、放风筝的时节和场地加以限制，会比一刀切地"禁止"有效得多。这可以从我国对于"城市禁放烟花爆竹"逐渐有所松动得到借鉴：以前有的城市完全禁放烟花爆竹，结果悄悄违令的人随处可见；今年春节，北京等大城市对于烟花爆竹的售卖、燃放进行规范管理，一切也显得井然有序。现代生活节奏太快，各国的传统习俗和活动本已日渐式微，如果此时再因其弊端而完全废止一些行为，日后或许更难言得失。

美国 12 日颁布的禁令和巴基斯坦实行的禁令，内在的一致性在于，都是为了避免事故发生，保障人们的生存权利。不过在生存底线之上要生活得更好，不仅需要"规矩"，需要"力量"，更需要各方内在的和谐与宽容。

2006 年 3 月 14 日

阿岚看世界

115

高处不胜寒

在公众休息日打了一场高尔夫球，最终令一个国家的总理引咎辞职并很可能是终结了政治生涯，这样的事情说起来有点不可思议。然而，一件小事能够推动一件大事的发生，必然有其内在的渊源。

当危机出现之时，相关的政府官员不应置问题不顾而"一晌贪欢"。对于文明社会而言，这并非潜规则。每个人在不同的时候，有着不同的身份。有时我们是"自然人"，更多的时候是"社会人"，而一旦成为了政府工作人员，要拿纳税人的辛苦钱作为薪金，那又顺理成章多了一层"公仆"的身份。如果一个人做到了政府高职，成了公仆的头儿，民众的要求自然会更高。所谓"高处不胜寒"，也包含这一层意思。

平心而论，韩国前总理李海瓒是个难得的政治人才，就连他的政敌们也不能不承认他在发展地方经济、稳定人口出生率以及推行国家养老金计划等大方向上的成功。但这一切，不敌在错误的时间（韩国铁路工会罢工）和错误的地点（被视为奢侈之地的高尔夫球场），与错误的对手（工商界人士且其中有一个有刑事案底）打的一场高尔夫球。而且，在 2005 年 4 月和 7 月，也就是当年 6 月当上韩国总理的李海瓒履新的前后，他已一再出现同样的错误：不理危机事态而去打球。不是韩国民众不宽容，而是李海瓒已经伤了民众的心。

中国的儒家文化，在韩国早已根深叶茂。"修身齐家治国平天下"的处事理念，也渗透到了一些韩国人的日常行为中。这也意味着，政府高层不能再将自己当成一个"穷则独善其身"的普通人，而是要在平常的一举一动中，都要心系"兼济天下"。这样的要求，不可谓不苛刻。如果你不能完全做到，那也要在民众有难的时候，多一分舍，少一点得。人才难得的李海瓒因此落马，不由人不扼腕，但也只能徒叹无奈。

2006 年 3 月 15 日

总统的新装

看到布什在伊战问题上如此高调，不由想起安徒生的童话名篇《皇帝的新装》。作为美国总统的布什粉饰伊战，早已不是什么稀奇事。但在伊拉克内乱不断、经济低迷、民众需花高价买枪来保障自身安全等等明眼人都看到的凄凉景象中，他还一个劲地说"好"，就十分耐人寻味了。我们中国人喜欢用"三"字，来代表心理感受上的长久。伊拉克战争开战正好有3年。伊拉克和美国的民众，以及当初因为各种原因支持美国出兵的国家，已耐心等待了3年，却看不到一个可以预期的好结果。

于是，美、伊民众早在以各种方式表现自己的无奈和愤怒，譬如说伊拉克抗议者焚烧了北部一座屠杀纪念馆；而参战的国家对于在伊拉克减少驻军或完全撤军颇为关注，例如与美国关系最铁的盟友之一英国，就初步议定了从伊拉克撤军的日期。与这种到处蔓延的失望相左的，则是那个十分高调的、说是萨达姆在伊拉克藏有核武器的开战理由，一直未能得到证实。虽然在这三年里，美军早已将伊拉克翻了个底朝天，却怎么也找不到自圆其说的证据。因此，布什政府在美国国内的公信力和支持率，都在走下坡路。

尽管如此，美国已刹不住车了。在伊拉克战场上，美国走得太远；布什总统在伊拉克这个话题上，话说得太满。驻伊美军死亡人数已超过2300人，伤员则达近20000人；美军在伊战中共花费450亿美元，这也成为美国政府债台高筑的因素之一。付出了如此沉重的代价，你还能说这不是个彻头彻尾的错误？

于是，为一种已铸成的错，找寻光鲜的外衣，就成了布什的重任。布什勉为其难地穿着这件新装，相信也是有苦难言。而在这个世界上，诚实的孩子却越来越多，他们都准备说"总统什么也没穿"。

117

2006年3月21日

历史不容背叛

一切历史都是现代史。

法国政府和德国政府官员 4 日同时现身于第一次世界大战中一场最惨烈战役的遗址，联手推出两国历史学家为中学生编撰的历史教科书。就同一个历史事件，教科书将两国的不同观点摆出来。法国政府教育部长德罗宾认为，"这让我们能够以对历史的良知为基点，共同面对未来"。

二战的另一个战败国日本却未能如德国那样理性面对历史。1946 年 5 月 3 日，远东国际军事法庭在日本东京开庭。审判历时 2 年多，对 28 名甲级战犯进行了审判（即东京审判）。今年是"东京审判"60 周年，但日本人对此事言之甚少。

日本《朝日新闻》2 日公布了一份民调结果。调查显示，70％受访者不知道东京审判的内容，而在 20 岁至 30 岁这一年龄层中，10 人中只有 1 人回答知道东京审判内容。更有 17％受访者表示，他们根本不知道有东京审判这回事。还有部分日本人，试图通过为甲级战犯翻案"改写"侵略历史。2005 年 6 月，日本厚生劳动省政务官森冈正宏公然妄称，战后建立的远东国际法庭进行的审判性质值得怀疑。

不能客观理智地面对历史，遗患无穷。韩国外交通商部长官潘基文 3 日在首尔说，日本没有解决历史问题，这对东北亚地区的和平与繁荣是一件不幸的事情。潘基文说，韩日两国之所以在独岛（日本称竹岛）问题上产生矛盾，是因为日本仅仅在口头上对历史上发生的事情进行道歉，并不付诸行动。他认为，要解决独岛问题和韩日海上专属经济区问题，日本不能仅限于法律和技术层面，而应当先解决与此相关的历史问题。

韩国政府 4 日宣布一项对独岛自然资源进行开发的 5 年计划，总预算为 342.5 亿韩元（3654 万美元），韩国联合通讯社 4 日说，这反映出韩国总统卢武铉担心独岛的历史背景会被彻底遗忘。

卢武铉最近一次在青瓦台总统府举行的会议上说："我选择在独岛问题上采取强硬立场就是因为害怕日本政治领导人的遗忘。那些忘记了他们过去罪行的人试图在未来重复同样的罪行，遗忘过去的罪行令人恐惧，故意遗忘就更加可怕。"卢武铉还指出，他同样担心一部分韩国人遗忘历史。

日本的"健忘"却是具有"选择性"的，这突出体现在"参拜"一事上。不理会相关邻国的感受，日本政府领导人一而再再而三地参拜供奉二战甲级战犯牌位的靖国神社。继96名日本国会议员4月21日集体参拜臭名昭著的靖国神社后，日本执政党自民党的21名新议员4月28日又集体"参拜"。据悉，他们选择此日是为了纪念1952年4月28日《旧金山和约》生效54周年，该条约的签订意味着盟军结束了对日本的占领，日本重新成为主权国家。而中国从来不承认这个在二战后由美国主导签订的片面的"对日和平条约"。

日本的"选择性遗忘征"，时时会露出马脚。靖国神社内的一个历史博物馆，还把日本在上世纪30年代和40年代对亚太国家的侵略称为，将这些国家从西方殖民主义中解放出来。此外，日本对于发生在中国的暴行如南京大屠杀等事实一再否认；编写以"进入"替代"侵入"的教科书；对于历史上属于中国的领土领海不断提出"异议"等等也值得引起关注。

一个人不能面对过去，可以折射出其内心的怯懦。那么一个国家的官员不能面对甚至有意扭曲历史，是否也"别有用心"呢？

2006年5月7日

阿岚看世界

参拜凸显重重矛盾

　　早有专家指出，"从众心理"是日本十分显著的民族特性之一。但在参拜靖国神社方面，那种"整齐划一"的立场不复存在，取而代之的是日本国内错综复杂的各种矛盾。

　　首先，小泉及众多高官是自相矛盾的。他们一边声称"参拜"与政治无关，表达的是私人感情，但在靖国神社留名时往往会"疏忽"地署上官衔，并屡次在重要的外交场合鼓吹"参拜"有理。

日本政商两界，在"参拜"事宜上分歧明显。前不久，日本经济同友会"上书"要求小泉停止参拜，以免与邻国关系再度滑坡影响商贸往来，但是遭到拒绝。

对于被参拜者的后人来说，他们也未必"领情"。甲级战犯、前内阁总理大臣广田弘毅的孙子广田弘太郎表示，靖国神社供奉14名甲级战犯牌位前未征求广田家族的意见。另一甲级战犯之孙东乡和彦也呼吁下届日本首相停止参拜靖国神社。此外，韩国和中国台湾一些人曾在二战中被日本强征入伍，战死后名列靖国神社。其后人便一再抗议，要求将先人牌位撤出靖国神社。日本方面对此基本不予理睬。

此外，日本上至王室下至民间，反对"参拜"者大有人在。上月日本新闻界就爆出昭和天皇曾反对靖国神社合祭甲级战犯。日本也有法院曾作出小泉参拜违反宪法政教分离原则的判决。但这些均无济于事，小泉依然故我。

如今，靖国神社已经成为日本国内政治斗争的砝码。而将甲级战犯的牌位移出靖国神社，也成为一种折中方案，多次由"民间人士"提出。此外，日本外相麻生提出"个人建议"：靖国神社放弃宗教实体地位，变成一个国立追悼设施。明眼人可以看出，他也想在小泉下台后"靠拢"首相职位。

8月13日到15日，小泉是否会去参拜靖国神社呢？以强硬著称的小泉真若成行，各种矛盾将趋白热化，而日本与中韩两国的关系，也将再次跌至谷底。

2006 年 8 月 9 日

阿岚看世界

疯狂的地球

8月15日，日本首相小泉纯一郎不顾各种压力，"毅然"乘坐公车，前去参拜靖国神社。一向强调此为"私人事务"的他，却在靖国神社内签署了"内阁总理大臣"的官衔。而且，参拜是在其秘书的陪同下进行的。小泉言行自相矛盾，依然对外界反应满不在乎。韩国和中国震怒，李肇星紧急召见日本大使，韩国则公开表态，如果下届日本首相依然参拜，则日韩首脑会晤无期。

同日，为黎巴嫩真主党与以色列停火的第二天。但双方仍在打口水仗，依然剑拔弩张的样子。更好笑的是，他们都在说自己"赢"了。黎以停火了，双方的平民依然生活在惊恐中；而那些逝去的生命，如同草芥。

依然是同一日，伊朗总统内贾德公开宣称，将拒绝联合国安理会有关伊朗核问题的协议。伊朗方面还表示，如果美国或以色列敢于向伊朗发动袭击，伊朗将把导弹射向以色列。

13日，适逢古巴国务委员会主席卡斯特罗80岁生日，委内瑞拉总统查韦斯带着特别准备的礼物热情洋溢地去拜寿，两个以铁腕著称的男人握手言欢，笑得每一条皱纹都写满了夸张。

在所有这些"疯狂"之后，都有一条暗流涌动，那就是一贯认为自己伟大正确的美国。没有它在某些方面的暗中支持，日本和以色列不会那么不顾"国际舆论"，一意孤行；而没有它的"大力阻遏"，将其视为共同敌人的查韦斯和卡斯特罗也不必那么彰显彼此的友谊。

明天会怎样？和平是甜美的吗？要回答这两个问题，首先得回答：美国将整个世界视为棋子的思路，何时会改变？

2006 年 8 月 17 日

冤案绝非偶然

从接受美国司法调查至今，6 年多的时间过去了。云开月明，李文和终于等到了这一天。此间磨难，也许只有他自己清楚。

李文和案的发生，绝非偶然。上个月，中国外交部第二批重大历史档案解密，其中就有档案表明，上世纪 50 年代著名火箭专家钱学森回中国前，居然曾在美国被软禁 5 年，每时每刻都有人"关心"着他的一举一动。

从钱学森归国之初的谈话我们可以得知，当时有许多华人科学工作者想回中国，但不敢提出申请，因为一旦不获美国政府批准，他们在美国的工作和生活将会受到影响。

研究领域较为"敏感"的华人科学家，一再被"怀疑"，有着更深层次的原因。中国与美国的意识形态、文化理念不同，按照美国"非我族类必为异端"的固化思维方式，中国国力的强大和经济的崛起，触动了某些美国人的神经，于是"中国威胁论"一而再甚嚣尘上；而中国在科技和军事上的突飞猛进，也随之变成了一件"可疑"的事。长着"中国脸孔"的科学家，即便他们已加入了美国国籍，也一样变得"形迹可疑"。

美国本是讲求证据和"无罪推定"的国家，但在李文和案上却是相反的。他平白无故在狱中受了 9 个月的煎熬，最后却以"莫须有"的轻微指控而"不明不白"地回复自由身。尽管美国能源部和司法部仍拒不"认错"，涉事媒体亦"噤声"，如今共计 160 万美元的"和解"款项也可算是一种"说法"。

2006 年 6 月 4 日

在"刁难"中进步

中国作为农业大国，正面临前所未有的尴尬，那就是要为我们丰富的农产品寻找国际通行证。我国加入WTO后，一些农产品出口遭遇到国外技术壁垒的重重限制，如茶叶、蔬菜、肉类、水产品、粮食等，甚至连中草药都遇到了因农药残留超标、肥料施用不当造成的品质问题，出现遭拒收、被退货现象。

"入世"后我们感受到了前所未有的压力，"刁钻"的欧盟不时地给我们出道难题，其标准的苛刻总让我想起了当年皇宫御膳房对进贡食品的挑剔。例如欧盟一度将茶叶中农药残留的检验种类由6种扩大到62种，降低茶叶中农药最大残留限量标准10～100倍，个别达到200倍，这致使中国对欧盟的茶叶出口大幅度下降。去年1月31日，欧盟委员会发出中止进口包括蜂蜜在内的部分中国动物源产品的指令。紧接着，欧盟又提出比以往更苛刻的氯霉素残留限量，要求蜂蜜中氯霉素检出量不得超过0.1ppb，比原先严格了100倍。

欧盟委员会的这一指令，很快引起许多国家的连锁反应。英国食品标准局也紧接着在市场抽检中查出中国蜜蜂含有氯霉素残留，建议商店停止销售所有含有中国蜂蜜的混合蜜。日本的许多商场陆续将中国蜂蜜撤下柜台，停止出售。随后，美国、加拿大也开始对中国蜂蜜进行抗生素检验。　今年初，欧盟放松了对水产品的严格要求，但是进口的水产品必须是"非人工养殖"的，也就是说，只有海里捕捞的可能才有资格被欧盟购买。

　　这些"刁难"，对于几千年来一直自诩为农业大国的中国来说，也许并不是坏事。在经济日趋全球化的今天，与国际接轨已成为一种不可回避的选择。中国企业正在刁难中前行：了解对外贸易中的国际标准和进口国的技术限制，放弃片面的利益追求；产品标准尽量与国际接轨；加强合格认证工作；更重要的是，要加强自我保护意识、增强争端解决能力，要了解和灵活运用世贸组织的规则，利用世贸组织的争端解决机制为自己挽回损失，以利在别人侵权的时候，在别人起诉的时候，能够快速反应。

　　成长和进步，总会有痛苦相随。

2006 年 8 月 30 日

高调张扬的友谊

古巴领导人卡斯特罗病得不轻，但还不忘说"我的病情关乎国家机密"，治疗进展如何一度遮遮掩掩。

然而到了这两天，委内瑞拉总统查韦斯十分轻松地向全世界通报：老卡已经可以下床与人长谈了。

古巴的"国家机密"通过委内瑞拉总统的口张扬出来，真的是"患难见真情"啊。此外还有许多温馨细节予以佐证：卡斯特罗对于查韦斯偶感不适的胃关怀备至；查韦斯则大力宣扬卡斯特罗的真性情。

两个以"铁腕"著称的铁汉，正在高调张扬彼此的友谊。

张扬当然有张扬的缘由。所有高调的姿态都是给别人看的，特别是要给"敌人"看。古巴和委内瑞拉，都牵动了美国的"痛"神经，卡斯特罗和查韦斯也被列为美国政府的"眼中钉"。目前，古巴正"严阵以待"地防备美国趁乱"入侵"，而因为黎以冲突、伊朗核问题等分身乏术的美国通过赖斯之口如此说道：我们关心卡斯特罗的近况，但绝对不会侵入古巴。就在这样的表态之后，两位平常不怎么展示柔情的铁腕人物高调张扬彼此的友谊就不难理解了。在"气死美国"方面，查韦斯一向不遗余力。

卡斯特罗的病床前，正热闹非凡。北美的不少国家领导人纷纷带去了"温柔的问候"。

而在这些高调张扬的友谊之后，美国梦想的"一股独大"的外交势力，正在慢慢消散。

2006年8月8日

萨达姆，走了

"推翻萨达姆没能顺势创建一个更好的新伊拉克，处决他也不会。"

——纽约时报

一代枭雄，终结于 2006 年 12 月 30 日。

他被控"谋杀和反人类罪"。这个罪名于他，名称未必妥帖，实际倒是不冤。

萨达姆·侯赛因，1937 年出生于伊拉克一个农民家庭，因父亲早逝，萨达姆幼年时曾遭受继父虐待，使得他养成孤僻、脆弱、敏感的性格。8 岁后他随叔叔生活，叔叔激励他做"阿拉伯世界伟大的领导人"。萨达姆 20 岁加入阿拉伯复兴社会党，23 岁时前往埃及开罗大学攻读法律，后经多次升职长期担任阿拉伯复兴社会党的地区领导机构副总书记职务。1969 年，他当选为伊拉克革命指挥委员会副主席，成为伊拉克"第二号人物"。1979 年 7 月，伊拉克总统贝克尔因病辞职，萨达姆得以登上总统宝座，同时他还担任其他要职，集党政军大权于一身。上任首日，萨达姆以"开会"为名，在巴格达召集了数百名伊政府官员。萨达姆在会上以叛国罪处死了 60 名持不同政见者。部分被处死的人临死前还经受了酷刑的折磨。

从此，萨达姆的名字在伊拉克令人胆寒。

他的暴行主要有：1982 年，在杜贾尔村屠杀 143 名什叶派人士（此事也是他获刑的直接证据）；1983 年，下令杀害库尔德民主党领导人巴尔扎尼所在部族 8000 人；1988 年屠杀清洗了 1.8 万名库尔德人；1990 年，伊拉克入侵科威特并占领 7 个月。萨达姆在伊拉克掌权近 30 年，发动了两伊战争，后来因入侵科威特又与美国人打了两场战争。毋庸置疑，他是个暴君。

他的时代，终结于 2003 年。当年 12 月 13 日萨达姆在地洞被美军抓捕，此后美国人公布的画面，凸显了他的懦弱，抹掉了他的勇猛。有人说照片是美国造假，有人说是真图。无论如何，威风的狮子已经没有了皮毛。2004 年 07 月 01 日老萨接受伊拉克法官审讯；2005 年 10 月 19 日，他出庭受审但拒绝认罪。此后，他怒骂法官若干回，"拍案惊奇"若干回，绝食若干回，拒绝出庭若干回，相关辩护律师遭刺杀身亡若干个，伊拉克境内大小暴乱无数。一直到 2006 年 11 月 05 日萨达姆被判绞刑，12 月 26 日法庭对他作死刑终审判决。此后各方都在观望，许多人认为死刑不会在 1 月 1 日的限期内执行。

谁料想，毫无回旋余地的结果来得如此迅急。

一个有他的时代终结了，另一个没有他的时代开始了。这个新时代会更好吗？

《纽约时报》在 29 日发表社论时说，"一个操作精准、程序谨慎的审判有利于消弭他的统治所带来的创伤，也可以为一个数十年来充满专断报复的国家设置一个法治先例，还能让被人为形成宗教与种族分裂的伊拉克赢得民族团结。但事实上没有。上诉法庭草率地维持了死刑判决并命令以特快方式执行。在近 4 年的战争以及付出成千上万美国人和伊拉克人生命后，伊拉克更加看不到有任何根本好转的迹象。推翻萨达姆没能顺势创建一个更好的新伊拉克，处决他也不会。"

布什不笨，他说萨达姆之死不会意味着伊暴力冲突结束。他的发言即刻得到回应。执行死刑当日，什叶派与库尔德弹冠相庆，逊尼派枕戈以待。其外在表现便是伊拉克 30 日发生两起爆炸至少 45 人死亡。

一个政权的兴废，一个人的来去，远远未及一种心理定势和既有格局来得重要。萨达姆走了，在伊拉克留下了年深月久的仇恨。以什叶派与逊尼派为主的各种矛盾对决，仍将继续。

2006 年 12 月 31 日

韩国人质：谁绑架了他们

现象大多是幻象。真相在何方？

3 年前，伊拉克武装分子绑架了韩国男子金善日，并在要求韩国退兵未果时割下了他的头颅。年轻的金善日在求生本能的驱动下，在镜头前发出一阵阵哀嚎"我不想死，为什么要杀我"；他的家人在地球的另一端哭成一团。

3 年后的如今，阿富汗的塔利班绑架了 23 个韩国人质。上周杀了一个人质，30 日又杀了一个人质，且扬言说，如果阿富汗政府不放出被抓的"塔利班战士"，今天还要接着杀"男人质或是女人质"。

第二个被杀的韩国人质的母亲，昨天哭倒在地。旁边的人怎么扶也扶不起。她的伤悲，不堪重负。还有那些镜头没有拍到的其他人质的亲人们，不知正怎样忧心如焚。

那 20 多个韩国人，曾经在首尔机场里，嘻嘻哈哈出发；在"阿富汗不宜出行"大幅的标语下摆出 V 字手势，笑得灿烂。而且，他们一行全无防备，连在阿富汗坐的车，都是一眼就能看出是外国人的。于是在高速公路上被塔利班抓个正着。此后塔利班与阿富汗政府的谈判慢慢变成了闹剧，由于塔利班迟迟没有真正的"行动"，不少人觉得他们最后一定会"服软"。即便是第一个牧师人质被害后，还有人在猜测说，那个牧师其实是自己病死的。

但从昨天起，塔利班开始不耐烦了。他们说，每天晚上转移人质，是一件非常麻烦的事；如果条件谈不拢的话，不如早点杀掉大部分或是全部人质算了；18 个女性人质也不会再得到额外的优待，该杀的时候也会杀。

一副磨刀霍霍的样子。剩下 21 只待宰的羔羊。

韩国政府已不似 2004 年对伊拉克那样强硬，此次早早说年底就会从阿富汗撤兵，但又补充道这是原本就有的计划，与人质事件无关。阿富汗政府曾因营救一名被绑的意大利记者，满足塔利班的要求释放了一名"塔利班战士"，从而被以美国为首的许多国家多加诟病;阿富汗的总统此后不得不说,再也不干用俘虏换人质的事了。这也是此次韩国人质事件发生后,阿富汗缘何那么期期艾艾的原因之一。

人质的安危,其实最关键的还看美国的态度。塔利班十分想利用手中的韩国人质换回"塔利班战士",而塔利班俘虏其实大多控制在美国的手里。可美国怎会愿意用自己千辛万苦抓回的俘虏,来换一些对美国人来说未必关心的韩国人?况且这些韩国人还那么"不懂事","明知山有虎,偏向虎山行"?在美国人看来,他们可以动用一切先进的设备和许许多多的人力去"拯救大兵瑞恩",却难为别国的人质"动容"。很可能在他们眼里,塔利班的俘虏,要比韩国的人质更有价值。

就这样陷入僵局。塔利班色厉内荏,目标渐渐模糊,韩国人质的处境缘此愈加危险;阿富汗现政府唯美国马首是瞻,救人质有心无力;韩国政府一直说不会动用武力解决危机,其实韩国在阿富汗的那点武力,即便行动起来,于分散多处关押的人质来说连"杯水车薪"都算不上;美国在装聋作哑,还借用联合国之口说不要对恐怖分子让步。

普通民众的生命终成草芥。在国家与利益的博弈里,那些个打着V字手势从韩国来到阿富汗的韩国人,那些个隶属于基督教一个小分支的教徒们,正在渐渐步入绝境。

葱郁的生路,可能会在金钱上衍生。塔利班现在对于记者采访人质,开出了2万美元的价码;而媒体需要人质目前的照片,开价还更高。这说明,金钱对于塔利班,也不算全无吸引力。但愿塔利班能开个价,哪怕是天价,也能让韩国政府忙不迭掏腰包,以安抚一点点民众的伤心和绝望。

短短几天时间,韩国人质事件从悲剧演变为闹剧,现在又回到了悲剧。大结局会怎样?塔利班提出的到今天下午三点半的又一次"大限",还会有人质蹈死吗?还会有母亲哭倒在地吗?

在僵局里,谁也不知道峰回路转的契机在何处。但可以肯定的是,韩国人质不仅仅是被塔利班绑架了,从某个角度来说,他们也是被美国绑架。因为,人质的生或死,就攥在这两方的手里。

2007年9月19日

东京不相信眼泪

东京这几天，突然流行吃一种豆沙包，每天早早卖断货。只因它的上面写着"不要输阿晋"五个字。阿晋就是上个星期辞职、如今还在医院、本应下周才卸任的日本首相安倍晋三。这种豆沙包，已让生产它的商家财源滚滚，也透露出民众的一点隐衷。

水能载舟，亦能覆舟。当水起浪，倾覆了小舟后，水却在风平浪静里怀念他的好，悄悄地。安倍晋三，这个一年前被极高民众支持率拥戴，在前首相小泉纯一郎的鼎力扶持下，顺顺当当登上首相宝座的人，风头曾一时无俩。那些纪录辉煌一刻的照片依然簇新，他却很快成为"旧人"。

初上台时，有关"美丽日本"的梦如壮志凌云，各界看好这位长相算英俊、声音带磁性的新首相，好日子却不久长。局势渐转、内阁丑闻不断、民众支持率下滑之时，安倍依然沉稳有力地坚守岗位；当自民党7月底在参议院选举中惨败，首次沦为参议院第二大党时，安倍一反首相必须在此时辞职的惯例，说出绝对不离开的硬话；8月底安倍重组内阁，自民党领导层大换纷扰，对安倍的领导能力提出质疑的声音日益强劲；9月12日，安倍正式表明愿去职，13日便入医院，被医生诊断为"过度紧张与疲劳"，建议留院几日。

即便辞职，他还有一个星期的首相职责需承担，但他已顾不上了。安倍晋三便借着生病的名义，撂了挑子。据其身边人士透露消息，可能到下周新首相选举上任时，安倍也不会出院。

这个壮年得志的男人，不再掩饰他的失落与无奈，也不需要再装坚强。在宣布辞职的那一天，有泪光闪动。他从来不是硬汉。只不过生在世家，年轻有才、一帆风顺。政坛的深邃幽暗、翻手为雨，却远远超过了他的预期。出身温室，对于政坛动物，不啻于一场灾难。在繁花似锦后，是烈火浇油，可以烧掉一个人的力量和自尊。他不想再站起来，所以不想站好最后一班岗。有理无理的非议，

也任它漫天飞。

他不是小泉纯一郎，更不是普京。前者从底层慢慢挣扎到首相职位，早已不信谁的邪，甚至是自己的亲生孩子，也可以多年不搭理。不付出、不靠近，就不会受伤害。即使遍地都是反对派，他自岿然不动。普京更不用说了，正在海陆空全面展示俄罗斯军事实力的他，让美国媒体议论"他正在全世界面前显示他的肌肉"。这两个政治动物，都是独身者，都有优秀女子痴心相随，甚至可以舍命。而爱慕他们的女性，恰如拥护他们的民众：倾慕坚强有力、不为外力所动的人，哪怕冷漠无情、大胆妄为，这也是他们愿意选择的领导者。

真相，往往就是这么尖锐。安倍一心想维护自己的温柔好丈夫、公正政治家的形象，越是在哀鸿遍野的内阁丑闻里失了分。人们潜意识里，不相信会有这样的好事：他又是好人，又是好的领导者。如果他是，为什么事情一团糟？若不是，那不是在欺骗大家吗？

他不是草根，他没有肌肉——即便有，恐怕也不能露出来。日本不是俄罗斯。安倍如一朵于温室里长大的花，无法维护自己的道德体系和语言体系，无法在暗算里明辨敌友亲疏，终究是，中了麻生太郎等旧时竞争者的套，当然更多的是自己的套。麻生太郎，也就是总叫嚣着参拜靖国神社大有道理的家伙，最终也很难成为首相——他在自民党内唯一的竞争对手福田康夫，已获得了绝大多数党人的支持，而当选党内总裁也就意味着代表执政党任日本首相。福田康夫下周履新，已无太多悬念。而这也是麻生太郎第三次与首相一职失之交臂，前两次他分别输给了小泉和安倍。

当安倍晋三真的承认失败，真的不再抗辩，真的以沉默面对所有一切，人们却开始同情和怀念他，所以开始流行吃"安倍豆沙包"。人生就是这么无奈。许多事根本就没有真实的谜底，也不是你想象的模样。你想树立的形象，未必就是你留给别人的印象，于每个人，都是如此。而安倍即便辞职，也被人诟病，说他在执政党失去参议院多数席位时不该恋栈；说他在最后关头未见水落石出时又不该辞职辞得如此散漫轻易。总之，左右都是他的不对。

安倍没有别的错，错的是在成功的坦途上缺少磨练，而高贵的出身又让他与社会的真实一面有了遥远距离。他曾雄心勃勃地许愿要打造"美丽日本"，但种种暗礁与逆流，令他搁浅。只是，若想流泪，也得隐藏。政坛不需要真实，这个世界也不需要真实。只要迷雾。

眼泪，令人同情，却不能取得信任。何况在居之不易的东京。

2007 年 8 月 1 日

围绕科索沃的"可怕先例"

在塞尔维亚有个笑话:他们的国家就像诺基亚手机——每年都会推出新款,且较以前的更小巧。诙谐中,透出些许无奈。科索沃的问题早已不是塞尔维亚的内部问题,其背后是大国的博弈。一名塞尔维亚外交官在接受媒体采访时透露,至 2007 年 12 月 10 日止为期 120 天的"双方会谈",塞尔维亚与科索沃双方代表直接对话的时间仅有 13 个小时;科索沃方面从未有任何提议,对塞尔维亚代表提出的三个"高度自治"的方案则不断否定。

此后其要求独立的声音日益强劲,终至本月 17 日宣布独立并陆续获得一些国家的承认。因有美国等国家撑腰,科索沃独立终于在漫长的纷争中画上一个逗号。

但一切还远未结束。俄罗斯总统普京 22 日形容科索沃独立是个"可怕的先例"。普京说:"它将在实质上破坏整个国际关系体系,这一体系已延续几个世纪,而非几十年。毫无疑问,它将带来一整串不可预见的后果。"他还警告承认科独立的美国、英国等西方国家说,"他们没有完整考虑过他们这样做的后果"。

普京所言"可怕的先例",主要指约定俗成并延续了数世纪的国家主权观念。科索沃问题的实质,首先应是一个主权国家的内政问题。即便有较大分歧也应由双方自行解决。而科索沃在塞尔维亚版图内宣布独立且获得西方国家的支持,明显已对"尊重主权完整"的国际法原则形成直接冲击和破坏。

"国家主权原则"一旦在科索沃得以突破,将对世界上许多主权民族国家形成隐忧。而包括美国、英国在内的多民族国家此时持有的立场,未必不会在未来的国内局势中因"先例"效应而引火烧身。潜在的危害或许更大。

"可怕先例"还有其他衍生内容。一直以"一个声音"说话的欧盟成员国,在此事上出现罕见的"较大分歧"。欧盟轮值主席国斯洛文尼亚外交部长迪米特里·鲁佩尔2月15日告诉波兰媒体："当那一刻（科索沃宣布独立）来临时，我想欧盟会用一个声音说话。" 但仅仅在3天后的18日，鲁佩尔在布鲁塞尔举行的新一轮欧盟外长会后表示，欧盟外长们一致认为，何时或是否承认科索沃独立的决定权掌握在各成员国自己手中，欧盟不会干预。

在22个欧盟成员国里，与英、法、德等国表示承认的态度不同的是，已有包括西班牙、罗马尼亚、希腊、塞浦路斯、保加利亚和斯洛伐克在内的国家明确表态不会承认科索沃的独立。这些国家本身也存在少数民族分离运动，它们不想"搬起石头砸自己的脚"。

"可怕先例"还包括，地球上将出现一个并非完整意义上国家的"国家"。科索沃40%的电力供应和70%的生活用品来自塞尔维亚其他地区，若塞尔维亚坚持"制裁"，科索沃本就捉襟见肘的电力供应也将成为大问题。更重要的是，尽管已宣布独立，科索沃因诸多原因尤其是联合国常任理事国俄罗斯的反对，其短期内不可能获得联合国的承认。

科索沃社会问题十分严重，如前科索沃地区的失业率高达57%；年轻人的失业率更是高达70%；200万人口中的37%生活在贫困线以下。如此种种导致犯罪问题十分普遍。更要命的是，因长期处于"托管"状态且经济凋敝，科索沃短期内很难有自己的警察和军队。

一个矛盾重重、无法自我管理的"国家"，就这样像一个惊叹号一样横空出世。

2008年2月25日

阿岚看世界

美国政府为何"无可奈何"

美国国务院的几名合同人员先后偷看了希拉里、麦凯恩、奥巴马的护照档案，由于三人均为竞选下任美国总统的热门人选，此事已引起美国朝野热议。国务卿赖斯为平息争议，已致电给新陷入"偷看门"的麦凯恩和奥巴马表示歉意。

这些工作人员为何偷看？背后是否有政治动机？许多人在心内嘀咕，却无法证实。美国国务院已令督察长展开独立调查，该督察长却表示，对于已被辞退的两名雇员无法进行调查；而对那个已被限制查阅机密文件的人，"正在考虑可以施加哪些纪律处分"。根据美国沿用已久的"判例"法则，这位雇员所受纪律处分应不会超过去年偷阅希拉里档案的人。

美国政府方面在面对"偷看者"时，为何会显得有些"无可奈何"呢？或因调查者自己也担心会违规。美国宪法中至少有两条法令与此事"相关"。首先是1791年通过的美国宪法"第五条修正案"，其中有规定，对于个人"不得在任何刑事案件中被迫自证其罪"。另外还有1868年通过的美国宪法第十四条修正案，其中有这样的内容："不经正当法律程序，不得剥夺任何人的生命、自由或财产"。这条规定适用于各州政府机关。这两条修正案所包含的"不经正当法律程序，不得剥夺任何人的生命、自由和财产"的内容被称为"正当程序条款"。

因此种种，调查人员对于几名偷看档案者，暂时只能无奈观望。那两个已被解雇的工作人员，甚至可以拒绝调查。至于那个保住了饭碗的人，也不会有大的麻烦，大不了敷衍两句"很傻很天真"，最后受点纪律处分完事。

这样的"无可奈何"，利弊皆有。从尊重法律精神的角度来说，丑陋的政治、庞大的司法机构、位高权重的人，每一项都可能将某位出差池的小人物碾得粉碎。还好，仍有法律条文与这些力量对抗。

当然，偷看别人的档案是非常不对的，但当偷看事件并非孤立事件时，还是奥巴马说得好，人们得"对整个政府的运作方式提出疑问。"

2008 年 3 月 23 日

不丹两国王主动剥夺自身权力

地球上实行君主专制的国家已经越来越少了。而剥夺君主权力的血腥与残酷过程，几乎贯穿了自地球上国家建立以来的整个发展历程。最近的一次争斗，发生在尼泊尔。王室血案、王弟接任、议会争斗、王室权力减弱、财产多被没收，直至新王室被剥夺特权。

邻国君主制的式微，不丹王室看在眼里。但这并不构成不丹现任和前任国王准备放弃权力的全部理由。与在血案后登基的尼泊尔国王不一样，不丹王室因为给不丹民众带来了幸福生活而深受不丹国民爱戴。

不丹国王利用绝对的权威，处心积虑地做了一件事：那就是带领国家和国民走向君主立宪制。1998年，前任国王辛格宣布本人不再兼任政府首脑，将政府管理权移交给大臣委员会；2001年，下令大臣委员会起草宪法；2005年，建议成立两个政党并建立两院议会制；2006年，辛格宣布将王位传给有同样理想的王储凯萨尔；2007年，不丹选举产生议会上院；昨天，不丹议会下院也由选举产生。民主制度下的新政府即将产生。为此，凯萨尔还利用国王的巨大影响力号召国民参加选举。

当舟行水上、风平浪静之时，不丹前后两位国王为何选择"弃权"？或因他们着眼的是"国民幸福指数"，以及这种幸福的安宁长远。

辛格从 1972 年登基伊始，就强调民众的幸福感比物质建设更重要；应更关注国民幸福指数（GNH）而不是国内生产总值（GNP）。

君主专制的存在，确实颇多变数。尼泊尔也曾有明君，但他在宫廷内乱被害后，即位的王弟刚愎自用，民众生活变得不那么"幸福"。辛格曾说："今天你有一个好的国王，可是如果明天你有一个坏的国王，那怎么办？"辛格与凯萨尔这两代不丹国王，决心用民主制度终结将来因可能出现的"暴君"引致混乱的可能性。

他们两人，都是受过现代高等教育的君主，都是自律又达观的明君；更重要的是，他们可利用现有的威权，培育和督促君主立宪制与绝对君主制的顺利对接，往后议会可以弹劾国王甚至废止王室。以"国民幸福总值"为核心的"不丹模式"，就这样横空出世。

这样的选择，其实也是顺应时势的必然。全球君主权力的日益衰微和遭"架空"，已是"冰冻三尺，非一日之寒"。不丹王室的"退步抽身"，可谓正当时——既顺应了潮流，又保留了王室的象征性作用。从另一个角度来说，这也保全了不丹王室更长久的尊严与安全。

2008 年 3 月 25

粮价上涨，穷国农民缘何难受益

民以食为天。全球粮价普涨已形成多米诺骨牌效应。在过去的一个月里，国际米价涨幅便超过了50%，但根据国际机构的权威报告，穷国的农民却未能从中受益。奇怪吗？一点也不奇怪。

一些米商在粮价上涨的"春江水暖"之际，早早已掌握了主动权，坐收渔翁之利。以泰国为例，不少米商见米价飙升便在今年1、2月份提前与农民签订了购销合同，有些农民连下一季将出产的稻米也提前售出了。米商的囤积行为，剥夺了农民从涨价中应分得的利益。而泰国出口商也受制于米商，不得已高价向他们购米，或是对早先签下的国际期货合同毁约，这又无形中推高了国际米价，给更多人带来影响。

　　此外，不断上升的油价导致化肥等生产资源涨价，这也增加了穷国农民的耕作成本；再加上一些小国因条件所限，未能采用科学种植法，粮食的亩产量甚低。根据世界银行的报告，在最贫穷的国家，当地人购买基本食品的支出占其总收入的比例可高达 75%。这意味着不少小国的农民生产的粮食连自己家吃都不够，尚需从市场上购买不足部分，粮价上涨也是他们苦恼的问题，遑论从中获益？世界银行行长佐利克说，"据统计，在过去的两年间，全球已有上亿人因粮价上涨陷入贫困。"

　　更深层的原因，在于发达国家对本国农民的补贴政策对世界粮食交易所形成的恶性循环影响，即国际农产品的"扭曲贸易"。一些发达国家为本国农产品提供巨额补贴让其以低价出口倾销，在国际粮食市场上占据主动。与此同时，这些发达国家又对进口的农产品设置高关税门槛，或提出各种苛刻的"标准"。这样的"内外夹击"大大损害了发展中国家的农业发展，以及发展中国家农民生产粮食的积极性。当各种原因引发了粮食普涨危机后，多年的积弊也就爆发出来。也只有到了这种时候，发达国家也不得不面对"扭曲贸易"这柄双刃剑所带来的逼人寒光，采取各种措施去应对。

　　全球粮价上涨，穷国农民既不能获益，还得同样承受高粮价带来的通胀，这种双重的伤害让他们没多少心思和能力去扩大种植面积和提高产量。联合国正在呼吁，曾经尽享各种好处的富裕国家捐钱去补助穷国农业，提高农民生产的积极性。但愿这种呼吁能引起发达国家的足够重视，但愿他们能够明白"全球经济一体化"的真正涵义：当大雨来时，谁也不能幸免。

2008 年 5 月 1 日

美国禁枪，明日黄花

枪支，是一个典型的"美国式矛盾"。全国约3亿人口，而私人拥有2.5亿支枪；与此相应，近10年来美国每年约有3万人死于枪击案，平均每天有80多人，其中有10来个儿童；仅仅在2007年，美国就发生了3起大型公众场合枪击案，其中弗吉尼亚理工大学枪击案造成33人死亡。2008年，美国依然"枪声不断"。

数据触目惊心，但美国仍然不可能禁枪。独特的枪支文化，已经成为"美国人"形象的一部分。曾有人说"美国诞生之时就有一支来复枪在手中"，此话颇有些道理。从1521年第一批搭乘"五月花"号船抵达北美大陆的英国移民开始，"枪"便成为一种保障，也是一种语言。越来越多的到来的移民，需要枪来面对莽莽旷野，更需要它来与当时的"土著"印第安人进行旷日持久的争斗，事关个人和群体的存亡。

个人持枪的权利，逐渐从一种人们的"自发"行为演变为白纸黑字的规范。美国建国时期，随着各州的建立，不断有州内的法律条文来强化人们"持枪"的习惯。一直到1791年《权利法案》以宪法修正案的方式清晰界定了这种权利。对美国历史和法律稍有涉略的人都知道，《权利法案》于美国人的意义，俨如圣典，不容忽视与侵犯。此外，美国50个州中的44个还以州宪法的条文明确保护公民持枪的权利。也正因为这样，对于一些美国人来说他们不一定非得持枪，但私人通过合法渠道持枪是基本权利之一种，不容质疑。

在频繁的"枪击案"面前，美国还有一种声音，以"步枪协会"的宣言为代表：步枪不杀人，杀人的是人。也就是说，一个人若想杀人，持枪与否并不重要，枪也并不比其他武器更危险。因此，如今更多的人说起"禁枪"的话题，不是真的禁止个人持枪，而是怎样引导个人理性持枪。这种观念，轻描淡写地将"枪"与"枪杀"划清了界限，也让爱枪及重视持枪权利的美国人，找到了心理平衡。

　　美国枪支问题，已演变得日益复杂。因牵涉巨大经济利益，是否支持持枪也成为每一个政坛人物需要面对的课题，更别说总统大选这样众人瞩目的"大考"了。如今共和党候选人麦凯恩依然坚持共和党一直以来支持的个人持枪的态度，民主党候选人奥巴马却不敢亮出民主党"有限度支持"的旗帜，原因很简单，若对持枪说个明确的"不"字，也就近似于向总统宝座说"不"了。民众的反应当然重要，那些握有大量竞选资金的利益集团的取向，显然更为举足轻重。

　　美国的枪支管制，关乎公民权利、政府权力、利益集团、公共秩序维护之间的博弈。改变美国人的观念，不可能；修订《宪法修正案》，不可能；让新总统或其他重要人物对枪说"不"，不可能。且此次有了最高法院的新解释，个人持枪问题得到更强有力的国家力量的支持。因此，美国枪击案仍将继续，有关枪支问题的争论仍将继续。禁枪这个字眼，日益成为明日黄花。

2008年6月

他们演"变脸"

美国政坛充满戏剧性。奥巴马和希拉里对彼此的态度"前倨而后恭",也耐人寻味。

在今年民主党总统候选人提名战中,奥巴马未取得决定性胜利之前,希拉里对他几近"不屑一顾",且因过于轻视而屡屡失言。即便在奥巴马从马拉松般的胶着状态中解脱出来,成为胜者之后,希拉里仍不表态是否支持奥巴马,直到双方悄然会晤,关系开始发生改变。

那些尖刻的相互攻击和轻视言犹在耳,男女主角却忽然换了一副面孔。他们不说是否会组成搭档,但提起对方时开始唱赞歌,在公开场合遇见也微笑着,看着彼此的眼睛,甚至近似于脉脉含情。谁都知晓,竞争者开始在同一个战壕里"惺惺相惜"。

直到奥巴马自己掏了4600美元并号召自己阵营的"资金"替希拉里还债,人们的猜测得到了证实:奥巴马替希拉里还因竞选所欠之债,以换取希拉里的支持。希拉里的支持意味着,她的"粉丝们"很可能支持奥巴马,而不是如以前赌气所言,若希拉里下马则将选票转投共和党的麦凯恩。这样的结果,估计不仅仅是奥希两人的"交易",而是民主党的"大佬"们介入的结果。

奥希两人的"变脸"演得太逼真好,令人瞠目结舌,反而让事件变得不可信。即便是要转身,可否慢一点,自然一点?毫无过渡,零度的冰水就变成了100度的沸水,不由人不别扭。但"变脸"还在继续,奥巴马只是希望得到希拉里的支持,并不真想让希拉里成为竞选搭档。傻子都知道,天天在竞争对手面前当演员,还是怪累人的。说不定哪天哪根弦没搭上,两个演员的脸又会变回去。我们只需耐心看好戏连台。

阿岚看世界

2008年6月29日

牛肉"魅力"引发暴力

　　美国牛肉的"魅力"真够大的，韩美两国的首脑人物都围绕着它团团转。韩国总统李明博曾专门致电美国总统布什，希望他赞同韩国提出的只进口"30个月以内大小的牛肉"等限定条件；美国国务卿赖斯上月28日访问韩国也"顺便"呼吁当地民众放心食用美国牛肉。更好玩的是，韩国总理身着工装，亲自加入了对美国牛肉的"检疫"工作，他认真观察牛肉的大幅照片登上了一些报纸的版面。

　　美国和韩国的这些政坛人物如此"珍爱"牛肉，实出无奈。此前谁也不曾料想，小小的牛肉会引发韩国民众的一场旷日持久的抗议风暴。从今年4月韩国政府宣布对美国牛肉重新开放市场后，因担忧美国"疯牛病"而拒绝美国牛肉的韩国民众的抗议一直未停歇。尽管6月2日韩国政府宣布推迟进口牛肉，也只不过是稍稍缓解局势，总体来说收效甚微；10日韩国总理韩升洙提出内阁集体辞职以平复民怨，但事与愿违，当晚至11日晨约8万人在首尔举行烛光集会重申抗议。李明博先后于5月22日和6月19日向公众进行公开而诚恳的道歉，

民众的愤怒似乎得到疏导，抗议规模逐渐缩减。

韩国民众抵制牛肉的表象之后，是他们表达对于美国多年在韩国驻军、插手韩国事务，以及韩国"亦步亦趋"紧紧跟随美国政府的外交政策等等的诸多不满。牛肉事件，不过是民众集体情绪的偶然"出口"。但韩国政府显然低估了民众积蓄已久的抵制态度。以为牛肉风波将逐渐平复的韩国政府于6月26日再次宣布正式恢复从美国进口牛肉，民众的抗议迅速升级为暴力行为。6月28日和29日，万余民众与警方直接冲突，数百名群众、百余名警察受伤。气坏了的韩国警方表示，若不能控制局势，将使用早已禁用的催泪瓦斯。至今日警察已拘捕多人。

在此种情状下，韩国总统李明博已经没有了中间道路。一边是因各种缘由不愿接受美国牛肉的民众，另一边是韩国政府"用牛肉换协定"的深远谋划。李明博曾苦口婆心向民众解释政府的为难之处，即韩国需要韩美的"亲密关系"以确保国防安全、经济发展，更现实也更重要的原因是，韩国要以"进口美国牛肉"以换取美国同意与韩国签订更大范围的自由贸易协议。即便他把话说得如此"通俗易懂"，韩国民众依然不买账。李明博也怒了，昨日的态度骤然强硬起来。

牛肉风波仍在继续。无论如何，美国牛肉现在也很难在韩国销售。其实李明博只要静待一些时日，不要操之过急，想必事态不会发展到如此严重的地步。那他为何如此性急？别忘了，李明博曾在"好言好语"劝慰民众时说，布什"已经答应在任期结束前促成韩美自由贸易协定"。布什的任期眼看要到了，牛肉的"魅力"又岂能冻在冷库里。于是魅力不得不张扬开来，暴力也顺理成章地出现了。一切显然还没结束。

2008年7月1日

阿岚看世界

悲欣交集的道歉

　　2008 年 7 月 29 日，美国国会众议院向"曾因奴隶制和吉姆·克罗法"遭受苦难的非洲裔美国黑人和他们的后代道歉。尽管这个道歉是"口头的"，而且是"非约束性决议案"；尽管黑奴制早已废除，尽管被私刑和不公平法令戕害的黑人也早已离去，尽管这个道歉来得太迟，但道歉终究是道歉。

　　黑奴制度以及相关法令，是美国历史上一个挥之不去的阴影。美国建国之初，有关是否废除奴隶制的大辩论持续了很长时间，期间的利益博弈一直呈艰难胶着状态。为了建立一个统一的国家，美国的开国者"联邦党人"对奴隶主采取了妥协态度——事实上他们中的许多人本身就是奴隶主。因此，黑奴制在联邦政府内于相当长的时间内合法存在，黑奴一直不过是主人的私有财产，失去了人之为人的基本权益。直至北方各州的工业革命需要更多劳动力与南方各州的蓄奴制发生严重冲突，终于在 1861 — 1865 年爆发了"南北战争"，黑奴制在法律上得以废除。

　　但美国黑人的噩梦远未结束。废除黑奴制后的一百年间，黑人依然得不到公平待遇，无论是在选举等政治权利还是坐公共汽车、欣赏表演等社会活动中，大多数黑人较白人依然低人一等。而仅凭一句传言或某位白人的栽赃，大量未经任何法律程序的私刑曾在光天化日之下夺去了黑人的生命。从 1882 年到 1968 年，全美国有记录可查的民众私刑受害者达 4743 人，其中绝大部分是黑人。因此，马丁·路德·金在上世纪五十年代依然在憧憬说，他"有一个梦"，一个"深深扎根于美国梦中的梦"，那就是黑人能够成为美国公民的平等一员。

　　尽管致力于废除奴隶制的林肯与为黑人争取民权的马丁·路德·金均遭暗杀，他们的梦想还是日益接近现实。许多不公平的法令逐渐废除，越来越多的黑人开始走上社会的上升之路，以前邦联的一些州如弗吉尼亚、阿拉巴马、马里兰、北卡罗莱纳等也纷纷以文字的形式为州内奴隶制历史道歉。至 2005 年 6

月 13 日，美国国会参议院一致通过决议案，为参议院曾经阻挡反私刑法的立法而向私刑的牺牲者及其家属后代、向全美国人民道歉。而到本月 29 日国会众议院的道歉又进一步，尽管"姗姗来迟"，却也是"到了"。

那些被直接深深伤害甚至被夺去生命的黑人，他们的痛楚无奈，早已随风而去，他们也已听不到这种"口头"道歉；他们的后代，也不能从这种道歉中得到任何经济补偿。但国会众议院的道歉本身，或也代表了一种正视历史的勇气。当然，在这种"勇气"背后，是美国的黑人选民数量的日益增多，成为一股不可小觑的政治力量。而无论人们喜不喜欢民主党的总统候选人奥巴马，他也成为迄今最靠近美国总统一职的黑人。这已足够意味深长。

依然期待，美国国会哪天会向北美的原住民印第安人道歉。美国历史上对于印第安人的掠夺，也曾那样鲜血淋漓、触目惊心。但让美国人就此郑重致歉的可能性，看来不大。

2008 年 7 月 30 日

难以弥合的裂缝

　　光明与阴暗并存，是万事万物的不二法则。而热闹繁荣的"团结"景象之下隐藏着些许裂缝，也并不奇怪。如此来看美国民主党全国代表大会，一切都显得意味深长。

　　此次民主党大会的首要"任务"，就是力图聚拢因希拉里和奥巴马漫长的候选人提名之争带来的涣散人心。民主党内许多重量级人物亮相，个个都在强调党内团结；强势的希拉里在落败后也宣布支持奥巴马，在一些新闻图片上，他们对视的眼神简直脉脉含情，拥抱的姿势亲密无间，展现给昔日对手的笑容灿烂无比……却总难以给人确信的感觉。"冰冻三尺，非一日之寒"，据调查，希拉里的支持者中有三成宁愿弃权或转投共和党候选人麦凯恩，也不会支持奥巴马。

第二道暂难弥合的裂缝，存在于"主流社会"与奥巴马的"非洲裔"身份间。奥巴马的父亲是肯尼亚人，母亲是堪萨斯的白人。尽管有二分之一的白人血统，在许多美国人眼里他仍是个黑人。近日的未遂暗杀事件，可谓潜在裂缝的公开化。随着奥巴马离美国总统的位置越来越近，他受到的暗杀威胁也越来越多。正因这种甚嚣尘上的威胁，一年多前美国特工部门已开始为他及家人提供保护。此次暗杀虽未遂，但触目惊心的是，警方不过是截停了一辆可疑的私家车发现枪支才"无意中揭发这宗阴谋"。很多的时候，"无意中"的发现更让人遐想：那是不是还有一些人暗中的行动尚在进行中，只是暂时没有被发现而已？没有人能回答。

还有一道"裂缝"，则有关奥巴马的政治履历：在"明星"与"领袖"之间，还有多大的距离？奥巴马因在上次民主党全国代表大会上的精彩发言而一路走红，从资深政治人物希拉里瞧不上眼的"小子"到如今战胜她获得提名的胜利者，看起来不过短短数年功夫。但仅仅担任参议员的简单经历且对美国外交和军事等诸多事务简直毫无根基的历史，令许多人担心他不过是个"政治明星"而难以成为"国家领袖"。《华盛顿邮报》就毫不客气地说，那些"高贵崇高"的言辞应该退场了，奥巴马应该更多谈论"面包和黄油"。但可惜的是，目前奥巴马还很难有实质性的纲领。从"明星"到"领袖"，并非一朝一夕可达成。

看起来，民主党已经占据了一些优势：共和党总统布什支持率低迷，这必然直接影响共和党候选人麦凯恩的选情；47 岁年富力强的奥巴马较令人担忧健康状况的 72 岁的麦凯恩，显然更具竞争力。但共和党针对民主党的竞选贴出的一句标语"08 年没准备好"也并非全无道理。民主党内这些潜在的裂缝那么深远，令一切都显得有些勉为其难。

2008 年 8 月 27 日

美国金融危机引发两大反思

冬天到了，春天还会远吗？对美国次贷危机而言，春天尚远。在寒冷的冬天后是沉重的春天，此后更是布什一句"美国经济整体还是好的"根本无法回暖的夏天。目前，美国经济危机已经不容回避与忽视。

反思一：全球化利弊

这让我们不得不重新审视全球经济一体化的利弊。曾几何时，全球的经济学者都在鼓吹经济全球化的美好蓝图。一个并非专业经济学者的美国专栏作家理查德·隆沃思，在数年前的专著《全球经济自由化的危机》一书里忧心忡忡地写道："全球资金市场两个星期的交易量，就超过全世界每年贸易和投资之所需。另外50个星期的交易活动，全是投机。"这种投机行为的危险，就在于让一块钱避险，就要以两三块钱进行避险操作。因此，"投机性的经济活动，规模是真正经济活动的12倍"。这意味着，资本市场上的多数资金，都在进行一场豪赌。

所谓"次级贷款"以及将其打包上市的其他金融衍生产品，不过是这种豪赌中的一种。隆沃思担心，全球经济自由化将带来全球性金融危机。由美国次贷衍生的危机，似乎印证了他的担忧。

值得一提的是，在次贷危机带来的"哀鸿遍野"冲击中，德国基本上"无恙"。这主要是因为大多数德国金融机构没有参购美国次贷衍生品；而且80%的德国出口商品以欧元结算，以美元结算的比例仅占13%，这也就使得短期内美元贬值对其出口的影响较小。德国以一种"特立独行"的方式，实现了全球性金融危机中的"避险"。

反思二："透支经济"

此外，我们不得不反思，美国式的鼓励超前消费的"透支经济"。

在经济多元化时代，以美国为代表的发达国家制定了一系列刺激过度投资、过度消费的政策，这种策略以一种先进的方式包装得天衣无缝，不断向其他国家渗透。此种经济政策看似是其国内的，实际上也"全球化"了。美国等发达国家通过金融手段刺激整个国家消费的高速增长；另一方面通过透支经济吸纳没有那么发达国家的资本。在美国，国民心理早将这种"寅吃卯粮"的生活方式当成常态，超前消费也成为一种大众认同的价值观。这种超前消费的经济、甚至文化现象一旦与国际经济一体化的趋势吻合，就会具有点射效应，向欠发达和不发达国家辐射开来。

在这样的大环境下，美国部分并不完全具备购买力的人可通过"次贷"等方式买房；银行再将这种产品打包上市。当经济繁荣发展之时，每个环节都吻合得刚刚好。但这种表面的繁荣很脆弱，一有风吹草动就可能引发"全盘皆输"的可怕局面。"房地美"、"房利美"、"雷曼兄弟"等等大公司的危机，不过是冰山一角。

在过去的一星期里，全球资本市场集体玩起了"过山车"。在全球股市连番大跌后，各国央行如商量好了一般齐齐发力，终于在这一周的末尾迎来大涨。但证券业界依然如履薄冰：这样的涨势，能持续吗？下一轮过山车，当然不会太快到来。但一定还会来。因为支撑传统经济增长的支柱已"透支"良久。但愿各国央行的铁腕救市，能够达成美好愿望。无论如何，反思的时候到了。

2008年9月20日

美国金融危机 影响有多深?

美国金融危机带来的冲击如狂风般扫荡到每一个角落，处处可见"人仰马翻"。其最直接的影响是看似健康的金融大鳄原来那么不堪一击。经济学者们众口一词得出结论：目前美国这场金融危机比1929年的"黑色星期二"还要严重得多。人们都在惊恐地问：谁会是下一个倒下的大企业？

经济领域的剧变带来了美国人心理上的改变，他们越来越失去安全感。从这个意义上来说，此次排山倒海般到来的金融危机不啻于美国经济领域的"9•11"。美国人开始质疑美国政府的决策能力，美国数家新闻媒体23日公布的民意调查结果显示，78%的接受调查的人认为，当前美国国家路线不对。民心的这种微妙变化，无疑将在即将白热化的美国大选中发挥"威力"，因此美国两党总统候选人奥巴马和麦凯恩都在不遗余力地批评现政府的决策之余，还热情洋溢地发布解决经济困境的"妙招"，为的就是争取这部分选民。

金融危机也直接冲击到个人的生活。通货膨胀、企业倒闭、经济困境降低了人们的支付能力，这不仅使得还不起房贷的人增多，也大大降低了许多人的生活质量。从去年开始，就不断有普通美国人抱怨，连日常开支都要一再思量、一再缩减。

以上种种，使得关于此次金融危机将蔓延多深、持续多久的话题，已成为热点中的热点话题。目前观点已分化，一方面是欧洲央行管理委员会所公开表示的内容：当前全球金融危机的深度和持续时间仍然不能确定；另一方面则是美国一家主流经济刊物所刊载的观点：金融危机没有想象的那么严重，预计在明年春天就会"复苏"。

平心而论，欧洲央行的观点更接近真实：危机正在进行中，美国政府回天乏力，越来越多的国家和行业陷入被动，其未来的走向与影响的广度深度当然是"不确定"的。而美国主流杂志所刊发的"乐观预测"，体现的只是一种期望而已。要知道，美国股市在经历1929年危机后，一直到1954年才达到危机前的水平；而上世纪80年代美国的金融信贷危机，也是经历了十余年才恢复元气。而此次更严重的金融危机，怎可能在数月内就"乐观"起来呢？

或许，美国媒体只有不断强调所谓的"乐观"观点，才有可能吸引更多的国际资本去美国"抄底"，以达到用外国钱救美国市的目的。对诸如此类的论调，我们听听就好，可千万别着了道。

2008年9月24日

阿岚看世界

美国 7000 亿救市 缘何阻力重重

美国金融业风雨飘摇，财长保尔森的救市计划却在国会出师不利。

并非美国国会"挑剔"，而是"救市"计划本身存在较大问题，首先是"以偏概全"。譬如说，"7000 亿"重点用于购买银行有关按揭及其衍生品的"不良资产"，其直接得益的是华尔街的银行家及其他中高层金融从业者。但这对美国银行业急盼的增强隔夜拆借市场流动性益处不大。该计划对房地产业实体则少有提及，更不用说保护那些濒临失去房产的购房者了。因此这一计划基本不会直接影响房价的走势，而次贷危机的根源，就在于房价不断下跌、房贷资金链断裂、供房者资不抵债等问题，这些症结问题不解决，其"病根"也将长期存在。

此外，从长远来看该计划近于是"饮鸩止渴"。华尔街迫在眉睫的现金流黑洞或许能得到缓解，但"7000亿"这一庞大的数目将使得美国政府陷入更大的债务重担。而高额财政赤字将引发美元汇率下跌、油价走高、大宗商品价走高等一系列连锁反应，会使得美元在汇市上很可能要面临一场无可避免的"滑铁卢"。同时，美国政府为应对高额赤字需要发行更多国债，债券收益的提高则可能间接抑制房价。果真如此，美国次贷危机又要雪上加霜。

更深层的原因，在于该计划与美国根深蒂固的"权力制衡"的政治传统相左。保尔森毫不掩饰财政部及财长权力可能"无限扩大"，如财政部可在两年内购入银行的问题资产，"可决定于何时、以何种方法购入资产，持有期限以及资产定价将留有相当弹性"。也就是说，财政部对这笔钱"挥洒自如"且基本不用受到任何实质上的监督。而这是美国人最忌讳的，即权力在缺少制衡状态下的"一股独大"。要知道在美国立国之初有关美国宪法的逐条讨论中，有关限制权力的滥用就留下了卷帙浩繁的大辩论记录。如今这些来自各州的议员们，怎可能坐视财政部权力大膨胀不理呢？

因此，即便财长保尔森发出"美国银行体系将面临崩溃"的"威胁"，国会议员们也不为所动。计划修订后分歧依然存在，该计划能否在本周通过仍属未知数。其中，关于是否限制被救援的银行企业高管薪酬的内容，可以看出出身于华尔街的美国财长保尔森代表了谁的利益：他坚决反对限制被救援银行的高管薪酬，说一旦那样，相关银行可能拒绝被救援。这个理由，听起来倒不赖。

2008年9月25日

矛盾的救援

美国金融业的"潘多拉之盒"已经打开。"下一个是谁"的新答案是华盛顿互助银行，随着 26 日它被美国联邦存款保险公司查封和接管，美国破产的银行已达 13 家，而它是其中最大的一家。

随着金融危机愈演愈烈，美国政府也频频出手。但矛盾也随之而来。首先是"救谁不救谁"的艰难选择浮出水面。在对美国股市"托底"、救助贝尔斯登公司后，经短暂观望，美国政府于本月 7 日宣布接管两大住房抵押贷款机构房利美和房地美，理由是"避免更大范围金融危机的发生"。

但事与愿违，积重难返的"更大危机"还是发生了。仅在不到 10 天的时间内在雷曼兄弟与 AIG 濒临倒闭之时，美国政府选择了救 AIG，却听任雷曼兄弟"倒下"。至于为何对 AIG 与雷曼"厚此薄彼"，美国政府的回答是，前者的影响面更大，"若倒闭杀伤力远超雷曼"。但这种说法导致多方不满，谁来界定危机程度，谁来决定哪家公司该救，哪家公司该倒？无论怎样回答，都会有人认为"不公平"，都会让人不得不重新审视美国一向引以为傲的"市场经济"。

近日吸引了各方眼球的"7000 亿救市"计划，本身也矛盾重重。有人认为其实质上只是暂时救了华尔街；有人认为如此大额的救助会引发通货膨胀；有人质疑这笔钱的一部分会流入那些金融企业高管的口袋，成为他们的离职金，甚至有人提出"财长保尔森是否会从中得利"的疑问。更令人吃惊的是，如今连"7000 亿"也暂变成"2500 亿"。

总之，无论救市还是不救，无论以怎样的方式救，美国政府均已泥足深陷。而更深远的影响是，此次金融危机掀起的惊涛骇浪已经动摇了美国在全球的霸权地位。

2008 年 8 月 27 日

华尔街高管拿高薪的真相

在美国越陷越深的金融危机中，华尔街金光灿灿的神话，转眼就露出丑陋的现实。一些曾经辉煌的华尔街高管们，也不得不从高位走下，而离职金仍高得令人瞠目。

至今，华尔街中许多高管的年薪几乎都可以超过地球上任何一个国家元首——包括美国总统的年薪。他们做了什么，可"值"高得离谱的薪水？说一句话的功夫就进账不菲的美国金融高管，曾致力于缔造"神话"。而这些"神话"与次贷危机的每一个环节均息息相关。

助长不理性消费

他们中的一些人推动了美国从以收入为基础的储蓄模式向以资产为基础的储蓄模式的转型。上世纪 90 年代后半期，金融精英们引导美国民众用股票质押

阿岚看世界

取出现金；而进入 21 世纪后，他们鼓励人们拿房产抵押套取现金。住宅变成"银行取款机"，美国全国进入狂欢式的消费期。

不加节制的消费，后果却严重。从 1994 年到 2007 年，美国实际消费需求的趋势增长率按实值计算每年高达 3.5%；实际个人可支配收入的平均增长率却仅为 3.2%。截至 2007 年底，美国家庭的负债率高达可支配个人收入的 133%。美国举国几乎均将不储蓄、花未来的钱当作常态。反正一切有"未来"买单，有"房子"买单。

悬崖上的头发丝

随后，华尔街的一些人进一步利用人们对于金融知识的陌生，生造出了一些传奇，譬如包装出相当诱人的金融衍生品。由此，他们让买不起房的人买房，让买了房的人再次将房子"生"出"增值现金"；此外，他们还将这些金融衍生品上市，让更多的个人和机构持有股票，以期从这场"集体盛宴"中获益。越来越多的人可买到原先买不起的东西，"信用"变得越来越廉价。

其后果就是，宽容的规章，形同于无的监督，加上美国过度的货币政策调整，让信贷链条如悬崖上的一根头发丝，一点微风就可以让它坠入万丈悬崖。

"始作俑者"未必不知其中的巨大风险。因此很巧合的是，从 2006 年至今年上半年，已有不少华尔街高管"急流勇退"，拿着数千万美元的退职金离开江湖。仔细观察理查德·富尔德 6 日在接受质询时言不由衷的嘴脸，你就会明白，在美国这个将"法治"与"民主"挂在嘴边的国度里，政府早已失去对金融业——尤其是其中"精英"的监督与控制。不过，当全世界都明白他们"物非所值"时，他们付出代价的时候也到了。

2008 年 10 月 8 日

美国仍是"危墙"

　　美国刮起的金融风暴已经席卷全球，在经济上与美国关系越近的国家受"牵连"越深。经济的"全球化"让所有人都难以置身事外，一些负责任的政府正在做负责任的事情。尤其值得赞许的是韩国政府的举措——在短短几个月内，动用美元外汇大量购入韩元，这大大降低了高额外汇储备的贬值预期带来的风险，同时还"保护"了韩元汇率的相对稳定。此后，韩国政府再以充足的资金来稳定银行业的"军心"，可谓为应对未来危机加了双重保险。

　　从目前的情形来看，所有外围市场的金融危机基本上都是可控的，但作为漩涡中心的美国不在其列。我们不要被来自美国的乐观声音所迷惑。举一个简单的例子，当次贷危机初露"锋芒"的时候，美联储主席伯南克曾于去年6月初当众表示："美国次级抵押贷款部门遇到的麻烦不太可能扩散至更广泛的经济领域或金融体系中去。"

话音未落，本为"局部发作"的次贷危机引发美国金融系统地震乃至全球主要金融市场的剧烈动荡。在紧锣密鼓的"美国政策救市"后，危机在今年4月稍有缓解，于是美国的"权威机构资深专家"、"诺贝尔经济学家"等等一言九鼎的人物纷纷高调发言，未来世界一片大好。结果呢？金融海啸接踵而至，全球性冲击如"惊涛拍岸"。

更不容忽视的是，如今美国所谓的"7000亿救市"计划用的是纳税人的钱，救的却是几个大的投资银行——贪婪的机构与管理者根本不需为其不负责任的投机行为付出代价，更不必说接受惩罚了。

其"效果"也是明显的。那就是一旦获得生机"他们"仍会变本加厉恢复往日的做派。譬如说经政府扶持成功转型为商业银行的某前投行，一边获得了美联储大笔"援助"，另一边正在金融危机的浑水里四处寻找低价资产进行"投资"。旧危机根源未解，新危机已在"酝酿"中。美国作为此次金融危机最深重的地方，最猛烈的风浪看来还远远没到来，而下任政府总统将注定焦头烂额。

古语云：君子不立危墙之下。熟悉中国古老智慧的韩国正在尽力远离美国这堵"危墙"。危机当前，确应如韩国一般当机立断、慎之又慎。

2008 年 10 月 24 日

千万别信巴菲特

　　股神巴菲特有多神？与他共吃一餐饭，拍卖价动辄数十万美元。而且还限定了时间长短，限制谈话内容等等。但全球成功的企业家包括中国一些知名的民营企业家们仍然趋之若鹜。的确，他有自己独特的成功之路，长期以来在全球证券界享有崇高威望，每句话都可能掀起波澜。但这回，千万别信他，千万别贸然去"抄底"美股。

　　首先，我们要看看他讲的"长期"有多长。虽然说起来是"5年、10年、20年"，但据公开的资料显示，巴菲特持有某大公司的股票获得暴利，费时数十年。这样的成功，比的是耐力，不具备普遍操作性。

其次，我们不能低估次贷危机之后的金融危机给美国经济的沉重打击。7000 亿美元救市已被证明是一场意见各异的"秀"，如今真正落实的 2500 亿美元也不过是拯救数家投资银行，而美国大量的实体企业、优质中小银行也已在金融危机的巨浪中风雨飘摇。

其三，美国政府的能量到底有多大，面对到处漏水的一艘"巨轮"，它救得过来么？马上就要卸任的美国总统小布什准备将烂摊子全部丢给新总统——这个人很可能就是巴菲特已言明支持的奥巴马。但奥巴马又提出来哪项具体施政措施，让人可以信任他能解决危机？奥巴马的言辞漂亮，但实际从政经验本就空乏。即便他真的是个天才政治家而非政客，但中国古话说了"巧妇难为无米之炊"，而他面对的是"欠米之炊"。

神都是被人给抬上去的，股神亦如此。巴菲特逆市购入美国企业股票，或许也有他身为"人"的不得已的苦衷，那就是此前"他的个人账户上只有美国政府债券"。从技术上说，他个人转而持有股票有利于分散风险；从实际来说，财富惊人的他持有债券的数量也不会少，而急剧贬值的美国债券难道仅因为他"股神"的名头就没让他深度"套牢"？

也许他是诚实的，也许他在美国此次金融乱局里说的话都是真心话。但是任何投资都要面临机会成本，如果你实在是迷信他的魔力，那么就跟着他走吧，前提是你也一定要和他一样，在财力和心力上都要"熬得起"。否则，还是在听他说话的时候看看他的表情，那可是相当的沉重。

2008 年 10 月 19 日

大选中一切皆有可能

在众口一词的夸赞声里，奥巴马飘飘然以至于带着些许"年少轻狂"的味道，大有总统宝座"舍我其谁"的架势。在许多本应低调或本可不出席的场合，他都非常高调地亮相且滔滔不绝地发表演说。而对于"已经写好总统就职演说词"的传言，他也等同于默认。

看起来毫无悬念了。还好 72 岁的麦凯恩仍在坚持。舆论只是赞叹他的"顽强"，似乎他明知必败也要站在那里。然而，万事皆有可能，何况是这从一开始就充满戏剧性的 2008 年美国总统大选。

结局比过程重要，投票结果也比支持声音重要。在 2004 年总统大选中，《纽约时报》等 42 家报纸旗帜鲜明地宣布支持克里，多数主流的"声音"一度都以

为克里必胜无疑。但最终小布什以微弱优势赢得连任。因此，如今越来越多的美国媒体宣布支持奥巴马，并不代表他就赢定了。再说，奥巴马十分明显的民调领先优势正在下滑，目前已从领先超过 10 个百分点下降到 5 个百分点，谁又能说激流下不是奔涌的逆流？

奥巴马最大的隐忧，还是布莱德利效应，即部分美国选民口头上说支持黑人候选者，实际上投票给白人候选者。布莱德利曾任洛杉矶市长，上世纪 80 年代两次竞选加州州长时民望很高，在各种民调里一直领先对手 5 个百分点或更多，最终却两次均以较大差距败北。

如今奥巴马是美国历史上离总统职位最近的黑人，很难说他的身份与表现不会激发出这种错综复杂的效应。

此外，每个人的认识都存在局限性。从目前的情况看，奥巴马占尽优势，他反复提及的"变革"与"改变"也迎合了如今多数美国人在金融危机的洪流中求新求变的心理；而麦凯恩除了年纪太大、政治主张模糊外，还深受同为共和党的布什政府昏招频出牵连。

但"奥巴马必赢"的定论恰好印证了人们在认识上普遍存在的局限性：看问题轻信现象，容易人云亦云。记得在民主党初选的时候，多少人支持希拉里，美国媒体、专家及民调也一度向希拉里一边倒，但后来形势急转直下，奥巴马出人意料地冒头并势如破竹。如今，奥巴马很难说不会是下一个"希拉里"，仅仅赢得粉丝无数、虚名一场。

任何事情没有到最后关头，就存在各种变数。奥巴马能否入主白宫，最终还得以选票而非民调定乾坤。

2008 年 10 月 28 日

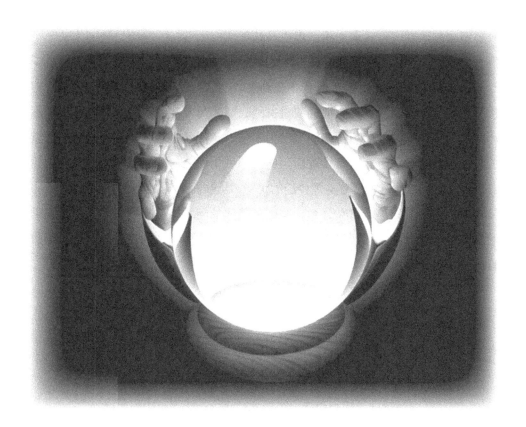

美国"新时代"到来

从第一个黑人州长到第一个黑人国务卿，再到第一个黑人总统，美国仅仅用了不到30年的时间。这并不意味着年深日久的美国种族问题得到彻底"解决"，至多也只能说是移民大环境的变迁与奥巴马个人运气相结合的结果。但无巧不成书的是，恰恰是黑人总统奥巴马揭开了"新时代"的序幕。

美国中心主义面临"转折"

奥巴马究竟能否成为一个好总统还是未知数，他的出现却算是"占了便宜"。他不能说是因为从政经验或履历优秀而获得"胜利"，而是共和党八年执政带来的经济衰败、穷兵黩武早已注定大选的败局。完全可以说，民主党的候选人只要不太差，都可以占取先机。奥巴马运气实在太好，"一个恰当的人在一个恰当的时候得到一个恰当的位置"，如此而已。

一个旧时代已经过去，新时代正在到来。在新时代里，美国中心主义面临"转折"，其政治与经济霸权正面临双重挑战。陷入阿富汗和伊拉克等区域战争泥淖的美国，在全球政治版图中明显已力不从心。而从去年开始露出水面的次贷危机引发的金融危机，以及接踵而至的整个信用体系的危机以及美国经济实体的危机，已经在悄然蚕食着美国曾经的优势。从欧洲到亚洲，呼吁重新构建"布雷顿森林体系"的声音日益强劲，美国和美元的霸主地位岌岌可危。正趋式微的美国时代会以怎样的面貌继续走下去？看起来从容不迫的奥巴马，到底是胸有成竹还是"无知者无畏"，实在让人心里没底。

美式生活方式需要改变

在新时代里，美国式生活方式不得不面临改变。曾经穷奢极欲的美国人，在迎来新总统的同时也要迎来一个最寒冷的圣诞节。在这个即将到来的节日里，一些深受危机冲击的人失去了自己的房子，甚至找不到地方来摆放一棵圣诞树。与此相应，过度的消费观念和生活方式正面临颠覆。如何引导和抑制过度消费并重建一种新的消费方式，如何调控生存需求与自然资源的合理配置，如何不以牺牲他国的利益、未来的利益、子孙后代的资源来满足一时的需求，避免"饮鸩止渴"，也是新总统必须思考的问题。

并非一切都是负面的压力。在"新时代"里，美国式民主被赋予了更丰富的内涵。奥巴马成为美国总统，终于让"美国梦"更灿烂，美国文化、移民文化、多元文化、混血文化等等都得以拓展。而全世界都疑虑的事情终得释怀，美国已经是一个转折的、全新的美国——尽管种族问题的彻底解决依然任重而道远。

无论愿意不愿意，美国都已面临大变局。希望与震荡如影随形，而一切都还是未知数。只能说，希望民意正炽的奥巴马日后不会让人失望。

2008年11月6日

谁来拯救你们？汽车业 and 美国

　　21 个月前还有一头茂密黑发的奥巴马，如今已添白发，为人也谦谨不少。而他在当选美国总统后与各国领导人的电话对谈，也可看出他的好学与智慧。也许，他真的有希望成为一个好总统。不过即便目前算是"众望所归"的他，也很难在短时间内"救下"一个在金融危机中越陷越深的美国。

　　风暴比预想的更猛烈且迅疾。正当人们还在担忧美国金融危机会给实体经济带来多大影响的时候，"底特律三巨头"（美国通用、福特、克莱斯勒三大汽车集团）齐齐告急。如果没有巨额现金"外援"，它们很可能在几个月内"崩溃"。这一事件让人们重新认识到，美国此次金融危机已经危及美国经济的"底盘"。

　　关于是否救援三大汽车企业的问题，困扰着现在的总统布什，也将困扰两个月后将要上任的奥巴马。救吧，钱从哪里来呢？别的行业救不救呢？如何面对包括欧洲一些国家在内的"如箭在弦"的抗议呢？——已经有欧洲国家提出威胁，美国一旦救三大汽车企业，便马上向世贸组织提出抗议，拟称其有违公平竞争的规则。

　　以美国的一贯"作风"，别国的反应不会有太大的震慑力。最重要的依然是：美国国内关于此事的矛盾能否逐渐缓和，尤其是"拆了东墙补西墙"所折射的结构性矛盾是否会有转机。美国政府救房地产巨头"房地美"和"房利美"并未达到预期效果，危机反而迅速扩散；救 IMF 不救雷曼，也带来极大争议，凭什么厚此薄彼？事实是，美国银行业的危机，并未因政府救援 IMF 得到太大缓解。而此后美国诸多行业都向政府陈述理由：我们这个行业于经济发展至关重要，非救不可。在这样的大背景下，对于汽车行业到底救还是不救都让人头疼。

　　更大的问题是，美国政府本身已债台高筑，它来救汽车业或其他某个行业，谁又来救它？花钱过于放纵、信用体系面临坍塌、监管体系备受质疑、依赖借债度日等等，都是美国政府、企业、社会面临的共同问题。如今美国政府还能撑着台面，以各种方式和理由转移危机，希望能"捱"过寒冬。但对那些深层次的消费及生活模式不去解析和改变，危机只会改头换面、反反复复地再来。

　　亡羊补牢，为时晚不晚要看问题的范围和程度。救不救汽车业，美国政府都已进退维谷。如果不改变内在的模式，没有真正有力的"外援"，美国金融危机仍然还会扩展并纵深化。若将解决问题的希望寄希望于新总统奥巴马，几近于痴人说梦。

2008 年 11 月 20 日

希腊"投石"之乱

读希腊神话时，会发现一件有趣的事，即许多战争的缘起皆为一件小得不能再小的事，而那些立场不一的神仙也常因一点小事大动干戈。如果说一个地区的神话可以反映当地一些潜藏的大众心理的话，那么从希腊神话里可以看出平静的湖面下时刻都可能有汹涌的波涛。一切都只需要一个契机。

不幸的事往往突然发生。本月6日，15岁少年因向警车投掷石块被枪杀，成为了一个"契机"。随着事态持续恶化，人们不得不承认：希腊的盖子已经捂不住了。

希腊现任政府已面临存亡压力。有希腊分析人士指出，"问题在于政府的经济政策、丑闻和冷漠"。希腊当前失业率已达7%，而经济增长率预期将低于2%。与之相应的是政府支持率的持续走低，甚至低于反对党。骚乱发生之后，各方更是将矛头指向政府。

值得注意的是，其他一些力量在其中起到的"推动"作用。首先，公众对于希腊警察系统的出离愤怒没有得到道德与情感上的回应，警局只是说会严惩肇事警察，而在骚乱中公众围攻警局、警察回击、双方均有人受伤的消息处处可见。令人费解的是，连总理都出面道歉了，警察系统来说一句"对不起"，真的那么难吗？改变一下冷漠的形象，比街头对峙、掏出枪支更难吗？

希腊反对党及工会"推波助澜"的作用更不容忽视。骚乱在8日本有平静迹象，但一些左翼反对党呼吁继续游行；当众多骚乱参与者几乎忘记了事情的源起之时，成员占希腊劳动力半数的工会又开始组织全国罢工。大家都在义愤填膺，纷纷表达对现状的不满。可谁也不愿思索，国家如此乱下去，谁真能从中得到好处？包括"黄雀在后"的反对党，若能如愿执政，就不担心此次骚乱的"示范效应"会带来未来更多危局？如果真这样，希腊的下一任政府，仍难免被指"冷漠"。

169

2008年12月10日

美国"大佬" 地位难保

美国成为世界"中心"由来已久。基本上是他说打谁就打谁,譬如说他打阿富汗、伊拉克等;也基本上是说孤立谁就孤立谁,如对委内瑞拉一副"顺我者昌、逆我者亡"的江湖"大佬"作派。记得当初出兵伊拉克时,理由是伊在造核武,但在掘地三尺也未能找到"证据"后,现任美国总统布什只是轻描淡写地道歉了事——注意,是向美国民众而非其他人道歉。

是否支持出兵,也成为美国从众议员到参议员到总统候选人等争取选票的重要风向标。而美国在判断国际间关系的亲疏时,也常以是否支持其"出兵国策"为基准。这样算起来,英国可谓美国的"知心密友",不仅在军事上"亦步亦趋",

在政治上也常"眉目传情"，甚至连美国2008年总统大选处于白热化阶段时，身为英国首相的布朗居然撰文对奥巴马大表支持。英美的密切关联与惺惺相惜，还可以在很多"关键细节"上得到印证。

但江湖诡谲，谁也难保永远做"大佬"。身负高额外债的美国正在经历由次贷危机引发的巨大冲击，其金融体系左支右绌，财力与影响力都已明显地今不如昔。而英国与其他靠美国太近的国家一样，不得不面对经济局面上的"负相关"——靠得越近，受伤越重。在这种情势下，美国扬言再度向阿富汗增兵，当然很难获得英国的支持。

在选举社会，最终是本国选票而非外国的支持更能左右政府的更替。英国执政党工党如今处境微妙。原本面临信任危机的工党在应对金融危机时反应及时、政策得当，保住了英国银行业，也稳定了民心，已经岌岌可危的政治地位骤然加固。此时若再要英国政府同意跟随美国向阿富汗增兵？当然可以，象征性地派300个吧。这样布朗既可以向美国老朋友有个交待，又可以不必影响选票。

美国感冒了，全世界都陪着伤风头痛，这种不正常的现象由来已久。甚至有美国学者说："全球化"就是美国化。实际上，美国只代表美国，从政治层面到金融领域到日常饮食到文化影响等等皆如此。

此次从美国发端的全球金融危机，不得不让人思考：曾经强大的国家会永远强大吗？曾经风靡世界的"全球化""现代化"观念真的放之四海而皆准吗？曾经辉煌数十年的金融体系可以在很短的时间面临坍塌，是一句运气不好和几个道歉可以解释的吗？

在国际政治领域，"没有永久的朋友，只有永久的利益"。英国的举措只是一个开端，微妙的开端，这让人明白，美国已非从前那个美国：它需要同盟者的支持，却已不能左右同盟者的态度。

2008年12月23日

阿岚看世界

加沙乱局：多方博弈下的真实谎言

　　有人说，以色列的攻势已经让加沙地带倒退 60 年。然而比这更糟糕的，是许多巴勒斯坦平民无辜受伤甚至丢命。对峙双方却不为所动，以色列坚持要实现所有目标后才罢手，哈马斯坚决拒绝国际部队或国际观察员进入加沙地带。他们的"倔强"，不仅为看得见的各种利益，其后还有多方博弈的作用。

　　先看美国。就在战争白热化状态下，美国还忙不迭向以色列运送大批武器

弹药。在这样的敏感阶段如此做，美国对这场战争的真正态度已不言自明。至于对联合国决议未行否决权，那不过是做给全球看的一种"姿态"。

美国为什么会这样"明修栈道，暗渡陈仓"？除了其与以色列本已有的千丝万缕的关系，还有一个重要原因就是伊朗。伊朗核问题与反美的态度一直是美国的心病，而美国与以色列有关方面曾在多个场合指责，伊朗在某种意义上成了哈马斯的"后盾"。在这种情势下，以色列出兵加沙并誓言摧毁哈马斯政权，无疑给了美国一个"敲打"伊朗的机会。因此，表面上美国"反对"战争，实际上却支持以色列。

再看埃及等国。埃及与加沙间的走私通道，是以色列此次出兵理由中仅次于"摧毁哈马斯发射火箭弹能力"的一个。无论是空袭还是地面战，以色列几乎都是"逢地道便炸"。埃及方面屡屡否认存在走私通道，还说即便有走私，也不过是食品之类的，完全是出于人道主义关怀。实际上，埃及曾多次表示发现武器走私加沙的情形，也曾经大力度查封通道，但因各种错综复杂的缘由，武器走私屡禁不绝。从实质上来说，夹在冲突双方之间的埃及并不想过深地介入直接的争端。但十分微妙的是，正是这样的战争，让相对较小国家埃及的总统穆巴拉克，再一次成为中东地区举足轻重的人物。至于黎巴嫩、叙利亚，其态度与埃及有相似之处，那就是观望局势，自己并不想惹火上身。

在加沙冲突中，巴以双方各自强硬的语调之后，彼此的"支持者"并不以本来面目说话。恰如在中国的武侠小说里，武林高手经常运用"气功"操纵武功平平的人与他人过招。这个武林高手，常常不露面，即便出来，也往往顾左右而言他。因为有许多"隐形高手"在，巴以和平永远近在咫尺，却又远在天涯。

2009 年 1 月 13 日

阿岚看世界

乌克兰"堵气"丢分

"屋漏偏逢连夜雨",以此来形容在罕见的苦寒天气中,被持续多日的俄罗斯与乌克兰斗气"冻僵"的部分欧洲民众,应是十分恰当。十多人甚至已因不敌严寒丢命。在一波三折的谈判之后,俄罗斯终于 13 日"放气",但因乌克兰仍"堵气",相关的欧洲民众依然只能"望气兴叹"。

有数据显示,乌克兰共欠俄罗斯约 20 亿美元的天然气款,如此巨大的数目彰显的正是双方在天然气问题上的矛盾已是"冰冻三尺,非一日之寒"。俄罗斯与乌克兰在互为盟国时,俄罗斯出于"人情",曾以远远低于国际市场行情的价格向乌提供天然气。随着双方在政治关系上渐行渐远,俄开始要求乌以市场价购买天然气。双方曾多次谈判,多次起波澜,每次都是在互有妥协的情形下暂且搁置冲突。

矛盾就此种下,从来没有得到根本解决,且于上月底达到高潮。俄乌就 2009 年的供气合同商谈未果,俄罗斯开始高调追债并指责乌克兰截留了部分输往欧洲的天然气。乌克兰矢口否认。双方的僵持,仍如 2006 年 1 月 1 日的类似争端一样,"挟持"的是欧洲用户。那一次的争端在多方压力下,俄乌两国经谈判暂时化解了在气价上的矛盾,欧洲消费者依然得以欢欢喜喜过暖冬。但 2009 年的这次争端,显然没有那么简单。

与在酷寒下发抖的欧洲消费者不一样,俄罗斯与乌克兰起初都不急,似乎均"有备而来"。俄罗斯表示不妥协、不让步,乌克兰更是一副哪怕停气几个月也不担心的架式;而双方在欧盟调停下的恢复供气协议,经常"卡壳",总是眼看着就要恢复供气,然后又冒出新问题。以至于俄罗斯最终"放气",却因乌克兰"堵气",欧洲民众依然用不上气。

乌克兰冒天下之大不韪而"堵气",有多方面原因。毋庸置疑,乌克兰国内政治斗争直接影响到天然气问题。有人指出,乌克兰现任总统尤先科想通过"斗

气"赢得选举"人气"；而俄罗斯外交部一份声明也指责乌克兰政坛有人想借
此次天然气纠纷捞取政治资本。乌克兰内阁成员中，也有人将矛头直接指向"美
女总理"季莫申科，认为她一直拖延与俄罗斯的天然气价格谈判。甚至有人说，
她"表现得像是俄罗斯的同谋"。由来已久的乌克兰"橙色内讧"，即总统尤
先科与总理季莫申科之间错综复杂的政治斗争，因俄乌斗气再次摆上台面。欧
盟相关谈判人员明确表示，天然气冲突仍在继续是因为"尤先科和季莫申科的
立场冲突"。

　　乌克兰"堵气"兼"赌气"，带着孤注一掷的味道。这皆因乌国内面临严
重的经济危机。在近两个月里，乌国内通胀率高达100%，其货币对美元汇率
也贬值了一半。而全球金融危机也让乌克兰经济雪上加霜。在俄乌斗气时，乌
克兰曾提出将俄罗斯输往欧洲的"转运"费调高一倍等要求，无非也是想在其
中获利更多，聊解杯水车薪之急。

　　乌克兰走到如此困境，与尤先科与季莫申科针锋相对的多年"内耗"不无
关系。在危机面前，各方谋求如何在政治上获得加分，甚至超过解决危机本身。
仅从此次"斗气"的关键环节，亦能看出此种脉络。在未来的乌克兰大选里，
无论是尤先科连任还是季莫申科或其他人员当总统，乌克兰的国家信誉受到的
质疑与重创，恢复均需长久时日。

2009年1月15日

成功需要合力
——奥巴马带来的启示

　　成功绝非偶然，即将上任的美国新总统奥巴马便是明证。

　　一个出生于夏威夷的黑人，在单亲家庭长大，成长过程算得上"颠沛流离"，但正是他，改写了美国从未有过黑人总统的历史，成为全世界瞩目的一个传奇。尽管他上任后能否成为一个"成功"的总统还是未知数，但他能成为美国总统本身，已经浓墨重彩地诠释了"成功"二字。

　　有一个勇敢向上的母亲，是奥巴马最大的幸运。在奥巴马 2 岁的时候，他与母亲邓纳姆被生父遗弃。她没有抱怨，日后还以奥巴马继承了生父的智慧为荣；

在奥巴马10岁的时候，母亲又遭遇与继父的离异，还添了一个孩子，但无论生活怎样艰辛，邓纳姆都不灰心。她不仅省吃俭用供孩子上最好的学校，自己也学习不辍，在日常生活最困难的时候，她还在攻读人类学博士学位。与她重视孩子教育同样重要的，是她自己的言传身教——人只要不放弃自己，就可以承受任何挫折，就可以实现或靠近自己的梦想。

奥巴马自身奋斗不息、乐于奉献也善于抓住机遇，是他成为今日的奥巴马的另一重要原因。在大学毕业两年后的1985年，奥巴马来到芝加哥主动从事一般年轻人看来是"毫无建树"的社区工作。但这看似"不起眼"的两年，给奥巴马奠定了了解社会和民众以及日后树立口碑的基础。

没有明显的"污点"，是在政治上成功的必要条件。奥巴马于1991年获得哈佛法学博士学位，此后当律师兼任大学老师、竞选伊利诺伊州参议员等，他在生活的阶梯上不断"往上"之余，没有留下任何可供别人挑剔的"硬伤"。一直到2004年，他被选定在民主党全国代表大会上进行主题演讲，他在演说中提出消除党派分歧、种族分歧，并实现"一个美国"的梦想。准备充足且激情澎湃的演说令他"一炮而红"，当年11月借势当选为联邦参议员。此后他也表现得积极而抢眼。2007年2月，他宣布竞选总统，围绕"变革"的主题，一路过关斩将，终于走到今天。

客观条件的机缘凑巧也很重要。美国社会从废除奴隶制到民权运动，黑人的"边缘地位"逐渐得以改变。本世纪初以来美国有数部影视作品，其"总统"均为黑人，这也暗示着强调发展多元文化的美国，已经逐渐具备了接受一位黑人总统的社会基础。年轻帅气口才好且奋斗不止的奥巴马的出现，恰逢其时。

成功需要多种因素的合力作用，个人心怀梦想又能脚踏实地，方向正确且不患得患失，永远是核心要素。奥巴马的经历，似乎是一种印证。

2009年1月18日

阿岚看世界

个人魅力不能造面包

今天美国总统奥巴马终于"履新"。许多美国人将充满希冀的目光投向了他，但一个人的能量终归有限，不可能成为解决所有问题的灵丹妙药，哪怕他是美国总统。

美国国内亟待解决的是不断纵深化的经济危机。在此危难之际，各方都希望奥巴马可如竞选时承诺的那样，为美国带来一场变革，让昔日光荣迅速回归。可惜，这很可能是南柯一梦。

奥巴马自强好学、具有一定的个人魅力；但能力与魅力都不是制造力，造不出面包。而其仅仅担任过州与联邦参议员的从政经历，显然尚未有机会在经

济领域有所建树。如今在美国经济风雨飘摇之际，奥巴马的首要任务只能是保持稳定，此后才是谋发展，任用"前朝大臣"便成为一种无法回避的选择。变革？说说而已，真正实行与否必须在立稳足跟之后。

在外交领域，奥巴马短期内也难有突破。以色列从加沙地带撤军也许是"礼貌致敬"，给了奥巴马一个面子。但中东危局依然存在，战火随时可重燃。至于伊拉克与阿富汗"战场"，越临近上台的奥巴马越沉默，不再如从前那般表示"友好"，不再高调张扬撤军时间表——年深日久的矛盾因一个人改变，在讲求契约与程序的美国，绝无可能。

还有美俄对抗。从美国此次"悄悄"介入俄乌"斗气"，乌克兰在与美国签订有关天然气管道升级条约、不断挑战俄罗斯与欧盟天然气消费国的忍受力后，最终还是选择与俄罗斯缔约就能看出：于乌克兰而言"远交近攻"虽是好谋略，但远方的美元还是不敌近旁的天然气。

诸如此类，说明美国的影响力虽仍为"头号大国"，但其实力已趋式微。奥巴马的一己之力，无法改变任何一件外交大事的趋势与格局，至多在一些细节上有所突破。

有没有奥巴马，美国也都还是那个美国；个人的魅力不是面包，也造不出面包。

2009 年 1 月 20 日

阿岚看世界

盖特纳为何拿人民币说事

美国两任财长都不简单。继刚卸任的前财长保尔森关于"金融危机根源在中国"的谬论遭到各界批驳后，1月27日已宣誓就职的现任财长盖特纳在尚"候任"的1月22日，在一份文件中声称："奥巴马总统相信中国正在操纵人民币汇率，这一观点得到了多位经济学家研究结论的支持。"

此言一出，立即引起各方关注。中国商务部1月23日在致法新社的传真中对此严辞反驳；英国《泰晤士报》23日发表评论说，盖特纳的举动将被证明是一个"危险的策略"；26日，白宫方面称盖特纳不过是重申奥巴马在竞选时的言论，并非"定论"；白宫还透露，奥巴马曾致电中国领导人"以平息风波"。

但值得注意的是，风波不仅没有过去，甚至在"蓄势待发"。据白宫方面的表态，盖特纳的言论到底意味着什么要到今年4月份才见分晓。如此看来盖特纳是在"有意说错话"，那么他意欲何为？白宫意欲何为？

现任财长盖特纳与前任财长保尔森乱发狂言的相似之处，都为的是转嫁本国金融危机，并寻找"替罪羊"。美国经济形势日趋严峻，据美国政府的数据显示，从2008年10月1日开始的2009财政年度前三个月，美国政府财政赤字高达4852亿美元，已超过2008财年全年约4550亿美元的历史最高纪录。因此，保尔森在丢下烂摊子前得为自己开脱，盖特纳接下这个烂摊子也想要申明"错不在我，不在美国"。那么选择中国这个经济发展快速稳定，同时还是美国最大债权国的国家来说点风言风语，于他们"自作聪明"的立场来看，可谓无奈又"必需"的举动。

其次，美国新政府得向投票的选民"示好"。美国有些人将近年来中美之间巨大的贸易顺差片面归咎为"人民币汇率问题"，不断指责中国有意压低人民币汇率以让出口产品获得价格优势。这种论调在美国朝野均有拥趸，因此也成为争取选民的招数，新任总统奥巴马在竞选期间就曾发出带有贸易保护主义色彩的言论，说如他当选将促使中国提高人民币汇率、监督和限制中国纺织品出口等。盖特纳在上任前的"空当"打着奥巴马的旗号拿人民币汇率说事，在朝可以在参议院拉票，让自己的提名获得顺利通过与确认；在野则可迎合部分对现状不满、因各种原因将美国的问题与中国的发展"挂钩"的选民；此外还可为新政府未来可能要采取的贸易保护主义举措埋下伏笔。

还有一个最直接的缘由，或许这是候任财长代表奥巴马政府对中美关系尤其是贸易关系的一次"弹性试水"。盖特纳在候任时即便"说错话"，依然还有很大的回旋空间。因此，一点也不奇怪的是，白宫发言人4天后说，盖特纳仅仅是重申奥巴马在竞选时的承诺，不代表华府正式公布任何政策；同时却也表示，美国财政部每两年发表一次的全球货币政策报告最新的一次将于今年4月发表，如果届时报告认定中国"操纵"汇率说成立，美国就可借此名义行事。意味深长的是，白宫发言人表示："本政府将在春季确定那（注：盖特纳的言论）意味着什么。"也就是说，奥巴马与盖特纳"新官上任"，都想通过某种手段将中美关系尤其是中美贸易关系的主动权抓在自己手里。

一个强大而繁荣的中国已引来一些人的"奇怪目光"，这并不突兀，所谓"木秀于林，风必摧之"说的就是这个道理。保尔森与盖特纳们代表的很难说不是一种"酸葡萄"心理。他们和他们身后的人或许可以凭这些过激言论获得暂时的政治资本，但却将自己为图短期利益罔顾长远发展的"欠缺政治智慧"的一面暴露了出来。

2009年2月2日

阿岚看世界

美国"砸了自己的脚"

自私与短视从来都是双刃剑。不顾后果的当前一点甜头，或许需要日后为之付出沉重代价。美国的"国货条款"，或许将实践这些话。

"购物要买美国货，减员先裁外国人"，这句顺口溜的源头居然来自美国政府。前半句直接与美国新的救市条款相关。在对外贸易方面，以奥巴马为首的美国政府将利己主义发挥到极致。美众议院在新救市方案中同样加入了"保护主义条款"：唯有全部使用"美国造"钢铁产品的基础设施项目，才可获得美国新救市方案的资金支持。相关内容还包括，美国运输安全管理局所使用的任何制服和纺织品必须为100%"美国造"。尽管目前刚获参众院"达成一致"的新计划是否包含此条款仍未可知，仅其成文并拿出来讨论，已引起轩然大波，并让人对一个"新美国"生疑。

这种"保护国货"的势头，在美国已呈纵深化趋势，已引起了包括英国、加拿大等"盟国"在内的世界各国的猛烈抨击。

毋庸置疑，过分的自利倾向，让美国的部分政客忽视了一个很简单的问题：到底是美国的消费者多，还是全球消费者多？美国国内也有冷静一点的声音指出，一旦其他国家均"仿效美国"或是采取报复措施，各国消费者均只购买本国产品，那么美国企业同样将面临出口难题，这将给在金融危机中举步维艰的许多美国出口型企业带来重创。

即便在其国内，势利的政客也在打造一个势利的美国。前文顺口溜的后半句指的是，一些政客宣扬在金融危机中先下岗的应是"在美工作的外国人"，同时还要求救市资金"要优先保证美国公民的工作"。为何如此？因为这些在美工作的外国人没有投票权，即便他们同样交税也无济于事。故而政客们可以堂而皇之地说那样的话，全然不顾事实的公平与在美工作的"外国人"的感受。一些美国人挂在嘴头的"人人生而平等"，在危机来时便只剩下"美国人的平等"。这样的行为伤害的不仅是那些在美工作的人，也包括部分清醒的美国公民。谁都知道唇亡齿寒的道理，谁又能预计到下一次危机来临时被出卖的是哪一部分人呢？

在金融危机漩涡中心的大多数美国人，正在承受经济不稳、信心不振的种种压力。真正"旱涝保收"的依然是曾经的利益阶层，包括华尔街成功或失败的"精英"们。

一向崇尚契约的美国已因经济上的捉襟见肘而致政策朝令夕改，为短期利益罔顾长远发展，有时甚至搬起石头砸自己的脚。可以说，相较金融业的危机，"美国精神"正在遭遇更大挑战。

2009年2月13日

阿岚看世界

巴菲特还有一个错

　　覆巢之下，岂有完卵？在全球金融危机的大背景中，"股神"巴菲特也不再是"神"，他不得不在2009年致股东信件中承认：2008年我也犯了错，"最少犯了一个大错和数个较小的错"。

　　不过我们不要太责怪他，对经济形势的判断失误，为了更大的利润放手一搏，并非大过错；于任何投资者来说，风险与损失都难以完全避免。他错得大些，无非是因为他投资的基数大些。除此之外，巴菲特尚能在有些投资项目上保持15%的利润率，在金融危机的大形势下这已属不易。

　　巴菲特真正的大错，在别处。2008年10月19日，本报国际版新闻刊登了

《千万别信巴菲特》的评论，向"忠于"巴菲特的投资者提出警告：不要轻信巴菲特关于美国经济短期可回暖以及美国股市"见底"的言论而盲目抄底美股。事实证明，这种担心是有必要的。巴菲特在去年9月至10月时，在各种场合发布了大量关于美国经济和美国股市乐观预期的言论。譬如说，巴菲特在去年10月1日接受采访时表示："现在的股价都显得十分合理。当其他人都感到害怕的时候，投资机会就已经到来。"诸如此类的言论经过"股神"的嘴说出来，自然会有不同的分量；再加上当时他旗下公司及他自己高调抄底的行动，这对于众多正莫衷一是的投资者来说无疑是黑暗中的曙光。他当时的言论与行为的蛊惑力到底有多大？令多少人跟着"套牢"？这些跟随者的损失有多大？若真有人统计，估计会是一个庞大的数字。

巴菲特在致股东信里的认错内容，说的都是白纸黑字无法抵赖的投资行为。但对于自己在美国金融危机已现危重的局势下的多番不负责任的表述，却无片言致歉。或许这也与美国人"重证据"的习惯相关，因为谁也没有要求你跟着他的言论走。如果你也兴冲冲跟着股神"抄底"了，那只能自认倒霉。

但巴菲特说那些话不仅仅是"判断失误"那么简单。在去年10月份的投资行为中，他斥资80余亿美元购入的两家公司的股票，都给了他极大优惠和让步。如他购入的都是"永久性优先股"，可获得公司支付的10%的高额股息，公司还可在三年后溢价10%回购。因此即便金融危机当前，其中一家公司对巴菲特投资该公司股票仍不遗余力地加以宣传，而巴菲特购买的优先股已使他稳稳当当获得5亿美元的纯收益。普通投资者能够获得这样的机会么？当然不能。因此他们懵懂地跟着"股神"走，运气绝不可能有他那么好。

巴菲特成为"股神"，除了勤奋及自身确实具有过人天赋外，也因其投资的历程恰好与上世纪美国经济上升的趋势相吻合。但经济大环境与巴菲特个人情境均已今非昔比，我们在宽容股神也是凡人的同时，对包括他在内的这类具有极大影响力的"神仙"所说的话所做的事，都不要再无端迷信。譬如说，巴菲特如今在致股东的信中称"美国的好日子在未来"，你完全可以将这个未来想得长一点远一点。

阿岚看世界

2009年3月2日

奥巴马为何公开托市

总统间接为本国股市打气并不少见，直接鼓励民众买股票则十分罕见。美国的"人气"总统奥巴马3月3日"吃了一次螃蟹"，他在当天的新闻发布会上如此说道："如果你从长远看，市盈率显示现在买股票不失为一个好选择。"

奥巴马此语颇有玄机。明白点说，就是他也急了。就在说此话的前一天，美股跌得令人触目惊心，道指达12年新低。而"从长远看"、"市盈率"均为关键字眼，显示的是一种高超的说话技巧。即便美股还会跌，他亦可自圆其说。事实上，奥巴马的"强心剂"并未即时奏效，托市当日的美股依然"跌跌不休"。但这种跌势，或可回应奥巴马"托市"的说辞，即在熊市里人们不应只关注当下，更应着眼长远。问题是，在正常情况下，"市盈率"是判断一只股票是否值得买入的重要参数之一，但在特殊情势下，最好还是问一句：长远是多远？

从说此话的时机来看，奥巴马亦弦外有音，并非仅仅说给美国公众听。当日的新闻发布会是英国首相布朗访问美国，奥巴马与其会谈后两人共同举办的新闻发布会。布朗的美国之行引起了世界媒体的关注，连他送个笔筒给白宫都引起了广泛关注，何况是英国首相与美国总统一起举行的新闻发布会。奥巴马想在这样万众瞩目的场合向全世界透露一个讯息：从长远来看，要对美国有信心。这与这一段时间美国政府千方百计期望各国买其国债的举措可谓一脉相承。

长远或许真的很长很远，超过了可以预期的预期。目前美国的经济状况不容乐观：从大环境来说，金融危机依然呈纵深化趋势，受此牵连，实体经济"一镬不如一镬"；美国国债已达10.76万亿美元，还以平均每天34.8亿美元的速度增长；捉襟见肘的现实，令美国从上月底开始按月发行7年期债券，这也是从1993年终止发行此种债券以来的首次。从社会生活来看，各行业失业率居高不下，且越来越多的人已失去或面临失去房子的事实，曾经无忧无虑的美国人已有三成人"辗转反侧，难以安眠"。

　　在这样的现实状况下，奥巴马托市的目的便十分明显。那就是争取其他国家包括购买国债在内的各种方式的"注资"，同时也提振美国民众信心，以期争取一点喘息的时间，以免糟糕的情势一泻千里，更难回转。但美国政府的整体信誉已因在华尔街梦灭、麦道夫骗局等等诸多事件中的"失察"而引起质疑，此时谁又会因总统一句话而"以心托明月"？

　　前车之鉴依然近在眼前。在美国政府各界的大力鼓吹下，从去年9月至今年1月底，美国公众持有的美国国债增加了3万亿美元，与之相比，各国政府增持的美国债券不到1千亿美元。那些轻信的公众此次还会那么"听话"，仅仅因为喜欢奥巴马而将现金换成股票？其他一些被美国股市套牢的他国机构投资者也要小心了，如果美国经济的"血液循环"系统出现问题，造血功能"坏死"，股市未来也随之难以预料。

　　当然，以擅长演讲著称的奥巴马还是没把话说死，他在托市话语之后补充道："现在我们正在收拾残局，在这个过程中市场必然会有起伏"。问题是，"过程"也许太长，"起伏"也许很大。只因金融危机下的美国不再是过去的那个说一不二的美国。

2009年3月5日

警惕"麦道夫模式"

美国金融危机有多少盖子没揭开？这个问题很难回答。比一个接一个美国大企业轰然倒下更震撼人心的，是从 2008 年 12 月开始曝光的"麦道夫骗局"，即纳斯达克股票市场公司前董事会主席伯纳德·麦道夫，历时 20 年套取全球 4000 余个金融机构和个人投资者共计 600 余亿美元的大案。麦道夫已于昨日正式认罪，但涉案具体金额及藏匿地点，至今成谜。

麦道夫如何成为麦道夫？首先因为他太不像个骗子，数十年"洁白无瑕"的从业履历及要求完美的"习惯"，成为他最好的名片。他的骗术其实很简单，即不断吸引投资者，然后用后续投资者的钱作为"投资回报"偿付前面的投资者，此种方式简称"庞氏骗局"。他不同寻常的地方在于"极其耐心"，也就是我们中国人所说的"放长线钓大鱼"，譬如说，设立了至少 10 万美元的投资门槛，而且非熟人介绍不能进入。这种通过"人脉"资源赢得资金信任的举措，使得"把钱投给麦道夫已经成为一种身份的象征"，雪球越滚越大，竟然 20 年未穿帮。

美国牛皮哄哄的监管部门因各种原因玩忽职守，轻易放过疑点，也是"促成"骗局的重要因素。骗局就是骗局，何况麦道夫一直对公司采取一种很神秘的操控方式，即无人能过问他在做怎样的投资及如何投资等内容，若有投资者质疑，他会"踢他出局"。如此古怪的运作方式早就引起了证券业内一些同行的怀疑，从1999年起，美国证交会收到多起有关麦道夫涉嫌金融违法的举报，但工作人员根本不予理会。到了2007年，美国证交会也曾调查麦道夫公司的经营状况，但即便发现了许多问题，也没采取任何行动。美国证交会已为此道歉，但这句道歉与麦道夫本人的道歉一样，已经于事无补。

贪婪之心是构建一切骗局的"基石"，麦道夫骗局也不例外。麦道夫本人因贪心作祟以致无法收手，不值得同情；但那些受害者，也多是被贪婪之心左右才落到如此田地。麦道夫的行骗对象不乏大人物、大公司、大机构，不少赫赫有名的富豪亦在被骗榜上有名，许多"老江湖"仅由于以往投资回报率高；"乐于"忽略麦道夫到底在干些什么。直到损失21亿美元的法国投资家及曾经很有成就的美国基金经理自杀，人们才明白麦道夫案涉案资金多数不是来自普通人。这些受害者在有意无意之中也成为麦道夫的"帮凶"，因为他们的轻信与介绍甚至是身为基金经理人的直接操作，才导致了更多资金落入这一骗局。

麦道夫不仅曾担任纳斯达克股票市场公司董事会主席，也曾任美国证监会顾问。如此显赫的身份当然也为其骗局加了码。那些言必称美国的人要当心了，"麦道夫模式"并非特例，美国证交会主席考克斯在为麦道夫案致歉时已埋下伏笔：麦道夫并非证交会监管的唯一漏网之鱼。

2009年3月14日

奥巴马，如何让我相信你？

期望越高，失望便会越大。美国总统奥巴马似乎正在诠释这一点。

在美国金融危机于去年底初现端倪之时，此前并无多少从政经验的奥巴马打着"变革"的旗号当选美国"人气"总统。许多人认为他一定会为经济疲软的美国带来新气象。但如今他正式上任不到两个月，随着美国在金融危机中"无力自拔"，"奥巴马"也就不再是美国的金字招牌。

奥巴马大力鼓吹的经济刺激计划并未收到预期的效果，各种问题仍层出不穷。在1月20日正式上任后，奥巴马确实曾卖力地去筹措救市资金。在历经了参议院、众议院矛盾丛生的争议后，一个几经压缩的救市计划终于出台。但华尔街一夜坍塌、众多大企业说倒就倒、麦道夫骗局越查越大等金融业的"黑洞"，揭示出美国金融体系深层次的结构性问题，本非杯水车薪的救市资金能够解决。即便是这些远远不够的救市资金还被一些受援公司当作薪金或分红"悄悄"发给了公司高管们。偏偏奥巴马此前此后都信誓旦旦地说，绝对不能让救市资金进入高管们的腰包。

更让人忧心的是，伴随着奥巴马各种慷慨激昂演讲的，是美国的负债率与失业率都达到了新高。在困窘情势下，以奥巴马为首的美国政府不得不大量发行国债并加印美钞。这种"寅吃卯粮"的过度透支行为将一些大量持有美国国债的国家逼入进退两难的境地。

14 日，奥巴马表示，全世界投资者都应对在美国投资的安全性抱有"绝对信心"。很显然，奥巴马的这次表态，是针对我国总理温家宝 13 日回答中外记者提问时提到"担心中国在美投资的安全问题"的回应。但我们都不会忘记，一再宣扬要与世界同舟共济、要与其他国家共同应对金融危机的奥巴马政府，不久前曾扬言救市资金"要优先保证美国公民的工作"，并且规定一些基础设施建设必须采用美国产钢材。在金融危机面前，美国政府如此自大又自私的举动伤害了许多国家及其民众，也给蔓延全球的金融危机加上了一道寒霜。曾经将奥巴马视为金融危机"拯救者"的"盟国民众"，也不得不将怀疑的目光投向他。

令人担心的还有"美国制造"。3 月 15 日，美国农业部宣布回收 5 种白兰氏鸡精，原因是所用原料未获批准；3 月 14 日，美国一家第三方机构调查称，过半美国婴儿卫浴品被指含有会引发各种皮肤病甚至致癌的化学物质，其中不乏著名品牌。对这些问题，能言善辩的奥巴马却选择了保持沉默。

短短几个月，奥巴马已不再是那个"完美无缺"的奥巴马，美国也不再是那个呼风唤雨的美国。其实，美国总统在强调"三权分立"的美国不过是"三权"之一，其实际地位与政治影响力往往容易被高估。这从奥巴马在救市资金方面高喊口号后的诸多无奈举措，可略见一斑。奥巴马对美国经济的"信心"，更多的是显示出一种姿态，不一定能反映现实。因此，信他，不如"信自己"。

2009 年 3 月 16 日

阿岚看世界

海盗问题需从陆地解决

　　索马里海盗的"勤奋工作"已经成为许多国家的头疼事。他们在去年对外国船只进行了近 150 次袭击，如今仍有 260 名各国船员被扣押在海盗们的主要聚居地索马里邦特兰地区。这些人质的未来，随着法美两国不约而同采取武力手段解决问题而变得莫测。

　　解决索马里海盗问题，一般有三种方式：交赎金、动武、听之任之。由于诸种方式的威慑力有限，2009 年前三个月，各国开始"防患于未然"。不少国家派出战舰在海盗活动最盛的亚丁湾海域进行护航，这在一定程度上抑制了海盗的出击频率及劫船成功率。但海盗迅速调整"战略"，将盗船的范围扩大到索马里以东和东南侧海域。因此，近段时间海盗劫船成功率又大大上升，14 日又有一艘希腊船只被劫，这也是索马里海盗本月以来的第九次行动。

　　有些看起来像好消息的消息，也藏着隐患。近两日，两则有关打击海盗"好消息"登上各国报纸的头条：法国抽调多名"海上精英"，于 10 日成功解救了 4 日被劫的本国船只"坦尼特"，击毙两名、擒获多名海盗，而 5 名人质中的 4 人完全无恙，另一人在双方交火中丧生；美籍丹麦货船船长菲利普斯两度跳海，后一次终在美国军舰及海军海豹突击队的帮助下获救，突击队员击毙 3 名海盗。如今，美国船长被媒体誉为英雄，法国上下也一片欢腾。但索马里海盗放出狠话：以后遇见美国和法国人质就撕票。因此，除了行经此处的各国船员"提心吊胆"外，260 名各国在押人质的安全也堪忧。

　　貌似强大的海上行动，没有触动索马里海盗铤而走险的根本。索马里联合政府外交部长奥马尔道出了问题的本质，"要想在广阔的印度洋海域全面封杀海盗，无疑是一项不可能的任务"，"问题出自陆地，也需从陆地解决。"

　　那么，陆地的问题出在哪里？索马里普遍的贫穷，使得做海盗成为一种"谋生途径"。而其"高风险高回报"的特性，让许多人甘愿铤而走险。此外，邦

特兰司法地位不清，也为海盗力量的增长提供了温床。各国政府在面对海盗时的"各顾各"也为索马里海盗提供了可乘之机，所谓的"国际社会联合打击"也往往貌合神离。

　　缘此种种，多角度全方位在陆地上解决海盗问题，才能"治标又治本"。譬如说，国际社会可以根据有关方面的建议，首先帮助索马里联合政府建立一支国家安全部队，重建社会法律秩序；此外，发达国家还应着眼长远，帮助索马里发展经济和文化，从根本上去除绵延已久的"海盗温床"；各国还应认真商讨并协调各自的解决方案，不能总是"脚疼医脚、就事论事"，只有本国船被劫时才火急火燎，涉及别国就"高高挂起"。总之，在全球日趋一体化的今天，猖獗的索马里海盗也非"一日之寒"，不能用单一的方式去解决。

2009年4月15日

美国经济"曙光" 埋藏种种隐患

2009年4月14日,美国总统奥巴马当天重申,美国经济已显露"希望曙光",但尚未摆脱困境。

美国总统奥巴马这两天民望大涨。索马里海盗无意中帮了他的忙,成功营救船长一事改变了奥巴马"不够强硬"的形象。也许是想借此东风,也许是为了即将到来的执政"百日"加码,奥巴马14日再次强调他于几天前说过的一个词"曙光",他认为美国经济充满希望。

事实却不由人不生疑。奥巴马说"曙光"的一个理由是关于房地产,其中"寻求地产抵押贷款再融资的民众开始增加"。奥巴马似乎忘记了,此次蔓延全球的金融危机的根源就是美国的次贷危机,也就是放贷给实际上不具备买房实力的人,相关机构再将这类贷款打包成金融衍生品,让全球的其他机构来"扛"起其中风险。而随着美国利率提高,失去还贷能力的人越来越多,恰如多米诺骨牌的第一张牌倒下,从而引发了一系列连锁反应。

美国房地产的问题及次贷危机从利率问题开始,却不会终止于利率的调整。此时再拿"抵押贷款再融资"来说事,暴露的正是美国政府及金融机构不仅没有反省过往模式,反而是在采取"今朝有酒今朝醉"的饮鸩止渴方式。或许金融业与一些购房者断裂的资金链可以因此续上,但未来的类似危机依然难以避免。

单一的数据也需进一步观察。譬如,美国2月份二手房成交量环比增长了5.1%;银行在政府支持下向小企业所提供的贷款数额增长了20%;7870亿美元经济刺激计划的资金正在开始流向全美范围内的建筑项目。

第一个有关二手房的数据很难说不是"虚假繁荣",因为环比增长的前提是上一个月的基数,且美国房价从去年7月以来一直下行,总体跌幅太大。因此单单二月份这一个月的成交量,不能说明任何问题。至于小企业贷款数额增长,

当然是一个好消息，可证明它们"不差钱"或"不太差钱"，但企业在严峻的经济形势中的具体发展情况仍需观望。至于经济刺激计划的资金流向，本就充满争议，且建筑项目对于经济的"回馈"，显然需要较长的周期。

在奥巴马大谈"曙光"的时候，旁观者也可留意一下其他数据。譬如，美国 3 月份的失业率升至 8.5%，创下 25 年来的新高；美国 10 年期国债收益率已出现连续第三周下跌，而美国政府在于近期多次发行国债、加印美钞之外，再决定发行总量为 590 亿美元的国债；美国 3 月新增赤字近 2000 亿美元，而自上年 10 月到今年 10 月的 2009 财年的上半年，财政赤字已达近万亿美元。

不容否认，美国终有一天会走出当前的危机，但如果不知反省、自我陶醉，其弯路仍会有较长的路要走。从金融领域爆发的危机不可能仅仅在金融业内解决，制造业才是一国的核心竞争力。而美国的汽车业等还未从危机中"复原"，此时就谈"曙光"，更多的只能起到鼓舞士气、吸引人气的作用，对经济发展却难有实质性帮助。

阿岚看世界

195

2009 年 4 月 16 日

170 亿美元：小杠杆或可撬动大信心

美国经济的当前态势与未来走向，已成为全球媒体瞩目的焦点。其中美国联邦储备委员会主席伯南克5日的说法颇为引人关注，即美国经济尤其是房地产与个人消费已有复苏迹象，故而今年稍晚时候可能总体触底反弹。关于美国经济的"底"早已有不同说法，伯南克的观点因其"证据单一"而不足为凭。许多人都还记得，在今年2月份的一个报告里，他还说美国经济衰退将持续至明年。那么，伯南克为何会如此急速"转弯"？

从深层次看，伯南克5日的"调整底部"论调与奥巴马7日宣布减少政府财政预算，可谓有异曲同工之妙。他们或都认识到，在短期内难以扭转的美国金融危机之前，培养各个阶层的人对未来的信心已成当务之急。舆论普遍认为，

美国新任总统奥巴马在内政外交的全方位动作，目前很难说有什么具体建树，但不容否认的是，他以其特殊的身份与个人魅力，重建了美国人对美国的信心。

奥巴马此次缩减的财政预算"小数目"也很可能撬动大空间。在2010年财政年度中高达3万亿美元的总额中，奥巴马计划取消或缩减的170亿美元只能说是个小数目。唯因其减少的是政府及大公司的开支与优惠，增加投入的却是"帮助一些濒临倒闭的学校、防治流行性感冒、帮助穷人安居"等等，这种对照正好切合了美国宪法精神中关于"防止强权对弱者的侵害"的内容。要知道，在美国历史上关于大州与小州、政府与个人之间的权力制衡曾是大问题，其博弈结果就是美国人奉若至宝的宪法修正案"权利法案"。因此，奥巴马此次对170亿美元的得当取舍，体现的是"强大政府"对弱势群体的关怀，也传递了一种公平与人性。在金融危机之前，美国政府的此种举措不由人不感动。

美国政府在金融危机面前"有所为有所不为"的态度已日趋理性。目前，美国总体经济仍不容乐观，如银行业缺少资本金带来的隐忧依然存在，其整体"健康"堪忧；三大汽车企业之一的克莱斯勒目前正处于破产期，这也引发了人们对于"美国制造"行业的整体重估等等。前者的关键在于美国人对于银行业的信心重建；后者则已逐渐凸显了美国政府"舍车保帅"即放弃相对较小的克莱斯勒以保通用公司，且欲通过意大利企业菲亚特与克莱斯勒的联盟来实现美国汽车产业从"美国制造"到"美国设计"的转型等等。也许有些想法难以如愿，却也证明奥巴马政府在切实扭转颓势。

次贷危机引发了普遍性的金融危机，美国从政府到企业和个人都要为曾经"不假思索"的过度消费买单。解决危机绝非朝夕之功，但尚需国会批准的缩减财政预算"170亿美元"是一个好的开端，而让银行业自行解决部分资本金问题也是一个好的开端。积沙或能成塔也未可知，且让我们拭目以待。

2009年5月9日

他们为何总在找中国的茬

近年来，中国屡屡被一些西方国家拿来说事，进入 2009 年后此风更盛。5月1日，美总统奥巴马就"世界新闻自由日"发表声明，其中涉华部分指责中国监禁、骚扰记者，我外交部迅速驳斥了此种说法；所谓的"中国威胁论"也不断"细化"，5月2日，澳大利亚公布了冗长的"国防白皮书"，其中不惜篇幅渲染中国威胁，但澳前国防军司令彼得科斯格罗夫将军很快驳斥了此种说辞；上月，甲型 H1N1 流感在墨西哥暴发，中国作为最快作出大额援助决定的国家之一，却莫名其妙被墨西哥一位官员栽赃"疫情的根源在中国"云云。

在"找中国茬"的行列里，"美国"一直是个关键词。其中最让人瞠目结舌的莫过于美国从政府官员到知名专家各个角度论证"美国金融危机的根源在于中国"。日前，诺贝尔经济学奖获得者约瑟夫·施蒂格利茨在接受德国一家媒体采访时终于说出了大实话：触发此轮金融危机的根源"是因为美国的金融系统没有做真正该做的，那就是控制风险并引导资本进入高收益经济领域……将根源归咎于中国人是荒谬的"。

无论是面对金融危机还是甲型 H1N1 流感，并未处在漩涡中心的中国从没袖手旁观，始终展现的是一个负责任、肯担当的大国形象。但总有一些人甚至是国外的政要罔顾事实，对中国横加指责甚至于诽谤。为什么会这样？

较之近代中国的积贫积弱，当代中国的国际地位悄然增强，对世界的影响力也逐渐增大，这种渐变引起了一些西方发达国家及少数人的"不舒适感"。而部分西方民众对中国的了解途径较为单一，多为当地媒体的描述与公众人物的言论。部分西方媒体出于各种原因对中国的情况以点概面，无限夸大某个负面事件，基本无视中国总体的发展与进步，这在一定程度上也造成人们观念上的恶性循环。而一些政治人物出于迎合竞选政治的需要，时不时得"顺应"潮流"找中国茬"。

其次，中国人的"中庸"传统与低调做派，习惯于"以退为进"的风格，有时也给了一些"不怀好意"的人以机会。这也说明我国从上到下，还需加强在"舆论战"上的学习与实操。而在经济领域尤其是金融和贸易方面中国频频被"找茬"，与我国发展市场经济相对较迟，以及一些公司在大宗商品的进出口上相对缺乏经验和技巧等方面均有关系。在金融杠杆的使用上，我们常常较为被动；而在大宗商品的需求分析上，我们还需培养更成熟的战略眼光。

换一个角度来说，"被找茬"当然会带来一些困扰，但也不见得完全是坏事。这至少说明，日益强大的中国已成为世界的"主角"或"潜在主角"之一，其一举一动都被置于放大镜甚至显微镜下"仔细观察"，各种正面的评价和负面的谬论应运而生也就不是什么稀奇事了。与此相应，我们也应培养大国心态。"人之憎我也，不可不知也"，对于某些国家一些无关痛痒的酸醋说辞大可一笑而过；而对于一些触及国家底线的诽谤与栽赃，则需认真对待、巧妙化解，必要时也可给好事者"一点颜色看看"。

不管情愿不情愿，无论欣喜还是嫉妒，一个不断发展壮大的中国，已是世界各国民众都无法回避的现实。中国若再被某些人无端找茬，我们也不必太奇怪，更不必太在意。

2009 年 5 月 11 日

柏林墙：待成追忆已惘然

"能带我去看看柏林墙吗？"几年前我曾赴德国进修，到柏林的第二天就向培训机构提出了这个要求。几天后，一名陪同人员将笔者带到柏林市中心一条马路旁，指着某处说道："这里曾经是柏林墙，早就拆掉了，整个墙体只剩下很短很短的一段，可能也会被拆掉。"她的表情十分轻松，但笔者却多少有点"寻幽不得"的惆怅感。

原来，曾经全长169公里的柏林墙，如今只剩下千余米，且遭"严重破坏"。柏林墙倒塌20年后，终于有德国政府官员开始大声说出"我们犯下了最致命的错误"，并开始致力于保护柏林墙遗迹并筹建柏林墙纪念馆，可这也不能弥补许多人心中的遗憾。

柏林墙是历史的重要见证，代表的不仅是一段隔绝的记忆，也是一段伤痛的历史。曾以不同意识形态对峙的"东德"与"西德"，于1961年以"柏林墙"的方式明确隔断，从此墙两边的德国人经历了多年的分裂。1989年，"柏林墙"被推倒，东德居民如潮水般涌入西德，而柏林墙的毁坏是如此彻底，连地基的石块都被挖出来卖钱。

在最初的全民兴奋浪潮过去后，人们渐渐感到遗憾，而距离的时光越久，遗憾也越深。越来越多的人意识到，推倒柏林墙并没有彻底改变那段隔绝的历史。墙两边居民的观念、习惯、生活水准等，也并没有完全因为柏林墙的倒塌而"融合"。甚至连政治家"出身"于"哪边"，也要常被拿出来说事。

在柏林街头转一转，与当地年龄稍大的人聊一聊，仍可感觉到"东德人"与"西德人"的内在区分。看来，那堵看得见的"柏林墙"被推倒了，德国人心里的"柏林墙"，完全消解尚需时日。

尊重发生过的一切，才可能有真正的反省。德国并非一个缺乏反省精神的国家：德国有两届总理——勃兰特和科尔都曾跪倒在犹太受难者纪念碑前表达

歉意；德国政府将多处纳粹集中营遗址辟为纪念馆供国民参观，并在教科书中揭露法西斯的罪行；德国的一些知名企业建立巨额基金，对二战期间的劳工及幸存犹太人进行赔偿等等，如此种种，都证明他们正视了在二战中犯下的罪行与过错。

也正因此，柏林墙的遗憾更深。德国人勇于去承担"对外"的责任，却在有意无意逃避内部曾有的分裂与对立，而致一时的"激动过头"毁掉了柏林墙这个宝贵的历史见证物。此后即便重建，也只能是"山寨版"，很难从中寻觅历史的本真味道。希望从中我们可以领悟：历史不会因否认而不在，伤痕也不会因掩盖而弥合。

2009 年 5 月 14 日

油价上涨的人为因素

2008 年，原油每桶价格破天荒达到三位数，16日更是达到了 127 美元一桶的新高。其中有许多大环境的因素，却也有一些偶然的、人为的因素。最让人啼笑皆非的是 1 月 2 日，美国纽约 2008 年新年假期后的第一个场内交易日，石油每桶"破百"的直接缘由，居然是纽约商品交易所里一个叫查理德·劳伦斯的人用自有资金进行贸易的本地交易一手造成的。巧合的是，原油期货交易量只有平时的一半左右，而交易量越小，油价越容易波动。尽管油价在此后小有回落，石油价格飙升的总体格局却已在这样的一个小玩笑里奠定。

商品上涨都与供求规律相关，石油也不例外。近年来，世界经济强劲增长使得全球原油需求增加，而石油产量并无明显增长。中东等产油区地缘政治局势紧张、产油国尼日利亚的动荡、美元持续贬值、投资者对于原油供应紧张局面的消极预计、全球经济发展对于能源的倚重等等，构成了油价上涨的不同环节。但恰如查理德·劳伦斯的玩笑一样，人为的推涨依然不可忽视。

国际投机分子的"大手笔"，可谓油价上涨的直接原因。16 日纽约市场的油价 127 美元，虽为当日价格，交易的却是 7 月石油的期货。这与 1 月 2 日石油价"破百"交易的是二月的石油一样，"期货"

这样的投资概念显然已对油价造成巨大影响。因此，当人们对油价的预期很高之时，一点点泡沫可能就是期货市场的一场大风浪，小小的危机也可能被无穷放大。对，石油供需略有失衡，本应微涨，但在期货市场投机客在看涨行情的左右下，微涨变成巨涨。谁会从中获益？当然是手握巨资、深谙期货市场投资规律的财团、机构及少数个人了。为他们买单的，是诸多原油主要靠进口的发展中国家。

此外，一些颇具盛名的分析师的言论也起到了推波助澜的作用。譬如说，在16日石油每桶涨至127美元的时候，美国知名投资银行高盛公司当天发布报告：将今年下半年国际原油目标价格从先前预测的每桶107美元调高至141美元。而他们预计，两年内的油价将升至200美元一桶。谁都以为他们的分析"高屋建瓴"，却忽视了他们光有分析，却无应对之策。而且事实证明，他们原先预测的今年下半年每桶107美元一点也不准。那么调整后的数据就一定准确吗？别忘了，不少分析机构本身也是做各种投资的。他们的一味看涨，只能是一种参考而已。这本身就意味深长。譬如说，许多声名卓著的外资分析机构在分析中国股市时，往往会南辕北辙。

2009 年 5 月 18 日

阿岚看世界

203

流感疫苗的困局

"全球每年因流感而死的人超过 50 万"！这只是 2009 年 4 月俗称为"猪流感"、学名为"甲型 H1N1 流感病毒"暴发前的数据，却也足以令人触目惊心。今年的新型流感会带来怎样的局面？迄今全球逾 1 万人确诊感染，近 800 人因此丧生。但更让人感到沉重的是，人们不知如何才可预防。

目前所有的疫苗及今年已经注射过的流感疫苗，都对新型流感失效，因而尽快生产出有效的疫苗，成为当务之急。但发达国家在这一问题上的防范之心显然多于合作之意。发达国家的全球知名药企及相关研究机构的实验室，均拥有最优秀的研究人员与最尖端的设备，但他们多表现出"独行者"的一面，除了英美两国个别研究机构及世卫组织与某个实验室之间，其他的基本不沟通不分享研究数据与成果。

流感疫苗"与众不同"

即便形势严峻，也不足以突破疫苗研究成功后预期带来巨大利益与相应话语权。美国疾控中心已证实，A/H1N1 型的毒株是前所未有的人类流感病毒、北美洲禽流感病毒，以及北美洲、欧洲和亚洲猪流感病毒的混合体。正因为病毒复杂、疫苗"难得"，各有优势的那些发达国家的研究机构，在继续研究的同时也彼此防范。

医学界如今都对"通用流感疫苗"翘首以盼，但这正是流感疫苗面临的第二个困局。流感疫苗在人体发挥作用，本就需每年接种一次，且需根据当年流感类别的不同对接种疫苗进行区分。如今的 A 型（即甲型）流感本就易于变异，如果其流行趋势未能在短时间内被抑止，"通用疫苗"也只能是一句口号。退一步说，即便通用流感疫苗突破种种困难得以研究出来、生产面世，也未必能抑制流感大流行，且疫苗是否奏效也需数年的时间去检验。在这样的前提下，发达国家关于疫苗研究的"各行其是"，进一步增加了问题的难度。

疫苗生产能力堪忧

疫苗的研发仍在进行中，即便可顺利地研发出来，产品的生产能力也堪忧。《纽约时报》4月29日引用美国政府官员的说法，即言生产出"能满足所有美国人使用的猪流感疫苗，可能要等到明年1月份"。这种提法很有意思，在许多问题上"放眼全球"的美国，在流感的考量前只关注了"美国人"。而世界卫生组织和国际制药业协会联合会的一份研究报告也显示，要制造出满足全球需要的新流感疫苗或需4年时间。已有人未雨绸缪地担心，疫苗一旦"供不应求"，届时各个发达国家会为满足本国需要及获取最大经济利益而限制疫苗出口。

还有许多"隐忧"。世界卫生组织的一位负责人已明确表示，目前A型流感呈温和态势只是一个阶段的现象，不过是给了人类一个"宽限期"；但这个宽限期会有多长，谁也不知道。有趣的是，美国疾病控制与预防中心的一位官员20日在记者会上表示，根据有关研究显示，1957年前出生的人可能对甲型H1N1流感免疫。这种"年份说"引发了猜想也安慰了很少的一部分人，更多的人只是忧心忡忡地看待这些或好或坏的消息，盼望着能够阻挡新型流感的疫苗早日问世。

流感疫苗的困局，折射的正是当今世界的一种奇怪现象：有些发达国家在许多问题上动辄说"全球化"、"一体化"，一旦面临考验和利益关系，立马就回复到本国利益最大化。我们只能盼望，疫苗能够早日成功研发并被证明有效，研发方和生产方也能以"人类利益"战胜"自家得失"，如此而已。

2009年5月23日

阿岚看世界

频提 G2，美国的"离间计"？

"G2"构想在某种意义上来说可称为美国的"离间计"。美国很可能借此达到团结北约和亚洲"盟友"，同时离间中俄关系与中欧关系的目的。

自哈佛大学一位教授制造出"中美国"（Chimerica）一词后，人们还未来得及"消化"其含义，G2（两国集团）提法已在西方甚嚣尘上。"中美共治"世界的论点成为美国及欧洲媒体的热点，这也向世界画出了一个硕大的问号。

中国政府对此作出了明确回应。中国外交部发言人马朝旭申明：中方不可能向美国"提议"今后由中国负责西太平洋和印度洋事务，由美国负责东太平洋事务。同日，中国国务院总理温家宝在捷克出席中欧领导人峰会时表示，世界将形成"中美共治"格局的说法是"毫无根据的，也是错误的"。

美国缘何抛出"G2"言论，这是一个值得思考的问题；近来这种言论在西方升温，更应引起我们的警觉。

在"舆论战"里一向占有优势的美国提出"G2"，一定是因其符合美国国家利益。从目前形势来看，美国在世界事务上的霸权地位与西方世界其他国家之间仍然存在一些矛盾。如果能把中国树立为西方世界的主要对手，就能将美国面对的矛盾"卸下"部分。如此不仅可"减负"，还可令中国的崛起遭到西方世界的共同遏制。从这个意义上说，"中美共治"一说仍然延续了西方世界"中国威胁论"的老思路。其战略意图十分明显，就是为中国多树几个"假想敌"。

具体而言，美国很有可能借此达到团结北约和亚洲"盟友"，同时离间中俄关系与中欧关系的目的。如果"G2"时代真的确立了，欧盟的位置该摆在哪里？俄罗斯又何去何从？中国的邻国日本和印度作何打算？本就担忧"中国威胁"的一些国家该怎么办？毫无疑问，频提"G2"并极力将其渲染成真，必然激化中俄、中欧矛盾，也会让日本和印度等中国的邻国增加提防之心，而美国却可在诸种错综复杂的国际关系中起到更大的"平衡作用",坐享渔翁之利。总之,为同时达到拉拢离心力渐强的欧盟、避免北约解体、在亚洲事务中起到更大作用等目标,美国急需为有关各方树立一个共同的、像样的"敌人",中国似乎成为不二选择。

"G2"构想在某种意义上来说可称为美国高明的"离间计"。深陷金融危机分身乏力的美国,希望通过转移矛盾以重新把握战略主导权。诚如许多人所言,20多年来,美国是这个世界上当之无愧的霸主;目前美国单极霸权与世界多强主张之间的博弈,将直接影响未来世界格局。但美国政府并没有真正对其他国家崛起并重塑世界经济秩序做好准备。缘此,"G2"只是"说说而已",其战略意义远胜过现实意义。

从现实的角度来说,中国目前无论是自身实力还是国际环境,都"无心无力"与美国共建"G2"。

从宏观层面来看,中国远构不成"G2"中的一极。目前,中国国民生产总值不到美国的一半,要想真正与美国"平起平坐",还有很长的路要走。另外,尽管中国实力有所上升且在金融危机中表现相对稳定,但金融危机对中国造成的负面影响也不容忽视。

此外,美国极力张扬的"G2"构想与当今世界的发展趋势相背离。国际社会正日趋全球化、多极化、多元化,国际事务绝不会由一个或少数几个大国来主持。而中国从来都不主张"称霸",又怎会与别国"共同称霸"?

2009年5月25日

腐败渐成"全球病"？

因亲人涉嫌受贿而深感"无颜面对国民"，韩国前总统卢武铉23日晨跳崖自杀，这位有"廉洁先生"之称、一直追求道德完美的人悲剧性地结束了自己的生命。卢武铉的悲剧不得不令人思考：政坛腐败是否已经成为无法避免的、全球性的问题？

腐败问题一度被视为发展中国家的政治"毒瘤"，近年来许多发达国家却也纷纷"中招"。留意近日的国际新闻，发达国家的腐败问题可谓"此起彼伏"：金融危机中美国曝出华尔街高管与一些政府部门涉嫌欺诈；韩国除卢武铉亲属受贿案之外，还传出多宗高官涉腐案；英国议员"骗补门"仍为全球媒体关注热点；日本民主党党首小泽一郎本月11日因为助手牵涉巨额献金丑闻而不得不辞去党首职务等等，这些都与某些人的贪念作祟有关。

西方看似发达的民主政治，在无孔不入的"腐败"问题上也显得风雨飘摇。英国历史学家约翰·阿克顿曾断言："权力产生腐败，绝对的权力产生绝对的腐败。"其根本的原因在于，公共权力一旦为个人所掌握，常常会异化为个人权力，就成为掌权者用来牟取私利的工具。

随着经济的发展，腐败问题或许真的已成为一个全球性问题。据世界银行估算，腐败在世界范围内所导致的损失每年约为1.5万亿美元。

所有的腐败案例，均与监管不力相关。具体到卢武铉一事，因韩国民主政治的监督机制不太健全，往往出现"事后追究"的事情。再加上韩国政商之间密切往来、相互依存的"请托"风气盛行，各方面的冲突需个人尤其是"卸任总统"来承担责任，几乎成为惯例。这已经让不少韩国高官和知名企业家落马，卢武铉的自杀让这种现象引起了更多人的关注。

总而言之，随着全球经济的迅速发展，制度的发展和完善往往相对滞后，于是贪欲便会跨越看似完美的制度，最终酿成贪腐悲剧。

舆论监督已经在某种程度上填补了制度的不完善。如在韩国检察厅的不懈追查之下，卢武铉亲属的受贿事件也日渐浮出水面；在日本各方的压力之下，小泽一郎被迫辞去了党首职务。

　　各种腐败现象的滋生，说到底是人的腐败。但舆论监督有时会失去必要的规范和理智，制度的补充和完善才是真正解决问题的途径。为此，各国应该建立预防腐败体系、改革监督体制以及加大腐败的惩处力度。只有这样，本心并不想贪的卢武铉们才能安享晚年，一向衣冠楚楚的英国议员们也不至颜面扫地。但愿卢武铉自杀的悲剧，能够给全世界起到一定的警示作用。

2009 年 5 月 25 日

奥巴马画出诸多问号

　　演员的身后，有导演、编剧、化妆师等一大帮人。我们知晓他们的存在，却在舞台上看不见这些幕后者。美国大选也是如此，前台辉煌的那个人，不过是众多利益集团和力量的"代言人"。在民主党内取胜的奥巴马，正是那个"演员"；其后依然有各种隐形的多方博弈。

　　作为美国迄今"离总统宝座最近"的非洲裔候选人，奥巴马给今年的美国大选带来了许多变数和戏剧色彩，同时也带来了诸多疑问。

　　第一个问号是，年轻的奥巴马能否弥合民主党内的矛盾？在共和党的麦凯恩早早获得党内候选人提名后，民主党的奥巴马和希拉里仍然厮杀数月。此种局面，反映出民主党内部矛盾重重。两人的部分"粉丝"甚至扬言：若偶像落败，就转而支持共和党！奥巴马及其竞选团队如何应对，直接关系到他们能否赢得最后的胜利。因此，对强势的希拉里明显有些抵触的奥巴马，获胜后不得不对她大加赞扬，直至如今的"悄悄会晤"。但两人会否携手？希拉里若成为奥巴马的竞选搭档会否安心于"副总统"的定位？无论左或右，都很棘手。

　　第二个问号，即为美国人真的准备好接受一个黑人总统了吗？美国的种族问题尤其是黑人与白人的现实距离与心理抗拒，已非"一日之寒"。仅仅在50余年前，白人和黑人连公共汽车都是分乘的，许多公共活动区域也全然分开。尽管马丁·路德·金用生命赢得了世人的尊敬，尽管美国政府也用各种措施一步步拉近了"黑与白"的距离，但不可否认的是，黑人身份依然是一个敏感话题。美国已有学者表示，奥巴马目前的胜利是"脆弱的胜利"，这种"脆弱"还蕴含着许多潜台词。

第三个问号，则是奥巴马自己是否做好了准备？奥巴马的年轻面孔和求变主张帮他赢得了民主党内的候选人之争，但他还远不是一个成熟的政治家。比起希拉里这样的"老将"来说，他的从政经验严重不足。目前美国政府面临经济和外交的困境，都需要奥巴马"是"一个成熟的、颇具政治智慧的政治家，而"不是"一个仅仅靠个人魅力和出众口才耍花枪的政客。

所有的疑问，只有留待时间去解答。只是，肯定的答案需要更漫长的时间。否定的回答，或许只要一天、一个星期、一件事。

2008 年 6 月 7 日

美国"中东新政" 看起来很美

很多事都挺像那么回事，如果不深究的话。这也包括奥巴马的"中东新政"。奥巴马任美国总统后首次正式受访时就表示，将致力于修复美国与伊斯兰世界的关系；上任还不到半年，他已两访中东；本月初出席诺曼底登陆65周年纪念活动时，奥巴马公开表示与法国立场相左，赞同土耳其加入欧盟，并称"这将有重要意义。"

奥巴马本月初再度访中东时，在埃及开罗大学的演讲已被全球媒体"转述"。在约一个小时的演说里，奥巴马一反竞选时"避之唯恐不及"的态度，温情讲述其个人与家庭与伊斯兰世界千丝万缕的联系，还说美国与伊斯兰世界的关系将会有新的开始。

就像中国古代有时取信于人需要"大义灭亲"一样，奥巴马似乎想通过与"亲密盟友"以色列撇清关系，来拉近与伊斯兰世界其他国家的距离。因此，他除了"开罗演讲"外还曾多次要求以色列接受"两国方案"及停建犹太人定居点。奥巴马代表的美国政府当然有自己的如意算盘。"压制"以色列或可为美从伊拉克困局脱身、打击塔利班等营造一个更有利的氛围。而以色列尽管对美国存在一定程度的依赖，但"两国方案"等显然触及其痛处，故而在这件事上一点也不买美国的账，强硬得毫无斡旋余地。因此，有些人甚至下结论说美以关系已入困局。

看起来，奥巴马是一个善良的"梦想家"。他想要在耶路撒冷建立一个"大同世界"，让犹太人、基督教徒和穆斯林"和睦相处"。谁都知道这样当然很好，可在历史悠久、伤痕累累的巴以关系上，这样美妙的设想现阶段只能说说而已，真正解决问题还需更切实可行的相互制衡方案。

因此，在巴以这两股长久以来势不两立的力量面前，奥巴马既想要"主持正义"，又想要保持超脱态度，更关键的是他不仅不想动摇美国自身的利益，还想得到更多"方便"。所以他一边说美以关系"坚不可摧",却又一再呼吁停止在约旦河西岸建立犹太人定居点,转头又向巴勒斯坦示好赞同其建国计划。如此,这种任务的难度恰如要求太阳同时在东方和西方出来一样,是绝不可能的事。而在欧洲,奥巴马也有这样的"梦想",他曾说"美国只想鼓励对话和讨论,以使土耳其自信它与法国、与美国、与全欧洲享有友谊"。

言语上的热情与善意如此苍白,与现实的利益与既有的格局相较简直可以忽略不计。从奥巴马上任之前与之后对阿富汗局势、伊拉克撤军等问题的前后矛盾、出尔反尔来看,身为总统的他自有其无奈之处——估计他自己也不想"言而无信",可他无法左右一切事,也不得不承认自己"对国会的影响力有限"。

奥巴马未必不知道言语的"飘忽",他很可能只是为了不同而"不同"。因其前任小布什将中东视为寇仇,政策立足点基本上是控制、改造、遏制等。一直宣扬革新的奥巴马想要"改变",也想要全世界看到他"想改变"。只是,既不能如早先承诺过的从伊拉克撤兵,也不能让以巴双方和平实现"两国方案",而伊朗核问题也悬而未决,所谓的中东新政看起来很美,听起来悦耳,实质上换汤不换药。

如是,很多太热闹的事若细加考量,则很可能"不是那么一回事"。

2009 年 6 月 15 日

节俭或奢侈，美国的两难

　　在美国申请信用卡曾是一件很为难的事。不是说申请难，而是要面临数万种令人眼花缭乱的选择。譬如说，不少信用卡与申请者的房贷、汽车加油、家庭教育等紧密相连，免年费、积分抵扣相应贷款等等方式，可以让人觉得这简直就是银行请你花钱。正因此，美国成为奢侈消费风行的国度，储蓄率连年呈负增长之势，这种不计后果的透支型消费方式直到近期才引起反思。

　　在次贷危机引发的金融危机中，看来稳如磐石的一些美国大银行纷纷倒闭，不少将房子当成"提款机"的小业主失去居所、信用卡坏账率居高不下等，均给美国人迎头浇了一盆冷水。如何面对明天的账单，已经成为一些美国人难以排解的忧愁。

　　因此，无论愿意与否，改变"过度透支"的生活方式，正成为许多美国人无法逃避的选择。当美国有高官莫名其妙地将美国危机与"中国人高储蓄率"相联系、加以无端指责之时，美国人其实已开始学习中国人，不再"用消费赌明天"，而是回归到传统的节俭之道。既然曾吹得天花乱坠的华尔街都"一夜瓦解"，既然困境中的银行均在提高信用卡年费方面做文章，普通美国人也懂得了珍惜手头的每一个铜板，不会再轻易地交付投资或花费出去。

　　然而，美国与美国人的问题不是"节俭"二字就能解决的。数十年来，奢侈与过度消费已经成为支撑美国经济的重要基石。在曾经热闹繁荣的景象中，奢侈已经成为美国人的个人习惯，更是美国的社会习惯。从消费可占到 2006 年美国 GDP 的 70％，已可一窥奢侈习惯的可怕而庞大的力量。从未来看，美国人面临着一种"两难选择"：继续往日的大手大脚，显然有心无力；而普遍提倡节俭，又不利经济复苏的国家大计。对此，已经有人提到"切碎自己的信用卡，就如同焚烧国旗"。

一种年深日久、错综复杂的局面形成，很难通过单一的方式解决。事实也已证明，在金融危机面前，美国政府只是选择性地"爱"少数大企业。君不见，那些大额的救市资金何去何从？无论国会与大企业怎么争吵，那些钱没有一分直接落入普通人的口袋。由此看来，节俭或奢侈，只是美国的两难，而不是美国人的两难。或许美国人经过此次"考验"，可稍稍找回美国建国史上曾有过的提倡勤俭节约的"清教精神"也未可知。

2009 年 7 月 2 日

阿岚看世界

鸠山"弃核"的潜台词

在日本，弃核还是拥核似乎从来不是一个问题。在民意调查中，"弃核"一直占据绝对主流。然而，平静的弃核表面下也有暗流涌动，总也有些人包括部分政要人物不断放言"拥核"。核问题也因其敏感性及关注度高，成为日本政坛人物吸引注意力的一大法宝。

对于目前日本最大在野党民主党党首鸠山由纪夫而言，其"核立场"也十分关键。根据 10 日发布的一项调查显示，近半受调查的日本人认为鸠山最适合就任首相，这一结果遥遥领先于自民党现任首相麻生太郎 20% 的支持率。

"弃核"观点尽管屡被历届日本政府在"必要的时候"不断强调，但还从不曾写入法律。鸠山选择此时发言并有"立法"表述，显然有所图谋。本月底日本将进行众议院大选，得到众议院多数席位的政党将获得首相决定权。

在核问题上，日本的一些政要往往会出现前后矛盾的言行，鸠山也不例外。譬如说，在 1999 年小渊惠三执政时，时任国防厅次长的西村真吾建议"日本应拥有核武器"后遭解职。当时任日本民主党领袖的鸠山由纪夫为西村辩护说，"如果一个人在谈论日本是否应该拥有核武器以后立即被解雇，我们就不要在国会讨论问题了。"

只能说，此一时，彼一时也。如果说"拥核"曾经在日本具有微妙的市场的话，如今却是表明"弃核"的好时机。随着"盟国"美国的世界影响力日渐式微，谋求多元化的外交关系、修复并巩固与邻国的关系，已成为日本的不二选择。"弃核"表态便可在这种情势下取得主动权。

但任何人都不应盲目相信日本已彻底"弃核"。美国在此中的态度很关键，它虽然绝不会赞成日本自主拥有核武器，但其"核保护伞"的底线一直充满争议。

因此，一点也不奇怪包括小泽一郎、福田康夫、麻生太郎在内的"大人物"都曾在不同场合发出希望日本"拥核"的声音。

谁都知道，从技术能力及储备原料等方面来说，日本"拥核"并非遥不可及的事。或许也正因如此，鸠山关于"立法弃核"的表态，才能吸引如此广泛深远的关注。

2009 年 8 月 13 日

耐人寻味的中美"轮胎特保"案

据昨日《广州日报》消息，受中美"轮胎特保"案影响，广东轮胎出口今年出现下滑势头。"轮胎特保"案何去何从将带来更深远的影响。

从4月开始发端、至本月达到高潮的中美"轮胎特保"案，看起来尚待美国总统奥巴马于9月17日作出最终"裁决"，但其实主体结果随着中国商务部官员于8月17日至18日赴美与美方进行交涉和磋商后，各方已基本"心中有数"：奥巴马批准以对中国出口美国的轮胎连征3年的高额关税的"特保案"，其可能性微乎其微；但不排除奥巴马政府为平衡各方利益，将现有4%左右的征税标准略微提高一点。总而言之，此事对中国轮胎企业的影响预计不会太大。

"轮胎特保"案能否通过绝非简单个案，而是关系中美贸易大局、中国制造业前景的重要事件。若此次特保措施成立，则其他WTO成员国均可以此为依据，对中国轮胎实施同样的特保措施。这不仅对中国轮胎业的出口是"灭顶之灾"，我国其他制造业产品也很可能陷入同样的"WTO窘境"。正因其影响深远，中国政府相当重视此次"轮胎特保"案。

于美国政府而言，也同样因关系重大而不敢轻易"造次"，不会贸然干"损人不利己"的事。中国轮胎出口到美国市场，分享的仅仅是美国本土制造业已然放弃了的中低端市场，基本无损于当地产业工人的利益；此外，许多美国轮胎大企业均已在中国合资或独资设厂，很大一部分产品又出口到美国，若特保案通过，这些美国企业也会是直接"受害者"。因此，美国轮胎企业在此次特保案里基本上集体失声。且此次特保案是奥巴马新政府首次处理的较大外贸摩擦，若不理会各方声音而强硬通过特保案，不仅会在其本国掀起轩然大波，还需面对来自国际社会关于"贸易保护"的指责。

更重要的是，美国产品对中国市场的大量出口、美国国内消费市场对于中国制造业的倚重等等，均已形成长久以来的定势，谁也不能贸然改变。

而且，中国是美国国债持有量排第一的国家。如果美国通过"轮胎特保"案，中国的牌，显然不止"抛售美国国债"这一张，但仅仅这一张，也够美国政府"喝一壶"的了——在所有政府持有的美国国债总额2.28万亿美元中，中国占约36%；而最新公布的美国财政赤字高达1.87万亿美元。也就是说，美国政府比历史上任何时候都更有求于中国。在并不关其大局的"轮胎特保"案中，美国政府哪怕仅仅从自身的利益出发，也必须认真权衡利弊，做出谨慎的取舍。

综上所述，中美"轮胎特保"案的起诉方、起诉理由均有"驴唇不对马嘴"的荒谬处，那为何"轮胎特保"案会出现如此大动静、大阵仗呢？从有10名议员高调表示支持来看，不排除有美国政界人士为捞取政治资本无端找中国茬，并推波助澜的因素在。中国被莫名树为"假想敌"不是第一次，也不会是最后一次。但一切虚幻的泡沫终将散尽，国与国贸易的博弈，最终还是要靠实力说话。特保案不过是美方的一个筹码，他们只不过想要就其他事谈点价钱，就如布什当总统时的几次特保提案一样。但中国制造业也应警醒，再不将低端的加工制造升级为掌握技术主动的制造业，日后我们依然会麻烦不断。

2009年8月25日

阿岚看世界

美国的渐变

一些曾经财大气粗的美国人，如今不敢结婚、不敢搬迁、不敢退休，你想象得到么？"冰冻三尺，非一日之寒"，2001 年到 2009 年，美国进行着一系列无法自控的"渐变"。这使得美国不再是往日的美国。

首先，美国人心理上的"绝对安全感"已成明日黄花。2001 年 9 月 11 日发生的恐怖袭击，带来震惊世界的影响力。但此事对于美国的冲击，绝非"恐怖"二字可以涵盖。来自外部的攻击可以在美国本土"引爆"，这使得美国政府或隐或现坚持的孤立主义和单边主义外交政策遭到颠覆：在新时代，美国再也不能延续如首任总统华盛顿所言"独处一方、远离他国"的地缘优势。此外，美国人心理上的安全感——至少在本土具有不受外部攻击的安全感——也一去不返。比这更糟糕的是，遍布全球的美国人都有可能遭受攻击。这是此前的美国人几乎未曾体验的威胁，一种无法确定具体来源的威胁。

其次，美国金融业的信誉已遭挑战，甚至可以说遭到毁灭性打击。2008 年露出端倪的全球金融危机，美国是"始作俑者"，其影响的力度与广度与"9·11"有得一比。危机下，充满浮夸与欺诈。可怕的是，这是一个持续多年、捆绑了全美国千千万万普通家庭的"大交易"，而参与者均是响当当的公司与人物。随着金融危机纵深化，许多看似稳如泰山的大公司不断倒下，不少延续多年的金融骗局被揭开帷幕，人们目瞪口呆地发现，好些强调"信誉"的"金牌公司"、"金牌经纪人"原来一直在骗自己。这包括温文尔雅、口碑良好的麦道夫，数以千计的投资者因他血本无归。而这只是冰山一角。

那么，美国历史上的第一位黑人总统，将给这个国家带来怎样的未来，更是越来越让人存疑。在 2008 年竞选时说得天花乱坠的他，如今许多内容都被证明做不得数。尤其让人大跌眼镜的，是他在许多事情上的出尔反尔、信口开河。在对中国轮胎征收高额关税一事上，更暴露了其政治经验匮乏。在金融危机尚未过去，美国正需"盟友"之时，他却在许多方面亮出了贸易保护主义的旗帜，无怪乎其支持率一路下跌。他的口才极佳，但美国外交内政显然更需要政治智慧。

　　如此种种，让美国人全方位失去了安全感。故而一向"粗心"的美国人不得不学会谨小慎微地生活。他们的未来会怎样？短期内显然不容乐观。从长期来看，唯愿美国的"渐变"不会演变成"质变"。

2009 年 9 月 24 日

为什么德国人依然选择她

与许多国家首脑竞选的热闹激烈甚至剑拔弩张相较，德国大选显得"静悄悄"。在任总理默克尔早早就在大选的民意调查中将竞争对手远远抛在身后，她的连任早已毫无悬念。

尽管竞选海报上有言：德国到了转折的时刻，但德国人并未"转折"，仍然选择了默克尔。在此之前，人们并未觉得默克尔有多大的吸引力。恰如一位熟悉默克尔的传记作者所言，"默克尔与奥巴马不同，她没有多少魅力"；此外，从默克尔执政半年之后其支持率就开始大幅下跌来看，她也未必有多少"铁杆粉丝"。而从其担任德国总理的经历来说，她既有可赞可弹之处，如对德国财政制度的改革应算成功；也有颇失方寸之时，如其将退休年龄从65岁延迟到67岁等一系列社会改革就引起了非议。只不过从整体而言她的总理生涯还算四平八稳。如此种种并非完全有利的因素，不由人不去探究：为什么德国人依然选择她？

或许因为德国就是德国，这是一个崇尚理性不喜欢遽变的国度。要知道，在这里连公交车停站都精确到分钟，民众从心理到日常生活，都已习惯了"按部就班"。而默克尔执政数年未见得有多少大功，却也未见有多大过错，德国人已经习惯了这个女总理。在未在其他竞选者显示出十分明显的优势之前，德国人不愿意贸然转向。可以说，对手的"不够强"，从另一个角度成就了默克尔的连任。

"运气"也是一个因素。譬如说，金融危机于默克尔而言，可谓"危中有机"。那么在全球金融危机的"覆巢"之下，德国政府因其多年来在经济政策与经济模式上未如英国等国家那样对美国"亦步亦趋"，这使得德国政府、企业、民众的损失均不算太大。而德国政府当机立断采取的一些明智措施，也为其加了分。而在金融危机还未过去之时，经济政策的连续性也成为大选时必须考量的一个因素。默克尔便成为保持这种"连续性"的一个代表人物。

此外，默克尔的学者形象兼善于决断的过往经历，也令其加分。她曾经是一名物理学教授，却在东西德统一前毫不恋栈地放弃了教职选择了从政；此后默克尔加入联盟党并与时任总理科尔结交，也迅速提升了其政治知名度；但在科尔卷入非法献金丑闻后，默克尔迅速"割袍断义"，保住了自己的政治前途。就是这样一个"铁娘子"，偶尔也会展露出温情与女性的一面。如此刚柔相济的策略，自可争取不同性别与年龄层次的支持者。

　　因此，在此次大选中许多德国人并不必去关注谁会当选，他们更关心的是：默克尔所在的联盟党与哪个党结盟？从这也可看出默克尔的一个优势：她和她的政党具备与德国几乎任何另一个政党结盟的可能性。

2009 年 9 月 28 日

为诺贝尔和平奖捏把汗

居然是他，居然会是他！

在诺贝尔和平奖历史上，奥巴马是唯一一个在职资历颇浅却能获奖的美国总统。挪威诺贝尔奖评审会主席称这是表彰奥巴马"在加强国际外交及各国人民之间合作上，做出了非凡的努力"。但这种说辞让人生疑。

此事引起的震惊程度与和平奖评选方的"冒险精神"可谓成正比，不能不引起世人的关注。在曾获诺贝尔和平奖的一长串名单里，奥巴马可谓十分"突出"，从 1 月 21 日就任总统到 10 月 9 日消息发布，他才当了 200 多天的总统就获此殊荣，实在是极为少见。不论他日后是否会连任，就说目前的 4 年任期，时间也才过了五分之一左右。在很多事情未成定论、身为美国总统的奥巴马还有许多"职务职责"需要履行、其本人的一些举措渐起争议之时，诺贝尔和平奖评选方挪威诺贝尔委员会就如此匆匆作出"结论"，不可不谓有着相当的"甘于冒险的精神"。

至于其"非凡的努力"体现在哪些方面和事情上，评奖方语焉不详。不过挪威诺贝尔委员会进一步说明：奥巴马是一名罕见的吸引了全球关注的领袖，并"让人对明天怀有憧憬"，且"其外交政策依据全球大多数人的价值观和态度"，此外委员会强调"特别重视奥巴马全球无核化的远景"。原来答案在这里，奥巴马获奖是因其姿态及语言而不仅是具体行为吸引了全球关注，也令挪威诺贝尔委员会评委"倾倒"并代替"全球大多数人"表达了对奥巴马"价值观和态度"的认同。

诺贝尔和平奖的权威性，从此遭遇挑战。原来一个人获奖，不需要依靠"已经做过什么"，只需要具备一定的魅力与吸引力，且"可能会做什么"，这就可以了。

相较 2008 年芬兰前总统阿赫蒂萨里的获奖理由是"以表彰其 30 多年来致力于解决全球国际冲突做出的重要贡献"，以及 2006 年孟加拉银行家穆罕默德·尤努斯及其创立的格莱珉银行因推广满足穷人需求的小额信贷而获奖，还有 2007 年美国前副总统戈尔与联合国政府间气候变化专家小组（IPCC），因推广气候知识和应对气候变化所付出的巨大努力而获奖等等，奥巴马获奖的理由实在太过抽象，难以服众。

诺贝尔和平奖的爆冷也让我们重新来审视每年都引起世界广泛关注的诺贝尔奖本身。"德高望重"的诺贝尔奖因其设立者初衷的崇高及多年来基本上得以坚持的慎重公允态度而获得尊敬，但不可忽视的是，其毫不掩饰评奖是以欧美的价值观为中心。

以 8 日揭晓的文学奖为例，多年"陪跑"的村上春树等亚洲作家即便再优秀再热门，也难以获奖，因为矜持的欧洲评委们难以从中找到共鸣，而且他们也不愿"做潮流的代言人"，故而让相对没啥名气的罗马尼亚裔的德国女作家获奖已不奇怪。至于今年的和平奖，笔者愿意看成是对于诺贝尔奖整体而言中规中矩的一种"脱逃"，带一点谐趣的玩笑。

说及价值观，笔者对挪威委员会的"定论"不能认同。奥巴马也许代表了评选和平奖的挪威委员会 5 位评委中多数人的价值观，却不能代表笔者及另一些对此结果表示质疑、对奥巴马本人持观望态度的人的价值观——即使这样意味着脱离了"全球大多数人"。但我们总不能够为了迎合某些人的某种远景，就说些不地道的违心话吧。

2009 年 10 月 10 日

阿岚看世界

无法偿还之债

一些国家正在为"无法偿还之债"道歉。继去年"口头道歉"后，今年6月美国国会首次向非洲裔美国黑人正式道歉；去年2月，澳大利亚总理陆克文代表政府首度向200年来因欧洲移民而受到不公正待遇的土著居民道歉；本月15日和16日，英国首相布朗和陆克文先后向当年"儿童移民计划"的英国贫困家庭的孩子正式道歉。

在致歉时，陆克文说了许多动情的话，但再好听的话已无补当事人及相关家庭所受的伤害。我们都知道，一个人不应去犯"有意识的错"，但一个国家政府却在上世纪30至70年代内反复做错同一件事并在几十年的时间内"隐而不报"，这已非"错"一字可涵盖。

诚心要道歉，应该揭开事情的实质：英国为了增加前殖民地的白人数量而强拆了无数家庭，并间接改变或毁掉了许多"移民儿童"的一生。这是以国家机器执行的种族主义政策，也是对英美法系关于"个人权利至上"原则的无情摧毁。

此事的另一层真相是，厄运只会降临到"贫困家庭"——原来有时贫困也会是一种"罪"。英国《大宪章》里关于"人人生而平等"的温情脉脉的描述，只不过是另一种谎言。

耐人寻味的是，陆克文为何要再三出来道歉？光用"良心发现"是很难解释的，因为这一"发现"的时间也未免太长。也许这与今年6月美国国会就黑奴制度道歉有异曲同工之处：因为澳大利亚与美国一样，是尊崇选票至上的"民主国家"。且布朗15日的表态也已将陆克文摆上台。

奥巴马成为美国的首位黑人总统与大量的黑人选民的投票不无关系，在这种情势下，谁也无法忽略这股选民力量的存在。而黑奴制度曾经造成了那么深远的影响，兼时隔经年，说句道歉既能"争取民心"，又不必付出实质性代价，一切便顺理成章。而陆克文的道歉，在经济低迷的情况下，选民也在"思变"，此时打打温情的人心牌，或许也会有益维护自身人气及现任政府的形象。

无论如何，有道歉还是"聊胜于无"的。至少那些卑微的人卑微的事，不会完全湮没在历史的尘埃中。然而更值得反思的是，一些发达国家现在还在利用强大的国家机器做着哪些事，是需要几十年后甚至上百年后出来道歉的呢？想必那时候道歉，也是不需要实质的赔偿，一些漂亮话就可掩饰许多人无法言述的痛楚，就可"轻描淡写"偿还这无法偿还之债。

2009年11月17日

学术界的全球"忽悠秀"

　　学识渊博、业有专攻的专家教授若决定要忽悠人,其可信度当然要比普通人高得多。一旦东窗事发,这些"专家"所遭遇的质疑与诘难,当然也要严重得多。

　　如果说,黑客此次选择在联合国气候大会前曝光一些信息和邮件是"别有用心",那他们到底想干什么呢?也许他不过真的希望,学术能为真相而不是利益服务。

　　黑客窃取资料的行为当然是不对的,但从另一种角度来说,有关地球未来的研究资料被曝光,于公众而言未必是坏事。已有"懂行"的人指出,即便气温数据真实,用不同的方法进行统计和分析也会产生不同的结果。这也许就是气候研究中心一位负责人所言的"窍门"吧。无论这位负责人如何辩解,人们的质疑声已不可能消失;而那些气候专家所作出的结论不得不面临更广泛的争议。

学术界的公信力，已如华尔街曾经辉煌一时的"金牌经纪人"一样面临危机。前段时间，曾经被誉为韩国"民族英雄"的干细胞科学家黄禹锡因涉严重造假被判刑，他造假不仅为了沽名钓誉，更为了获取巨额补贴的经济利益。而在近来一年多的时间给全球经济造成巨大打击的"金融危机"之前与之中，众多知名经济学家言之凿凿地说了许多昏话，包括美国的"股神"巴菲特多次说全球股市见底且鼓励大家进入等。

如此种种，还想让我们普通人对专家保持仰望的姿势、绝不含糊的信任，已无可能。气候专家目前面临的质疑，当然也与人们对于学术界态度的转变有关。一旦有风吹草动，民众都不会再一味盲从专家的结论与建议——尽管让所有人认识到气候变暖对于地球的危害十分必要，但专家若有意夸大，那已是另一回事。如今可以肯定的是，因全球舆论的介入，从9月份开始已纷纷扰扰的全球减排问题，将在下月的全球气候会议上遇到更多分歧与障碍。

择时择机重开一个会议也许不难，但要重建学术界的公信力，还需着眼长远。然而，由于发达国家的学术界已与太多的利益集团或本国立场牵扯到了一起，若日后再出现"忽悠秀"此起彼伏，那也并不奇怪。只是，即便是对某些行业完全外行的公众，也已呈越来越难被忽悠之势。

2009 年 11 月 23 日

阿岚看世界

奥巴马的两难之境

2009 年 12 月 1 日，奥巴马正式宣布，将向阿富汗增兵 3 万。耐人寻味的是，他发布这番演讲的地点选择在西点军校，也即其前任布什 2002 年 6 月发表有关阿富汗战争的豪言壮语的地方。

此事带有浓厚的幽默与讽刺意味。奥巴马因张扬"和平"大旗而当上美国总统；就任几个月后无实际建树却莫名其妙获得了诺贝尔和平奖；一再对布什的"恋战"提出激烈批评的他如今站在了布什曾经站过的地方宣布增兵。至于竞选时曾经承诺的"上任后 90 天内撤兵"、"2010 年中期从伊拉克撤军完毕"等承诺，都如同一缕炊烟消失在天际，似乎从来不曾存在过。

因此，在宣布增兵的同时，奥巴马又说 2011 年将"开始"从阿富汗撤兵，也只能当作一则笑话来看。"开始"的内涵是什么？撤多少人算是真的撤？此中有太多学问，而奥巴马的口才又太好。就像在他上任后许多"出尔反尔"的言辞一样，事到临头他自有不慌不忙圆场的本事，甚至可毫无愧色地出口成章。

北约秘书长拉斯穆森今年 8 月访问阿富汗时表示，单凭军事手段无法解决阿富汗当前困境。这已成为越来越多"盟友"的共识，故此奥巴马屡屡呼吁欧洲及盟国增兵，最终却只有"铁杆盟友"英国象征性地勉强增兵500人，有些国家反而萌生退意。在这样的前提下，美国增兵阿富汗几乎成了无法选择的选择，它无法丢下这个"烂摊子"，更无法全身退出。

很多人都将阿富汗战争与越战相较：交战时间漫长、美国政府承诺连连、不断陷入被动、战事上失利、国内反对声日益强劲等等，如此多的相似之处，不由人不联想起越战那段美国政府与民众不堪回首的历史。

可以说，阿富汗战争已成美国的泥淖，但奥巴马也有许多身不由己之处。军方一再强烈要求增兵、日益活跃的塔利班扰乱了阿富汗又直接威胁巴基斯坦的稳定等等，都让奥巴马增兵的决定无法回旋。

但正是这个决定，让奥巴马自己也身陷危局。如果战事顺利，奥巴马或许可赢得一点政治资本再博连任；如果阿富汗真如当年越战般拖下去，那做出增兵决定的他的下场也可能如当年的约翰逊总统一样，只能以"失败者"的形象黯然离任。

2009年12月3日

谁可幸免

韩国前总理韩明淑 18 日遭逮捕，让我们明白，卢武铉的悲情风波仍然没有过去，韩国政坛的"怪圈"依然还在。

许多人都曾以为，卢武铉的悲剧会改变韩国政坛的"清算轮回"，但如今看来一切都没有改变。众所周知，韩国前总统卢武铉卸任后不久即遭"受贿调查"、因压力过大终于今年 5 月选择自杀，此事引发的争议引起了全球关注。韩国国内就更不用说了，围绕"清廉总统"卢武铉的怀念活动一波波展开，连昔日政敌也纷纷前去吊唁。最终，有关他的调查只发现其亲属曾受贿，其本人在受贿问题上似无明显的可指摘之处。

如今才隔半年，却又爆出前任女总理韩明淑也即卢武铉曾经的"助手"遭逮捕的消息。耐人寻味的是，所谓的受贿 5 万美元只有单一的证人证言来"证明"，依据"孤证不立"的原则，检方在面对此事时本应更谨慎些；而 5 万美元的"政治资金"在韩国也不构成逮捕的条件。作为韩国历史上唯一一位女性总理，韩明淑的政治生涯与私人生活都可谓经得起检验，那么检方实在无需如此急于发出逮捕令。看来，韩国政坛有关执政党对于在野党的"清算"依然"细致入微"。

如此种种，不由人不去考虑韩明淑的回应：此事包含"政治动机"。这也带来了一个问题，如今高高在上的执政党领袖们，谁可幸免？谁可执政千年？也许执政党利用国家机器对于在野党的打击在短期内是有效的，但打击者与被打击者，很难说不会互换角色。若遇到卢武铉那样过于刚强、不知转圜的人，还会出现下一个自杀的"前总统"或"前总理"。

当然，韩明淑不会自杀，看她那敏锐的反应和淡定的表情就会知道。政治博弈，需要的或许就是她这样坚强的神经。

2010 年 12 月 19 日

面对灾难，海地何以如此脆弱

"海地的痛苦就是我们的痛苦"，一位著名的足球明星如此说道。另一个球星进而言之，"海地的痛苦就是全世界的痛苦"。这两句话，令人动容。

一场强震，拉近了贫穷小国海地与世界的距离。

各国政府、各类机构正纷纷派遣救援队进入海地，各种捐助款项与物资也正源源不断地运达。但是，海地多年的积贫积弱，却让救助工作难以顺利进行。譬如说，因太子港机场无对接装卸设备，中国国际救援队运抵的救援设备和物资只能靠队员们人工卸载，这使得救灾工作的进度十分缓慢。而由于建筑物损毁严重，幸存者多露宿街头，也大大影响了各国救灾物资的运输与发放。

有人说，目前已无人能掌控海地。

一个国家应对灾难的能力，除了经济能力以外，还与其曾经的"应急"经验相关。

地震之前，海地的贫穷已令人触目惊心。譬如说，海地政府财政预算的三至四成来自外国援助；全国失业者约占人口的一半；许多学生每天只能吃一顿饭，而这顿饭也由联合国粮食计划署提供。

更令人震惊的是，海地频遇天灾人祸，如 2004 年 9 月，海地遭遇飓风"珍妮"袭击，3000 多人丧生；2008 年 8 月至 9 月海地接连遭遇 4 场大风暴，触发洪水泛滥、山体滑坡等严重自然灾害；此外，海地军事政变频发，以至于联合国安全理事会于 2004 年 4 月通过决议，决定设立联合国海地稳定特派团负责协助维持治安。

联合国及美国等对于海地多年的援助不可谓无功，但问题的关键在于，"授人以鱼不如授人以渔"，曾经的粮食与经济援助，并没有让海地自足自立，反而令其在财政上产生了相当程度的依赖，也使得海地在灾难面前无比脆弱；以至于灾难来时，全盘皆乱。

2010 年 1 月 17 日

谁在阻碍气候谈判

目前最引人关注的两件国际大事，一是朝韩开炮，二为坎昆气候大会。在这两件看似不相干的事情里，闪动着同一个主角的身影，那就是美国。而且，在某种层面上来说，美国在其中扮演着相似的从鹬蚌相争中获利的"渔翁"角色。

其实在气候议题上，美国的态度一直十分消极，全然不见在其他国际事务上的"大国风采"。美国的立场在1995年"京都会议"上可见一斑：先是在减排问题上绝不退让、只肯维持"现有规模"；再提出一些无理要求且在大会一再让步的前提下，美国终签署《京都议定书》；但在2001年，又迫不及待地退出该协议。此后无论在巴厘岛会议还是哥本哈根会议等一系列重要的气候谈判会议上，美国都是发达国家逃避自身责任的强硬代表。

可以说，美国在"气候谈判"问题上起到了非常不好的示范作用。以美国为首的发达国家不但拖延和逃避议定的在经济上支援发展中国家应对气候问题的条款，而且还不断"倒打一耙"要求发展中国家担负起更多的减排责任。因有强势的美国为之"出头"，其他一些发达国家在应对气候问题时也习惯"撂挑子"。

但气候问题不会因为这些国家"将脑袋埋进沙子"而减缓。根据有关统计，全球气温在整个20世纪已上升0.7摄氏度，若气候变暖导致海平面上升的势头没有改变，到2050年时全球将有近900万人要生活在洪水来袭的危险处境中。而《哥本哈根协议》提出的力争将地球升温的幅度控制在"危险系数"2摄氏度以内也很难实现。

美国等发达国家对气候问题的"漫不经心"当然有其底气，那就是其雄厚的经济实力。你以为气候灾难到来时所有人的命运是一样的吗？不一定。发达国家有更高的技术、更完善的设备来保障本国国民的安全。即便是气候导致农作物歉收，他们也有更多的储备和更好的购买力来"抢"粮食，也有能力应对因气候变暖而可能需进行的大规模迁徙。

也就是说，在高速发展的工业化过程中，美国等发达国家排放的大量二氧化碳已令地球变暖并引起一系列问题，但在需要负担责任之时，他们却以消极的姿态表明：既往不咎，责任平等，发展中国家应该挑大梁。

更值得思考的是，美国正在借气候问题大力推销其自身掌握核心技术的一些新能源。而此前的"用玉米炼汽油"已被证实成本高昂，而且大规模采用农作物炼油一度导致全球农产品价格高企。美国如此做，无非是想一边转移视线，一边牟取巨利。

毋庸置疑，在跨越了一些难以跨越的障碍之后，错综复杂的气候谈判已取得了一些成绩，此后也会逐渐向前推进。但在近阶段，难以产生实质性进展。因此，我们不必对坎昆会议期望过高。

2010 年 11 月 30 日

美国高调裁军，听上去挺美

美国政府财政赤字高企，军方未能幸免；白宫下令国防部控制预算，美国防部长盖茨应声高调表态，将削减780亿美元预算，并将从2015年起裁军近5万人。

军工企业不能得罪

可惜这更多的只是一种"姿态"。倍感赤字压力的白宫不能听任军方花钱如流水，至少要在表面上给民众一个交代。但白宫从来不敢对军方动真格的，试问从上世纪初至今的哪一任美国总统，不是与美国的军工企业及军方有着千丝万缕的联系？你以为小布什的"好战"真是他一个人的意愿吗？除了"个性"外，更多的是因为他背后有军工企业的推动。所以啊，即便赤字再高，白宫对国防部最多也就是嚷嚷两句罢了。

而国防部再牛，也得给白宫几分薄面。毕竟在"三权分立"的美国，政府也是相互制衡的鼎立三足之一。故而盖茨会那么快做出回应。但现在所谓的削减开支与裁军，本就是一句空话。以盖茨去年5月的削减开支为例，所谓的减少将军和文职职位的千亿美元还没节省下来呢，其用途就已迫不及待地规划好了，依然用于美国军队及武器研发等。还有裁军就更不靠谱了，2015年才开始"裁"的"军"，到时很可能有其他"难以预料"的理由否定。

军事实力并未削减

当然，有姿态总比没姿态要好。美国国防部或可减少许多不必要的浪费。譬如说"取消一些大型武装系统研发项目"，这实在太有必要了。美国军方长期以来都在做一些"无用功"，研发一些已不太可能用得上的大型武器，耗资却是惊人。改掉胡花、乱花、海花钱的习惯，是盖茨表态里唯一真诚的地方。而这种"削减"，毫无疑问不但无损于美国的军事实力，反而会促使军事力量向"高精尖"的现代化之途行进。

美国现有的国家财富，相当大一部分的"原始积累"，就是来源于战争。最明显的就是第一次世界大战和第二次世界大战，美国都因持久的"中立"态度大发战争财，直到不得不参战才表明立场 --- 而所有的立场都以美国国家利益为核心。

因此，想要美国这样的国家真正裁军本身就是一项"不可能完成的任务"。即便债台高筑、民怨沸腾，它也会依然故我；军工企业和国防部的力量，也不会减损分毫。

2011年1月8日

阿岚看世界

美元恰似岳不群

欧洲一些国家的信用评级在 2010 年被下调，业界正唏嘘不已。谁也不曾料想，一向霸气十足的美国在 2011 年伊始居然也会面临国家信用评级可能遭下调之虞。

其实这并不奇怪。美元在上世纪 70 年代布雷顿森林体系瓦解前后就开始了一场"偷换概念"的危险游戏。战后美国以占全球近 75% 的黄金储备量建立了布雷顿森林体系，后因美国黄金储备不断减少且美元不断加印，美国无法再兑现"美元就像黄金"一样的承诺，尼克松总统不得不于 1971 年宣布美元与黄金脱钩。那么，其他国家所拥有的未曾兑换成黄金的 700 多亿美元怎么办？美国政府对此保持缄默。1976 年牙买加协议后，美元与黄金脱钩终于变成了白纸上的黑字。

美元换掉了"黄金"与"信心"，而没有了以黄金作为后盾的美元，按常理来说人们不应再对其顶礼膜拜。但由于种种原因及其他国家在权衡利弊之后，发现已经无法脱离对美元的依赖，故而在前后数次或大或小的美元危机里，它们均"克服分歧与不满"，扮演了"挺美元"的角色。

美元也就顺势走上了一条攫取全球"铸币税"的道路。即以几乎可以忽略不计的印钞成本让巨额美元外流，轻轻松松购买其他国家的商品、劳力、资源，也毫不费力地获得其他国家的资本。

但机关算尽，美元还是将自己也绕了进去。那就是在国际货币体系中，美元无法克服"特里芬两难"困境，即美元作为世界货币，一方面必须保持经常项目下的贸易赤字，让美元外流以让其他国家获得足够多的美元；另一方面持续增长的赤字却影响美元持有国对美元的信心。陷入"信心与清偿力两难"的美国，大力印钞并过度开发各种金融衍生品，后者也是美国金融危机的根本原因之一。

值得玩味的是，美元为缓解自身压力，于 2010 年初对人民币汇率问题频频施压。而美联储不满足于美元从当年 6 月开始的加速下跌，还从 11 月 3 日抛出

第二轮"量化宽松货币政策",其开动印钞机引发新一轮有关全球流动性泛滥的忧虑。

一方面摆出仁爱正义的姿态要做江湖中唯一的"盟主",另一方面却无所不用其极,只顾满足自己的野心与利益。如此一来,美元与金庸笔下表面仁义实则虚伪、对人待己两套标准的"岳不群"有何不同?

2011 年 1 月 15 日

粮价高涨，富国之咎

世界粮农组织总干事迪乌夫不久前表示，世界正处于另一场"粮食危机的边缘"。目前形势已日趋严峻：继 2010 年 12 月全球粮食价格指数超过 2008 年 5 月"粮食危机"期间最高纪录后，2011 年 1 月全球粮食价格指数"再创新高"，达到历史最高位；而玉米、大豆和小麦这三种主要粮食作物的价格已接近或超过 30 个月来的最高位。

导致粮价飙升的原因不少，最核心的因素却与发达国家一些有意或无意的行为相关。首当其冲的就是欧美国家大力发展生物燃料，以玉米、甘蔗等农产品为原料生产所谓的清洁能源。2008 年的粮食危机后此举曾遭诟病，但他们依然故我。

其深层原因或许是，粮价上涨对富国没有太大影响，他们难以体会或者故意漠视挣扎在饥饿线上的穷国感受。对于他们来说，种植玉米提炼酒精，是很"环保"的事。至于"打破原有的全球粮食供求格局"，指责又有何用？

其次，发达国家的金融机构通过一些价格手段对于全球粮价的操控，也属"有意行为"之列。金融危机之后，那些被"金融衍生品"折腾够了的金融机构和国际游资发现，粮食是很"安全"的炒作对象。农产品期货成为香馍馍，相当一部分定价权遭金融机构掌控。

天灾导致的歉收推高粮价，也与发达国家不无关系。当然这是他们的"无意行为"了。干旱、暴雨等自然灾害多与全球变暖有关，且全球变暖还直接导致大量土地不能耕作。而众所周知，全球变暖主要归因于发达国家多年来的超速发展。但在应对全球变暖的责任时，美国等国的态度一直期期艾艾。

粮食危机的灾难性后果，从 2008 年已可窥一斑。如何防范此次可能到来的粮食危机已成为当务之急。也许意大利外长弗拉蒂尼 2008 年的提议不无道理，他建议成立一个国际策略性存粮机构，在危机发生时提供立即的实物援助，同时也监督投机炒作行为。问题在于，富国可能仍"无意为之"。

2011 年 2 月 4 日

产品召回，中国不应例外

　　近日，一家日本汽车制造企业宣布在全球范围内大规模召回问题汽车，但中国市场再次"例外"，不在召回之列。这似乎已经成为一种"国际惯例"，那些名头响当当的跨国企业近年在全球召回问题产品的时候，都有意无意地"漏了"中国。

　　2010年9月，以优质著称的美国大品牌雅培公司在全球召回Similac品牌婴儿配方奶粉，并不包括中国市场。更多的"中国例外"，却显出几分大企业面对消费者不应有的蛮横态度。譬如一家500强的家电企业，面对产品的同样问题时，在中国以外的市场选择召回，在中国却是提供"恰当的检查及维修服务"。虽然消费者十分反对，他们也坚持不召回产品。而另一家IT企业就更牛了，从2006年至2010年其推出的笔记本电脑因"闪屏"、"主板过热"等质量问题屡屡遭到消费者投诉，2010年被央视3·15晚会关注，此公司依然只是"郑

重道歉"，导致170余名消费者通过集体维权律师团向国家质监总局提交行政投诉书，请求政府下令召回疑为存在问题的笔记本电脑。即便如此，该公司也只是延长了产品的保质期，决不宣布召回明显存在缺陷的产品。

即便是宣布了召回的大企业，也态度敷衍。2010年8月，一家电跨国公司宣布召回中国市场上出现"冷藏室不冷"、"冷藏室过冷"等不正常现象的大量冰箱。但该公司的两条报修热线很快就难以拨通。

在诸多全球召回面前，中国缘何例外？这或许与中国的相关法律不完善有关。以汽车行业为例，目前我国汽车企业汽车召回依据的是2004年制定的《缺陷汽车召回管理规定》，对企图隐瞒缺陷的汽车制造商课以最高3万元的罚款，这对汽车厂家来说几乎可以忽略不计，而产品召回则需付出极大代价。而在美国，一家日本汽车制造商仅因召回速度慢了一点，就被美国交通部处以1640万美元罚款。

产品召回制度的不完善，也是"中国例外"的一个主要原因。在美国，美国人在使用汽车时发现安全隐患，可向国家公路交通安全管理局投诉，若技术人员确认车辆存在任何设计或制造上的缺陷，经过类似"听证会"程序和最终调查决定，制造商即需书面通知购车者召回车辆。若有延误，则严惩不贷。

怎样让中国不再"例外"？首先，对于包括500强在内的任何企业，都不要期望通过道德因素去约束它，甚至也不要期望舆论压力能起到多大作用。既然企业以逐利为天性，那就要以严格的法律法规在利益的源头遏制其不良的趋向。

其次，应让跨国公司改变"观念"，使其不再仅仅将中国当作一个"低成本扩张"市场，而是要将中国视为重要的消费市场，而这个市场的消费者不容忽略与歧视。一旦发生该在中国市场召回却有意"漏了"的事情，政府应采取有效措施；而消费者也可如上文面对IT企业的案例一样集体维权。

实际上，由于网络的普及，中国市场在任何情况下都无法"例外"；而且从公平角度，任何"全球召回"的企业，都不应再让"中国例外"。

2011年2月14日

一场矛盾重重的战争

　　美国外交关系委员会主席理查德·哈斯几天前说，利比亚从战争状态恢复至正常状态或需数年。估计许多人听到这句话都会心里一沉，却还得挂上一副笑脸。奥巴马无疑就是首当其冲的一位。

　　奥巴马上月 28 日明确表态，不想让利比亚成为下一个伊拉克。但美国总统的职位并不意味着能掌控所有事。自 3 月 19 日发动对利军事行动以来，奥巴马一直承受着国内各种反对声音与巨大压力。明明战争已在进行中，奥巴马还抵死不认，称这只是一个"军事行动"。根据美国法律，发动战争需要经过国会批准，奥巴马此次绕过了国会，当然只能说"这不是战争"。奥巴马早早宣布将军事指挥权交给北约，也与国内意见不统一有关。除了在伊拉克泥足深陷，美国在中东地区还有埃及需更"用心"。相较而言，利比亚实在不是美国当前最需关注的国家，若因鲁莽行动令自己难以脱身，恰似"捡了芝麻，丢了西瓜"。

　　法国的萨科齐正在进行一场态度坚决的豪赌。3 月 19 日，法国迫不及待地打出了空袭利比亚的第一炮。卡扎菲的儿子赛义夫前两天指责萨科齐"出尔反尔"，即前一阵还对他"甜蜜"示好，突然间就欲置利比亚于死地而后快。其实，一直对法国"二线大国"地位愤愤不平的萨科齐，试图利用一些广受关注的事件提升法国的国际影响力。果然，"开炮"后世界的目光立刻集中在了萨科齐那张已笑出了一朵盛开的菊花的脸上。当然，法国出师的潜在理由还是要保护法国在利比亚的巨大利益。萨科齐赌的是，事情朝有利于法国的方向发展，而这毫无疑问将为他明年的大选加分。可是，奥巴马不能左右的局势，萨科齐就可以么？

　　欧盟内部也因利比亚问题出现大分歧。欧盟从行动之初异口同声地"强烈谴责对平民使用暴力并要求卡扎菲下台"，到后来的各行其是，不过历时数天的时间。在是否进行军事打击以及战局的主导权等问题上，裂痕已现。譬如说，德国就表现得谨慎而克制，既拒绝参与联军针对利比亚的军事行动，又在欧盟内部就联合国安理会已通过的有关在利比亚设立禁飞区的决议投了弃权票。与利比亚颇多经贸往来和现实利益的土耳其，其总理则直接指责空袭各国"瞄准的只是利比亚的黄金与石油"。

原本就相对松散的阿盟也因利比亚战争而出现分裂。阿盟曾主张在利比亚上空设立禁飞区，后来阿盟秘书长穆萨又因西方空袭造成平民伤亡表达谴责。在西方国家的压力下，阿盟立场总在左右摇摆中，一会儿暂停利比亚的某些会员国本应享有的权益，一会儿又对建议成立禁飞区表示"后悔"。阿盟内部分裂已很明显，一方面一些亲欧美的成员国不再"指责"穆萨，另一方面阿盟的有些举措让利比亚政府深为不满，阿盟成员国阿尔及利亚、叙利亚、苏丹和也门等也明确表态反对西方诸国对利比亚进行军事打击。

上述种种，不过是诸多矛盾的冰山一角。未来会如何？只能说，潘多拉的盒子已经打开，不是说谁想关上就能关上的了，甚至不是你想保持"有限"就能有限参与的了。在反对派提出"有条件停战"的建议被拒绝后的如今，我们不如拭目以待，多国是否会集结地面部队开进利比亚。

2011 年 4 月 3 日

谈股论金

TANGU LUNJIN

上市公司谁能派年终红包

　　长期以来,国内证券市场已习惯了对上市公司送股拆细及转增股本的炒作,现金分红则很少有人关注,一些较为"前卫"的股民即便对此有怨言,也只能发发牢骚"铁公鸡一毛不拔"。在2001年上市公司总体经营业绩不是特别理想的前下,利润分配方案却有了一大转折,近日,"现金分红"这一中国股民较为"生疏"的字眼渐渐热了起来。

　　2001年的国内股市风波不断,但还是出现了不少业绩不错的"生力军"。截至2月6日,深沪两市已有46家上市公司公布了年报,其中有38家表示要进行现金分配,这一比例接近八成。具体派现额度从每10股0.15元到3.6元不等,其中每股税前派现额超过0.1元的就有28家上市公司。其中有不少公司采用单独现金分红的分配政策,还有少量公司采用的是现金分红与送股和资本公积转增股本相结合的方式。

　　在上市公司"派现军团"中,最引人注目的是南方汇通（000920）,其每股收益为0.49元,10派4元（含税）,不转增。依据南方汇通2月7日收盘价13.54元计算,其分红收益达到近3%。云内动力（000903）也不甘"示弱",其每股收益为0.45元,每10股派3.60元（含税）,不转增。依据其2月7日收盘价11.85元计算,其分红收益也接近3%。这意味着,投资这些股票的股民的投资回报率已超过银行存款利率。

　　针对现金分红渐成大趋势,各界人士纷纷表达了自己的看法。相当一部分人认为,相当一部分公司并非真心进行现金分红,而是"慑于"压力,即去年11月中国证监会副主席范福春透露的证监会正研究拟将现金分红作为再筹资的必要条件的消息。而且,一些上市公司在派现的同时,又提出配股预案,这无异于将派现的钱又收了回来,而且派现时股民还需交20%的个人所得税,股民真正能落袋的"红包"已无形中化为虚有。而且,目前各上市公司提出的还是一个分红"预案",能否落到实处还要看3月份召开的股东大会的决议。这些观点无疑都有一定的理由，但笔者认为现金分红对于国内股市的激励作用仍然是主流，相当强大。

众所周知，证券投资的收益主要来自两个方面，即证券波动的差价与资本利得（主要便是现金分红）。而国内证券市场鲜见现金分红，股民也已习惯了仅仅从股票的差价中"赚钱"。此前的上市公司很少"提及"现金分红，不外乎诸如此类的原因：上市公司盈利能力不强，缺乏现金分红的实力；中国股票市场相对较晚，股市还没有"培养"出足够多的追求稳定利益的机构投资者；由于股票市场组织机制、监管机制并不健全，"一夜暴富"的例子使得中小投资者急欲从差价中寻求巨大的利益。如此种种，使得人们"遗忘"了现金分红。如今随着国内股市和监管机制都在逐渐走向成熟，现金分红渐成趋势，这使得所有的上市公司和股民都要来正视一个问题：证券投资应该还有另一种回报。

上市公司能否实行现金分红、进行怎样的分红，将成为股民选择或摒弃某一只股票的风向标。经过了银广夏等上市公司及相关中介机构制造虚假利润等问题的披露，以及部分传统绩优公司业绩的大幅滑坡，还有亿安科技、ST中科等二级市场股票操纵案的曝光，我国股票市场的信用危机以及投资者的信心危机都已显现。在这一前提下，现金分红的适时"风靡"，可谓为中国股市注入了一针"强心剂"。对上市公司来说，其它财务指标都只构成软约束，惟有现金流是难以造假。而且目前派现的上市公司，一般都具备货币资金充足的特点，其经营活动创造现金的能力也相对较强。上市公司的利润通过现金的形式回馈给投资者，既可以证明这些公司的资产质量相对优良，也可以让股民们在"被伤透了心"以后重拾信心。如此良性循环，对于中国股市重建信用体系也大有裨益。

西方发达国家的金融体系发展历程表明，合理的股利政策是提高公司资本结构、驱动公司价值增长的"杠杆"。合理而适当分红的股利政策，对于上市公司，实际是可以提高资本结构效率，有利于提高公司价值。可以预见，随着投机者靠证券波动差价获利的操作难度增大，上市公司质量的提高、盈利能力增强，股民投资回报的需求以及有关职能部门的政策引导，以现金分红为主的稳定回报将成证券市场的大势所趋。那些仅仅是玩一玩"分红概念"的公司将自尝苦果，而具备良好现金分红能力的上市公司也将得到股民的青睐，并有望成为新一代的"绩优蓝筹股"。

2002年2月11日

近忧与远虑

　　有人用这样一个故事形容现在备受争议的银行卡收费事件：当你走在街上，饭店老板一定要拉你进去吃两道免费的开胃菜，但当你正在吃的时候，老板宣布：从现在开始，无论是已经进来的顾客还是新进来的顾客，所有的开胃菜每道收十元。在无奈中，有些人开始退菜，但也被告知同样要交钱；有些人开始抱怨，说的是免费，为什么现在又说交钱。

　　这个故事，形象地说明了银行卡收费面临的尴尬局面。银行在不断强调，现在睡眠卡是如此之多，我们的成本是如此之高，以前我们提供"免费午餐"已经是在超负荷运作，现在收少少的 10 元钱却要面对这么多的责难。而消费者更是满腹牢骚，中国消委会有关法律人士更是认为"在开卡时银行规定有些卡是不设有效期，而且是免费的。现在收费是银行单方面违约"。

　　其实，在单纯的纷争之外，还有更多的忧虑。首先，银行方面提出睡眠卡

过多造成成本剧增，所以银行卡不得不收费。且不说其以前的规章如何规定，但到底是谁造成了睡眠卡的泛滥呢？一位消费者一针见血地指出：是银行本身，当初为了吸引大家开卡不断降低门槛。那么，银行为何单方面要求让持卡人来担负最后的结果？此为近忧。

当然，从纯粹客观的态度来说，银行确实有其负担过重的苦衷，其收费心情之迫切也可以理解。但这种"单方话事"的方式，除了各方的怨言之外，可能会带来更大的远忧，那就是信用体系培育的障碍。

由于信用机制的不完全，中国金融体系的运作要承负远比发达国家高昂得多的成本代价。而此次银行卡收费，既然连中国消委会都表示相关银行有"单方面违约"之嫌，也就意味着未能守信。既然连银行都是如此，那么何谈培育信用的土壤？如何在以后的金融秩序中深化个人的信用意识？此为远虑。

银行卡收费已经在部分实施中，但相当多的消费者还在等待事情会有转机。笔者相信，银行卡收费有其理由，只是似乎缺少了一个环节：有消费者代表加入的充分论证：收费的理由，哪些卡要收费，收费标准如何确定，何时开始收。

有些环节，是不可以省却的。否则，总要有人在未来的某个时候为此买单。

2004 年 4 月

谈股论金

机票涨价的背后

机票说涨就涨了。不过此次"闪电行动",有点让人迷惑。

首先,此次涨价怎么说都有点矛盾:据说民航总局的票价改革方案本是为了让旅客享受价格更便宜的机票,才将机票的定价自由交给了航空公司。各大航空公司却在新规定执行的首日就迫不及待地公布据说只升了10%的票价。面对这"事与愿违"的事实,消费者只能徒叹无奈。

其次,曾经一次次在票价问题上明争暗斗的各航空公司在提价潮中表现出空前的一致。专家表示,"这在中国民航历史上相当少见"。

再次,面对铁路第五次大提速而且是在各种场合宣扬"提速不提价",使得即使是最没有经济头脑的人都会意识到火车的"飞速"会直接冲击航空市场,尤其是短线航空市场。但航空公司似乎置若罔闻。

面对这些迷惑,航空公司似乎有着自己的答案。也就是说,航空业在集体提价的同时,早已为自己准备好了"退路":一方面表示尽管总价升了,但折扣还是可以商量的,旅客一样可拿到低价票;二是有航空公司还透露,将4月至5月这段时间定为市场的考察期,"如果市场不接受,票价自然会有所调节"。也就是说,消费者对此事的反应,才会真正决定未来的票价机制。

尽管疑问不断,作为机票价格放开这一过程的必经阶段,我们更应以冷静和长远的目光来看待票价骤涨。在商业竞争方面,利益具有最高决定力,因此作为竞争对手的各大航空公司的"涨价联盟",到底能够坚持多久,实在令人怀疑;在火车提速等各方面因素的作用下,航空公司在短线航线方面应该会有新的优惠政策;此外,在机票涨价的同时,有航空公司表示将会提升服务质量,这倒是说到了消费者的心坎上:既然要与国际接轨,为何只包括票价?

如此种种,或许可令民航总局出台票价改革方案"让消费者买到便宜机票"的初衷有机会实现。

2004年4月20日

食品业有多少模糊地带

民以食为天。而在 2004 年，这个"天"，漏了好多次。

婴儿奶粉、粉丝、茶叶、面条、桃子等等，每一次内幕曝光都让人触目惊心。再加上前两年延续而来的"毒米、毒面、毒油"等风波，不少人都在问同一个问题：到底还有什么可以让人吃得没有后顾之忧的？

此次，本报记者只是揭开了一个看起来不大不小的问题：应冷藏的饮料相当一部分没冷藏，或者只是"轮流冷藏"。让人奇怪的是，受采访的每一个档主、每一个超市工作人员，各自都有一套道理。小士多"搞不清状况"也就罢了，超市的工作人员的一番说法，则让人更加担忧。譬如说："冰柜容量有限，而超市的温度本来就比较低"、"为了吸引消费者，我们将一些常温保存的食品放进冰柜，冷藏食品就放不了那么多了"……

食品的保存温度，是可以这样被模糊的吗？

问题的关键在于，有多少消费者知晓并抵制"模糊"的危害性。自古至今，我们中国人有多样化的"饮食哲学"，其中就包括"不干不净，吃了没病"的"模糊理论"。这也直接或间接地催生了多样化的问题。

缘此，在面对本应冷藏而没有冷藏的食品时，大多数消费者会忽略这个"小问题"，照旧选购该买的食品。如此的宽容态度，令商家理直气壮地以"冷藏空间不够"作为怎么说也说不过去的理由。试想，如果所有的消费者对于这种不规范的行为说"不"，不买他的账，还有哪个商家敢那样说那样做呢？

除此之外，一些深层次的问题更让人担忧。在个别商家的眼里，商品和金钱成为最高准则。因此，在提及有关冷藏食品温度的问题时，他们矢口不提食品质量、安全饮食和消费者健康等，只说成本控制。

到底还有多少东西可以安心地吃？这个问题，隐藏着多个模糊地带，在等待政策的监管，消费者的觉醒及商家的自律。

2004 年 8 月 20 日

为何道歉总是迟到

卡西欧计算器"一不小心"就让中国内地的消费者享受"迟来的道歉"。尽管有各种理由支撑，尽管卡西欧方面的代表也一再说这是"偶然"，但记者仍难释怀，虽然本人从来没有使用过卡西欧的计算器。

从这件事情，又牵扯起一个老生常谈般的话题，那就是中国缺乏召回制度。缘此，令人痛心的是，中国屡次成为国际品牌召回制度的"绝缘地带"。一些国际知名品牌的汽车、数码相机等等，向国际市场发出"召回令"时，不少品牌有意无意地忽视了中国市场。当媒体提出质疑的时候，他们往往只是简单地表示"该产品还没有在中国上市"或者是"在中国销售的产品没有出现类似问题"。

为什么会这样？我国目前还没有正式的缺陷产品召回制度，甚至何谓缺陷产品，也没有一个权威的界定。业内人士分析认为，我国企业普遍存在的生产、营销环节不规范，厂家对消费者没有立册登记，以及大多数企业自身缺乏实力等让企业"召回"难以实行，而相关法律、法规、规章、政策的缺位更成为我国建立召回制度的最大"瓶颈"。

正因为诸如此类的客观条件，为一向视信誉为生命的跨国公司提供了各种各样忽视中国消费者的漂亮借口。

某消费电子企业华南区负责人则认为，产品无召回即无视消费者安全。"实际上，从设计角度来讲，包括数码相机、随身听等从设计出来到实际进入消费者手中，可能并不完美；而从生产角度来说，像数码相机是个非常复杂、工艺水平要求非常高的产品，因而可能在生产过程中存在某些缺陷，比如存在电池爆炸隐患等；从使用角度来说，一些缺陷只有在使用一段时间后才暴露出来。其他各类产品也可能存在类似问题，如果厂家不负起召回、维修的责任，就是无视消费者生命及财产的安危"。

所以近段时间，东洋空调主动召回 1000 台空调时，才会如一石激起千层浪，引来各种评论。不论业界怎么褒贬，但像东洋空调这样的事情不是太多，而是太少。

缺少召回制度，已成为中国企业面临国际竞争的一道障碍。某家电厂家市场部负责人在接受本报记者采访时直言，出台召回制度对培育品牌有利。他表示，"国内家电厂家都有一个认识上的误区，就是一提到"召回"就给人感觉是产品质量有问题，而且竞争对手更会抓住机会大肆做文章，使得许多厂家都不敢正面提到产品设计等方面的缺陷，只能等出问题了私下靠维修来解决。实际上，像索尼、先锋等洋家电都有召回制度，对品牌形象其实是有利的，体现了对消费者的负责任这样一种态度，否则受损的不仅是消费者，还包括企业精心打造的品牌"。

某空调企业全国零售总监也表示，中国企业融入全球竞争也需要出台产品召回制度，"中国作为一个世界制造强国，家电业正日益融入全球环境中，但是还是国内没有实行这个制度，如果再不实行的话，到时候怎谈'融入全球'？尽管这样，实行召回需要时间，我想不能要求立即实行，三五年内国内家电类实现召回还是有希望的"。

如此种种也使得中国曾经是国际大公司实行召回制度的"绝缘地带"。如日本某汽车公司今年 5 月 24 日宣布在全球范围内召回 200 多万辆车，但在中国召回时却遭遇了"不知道找什么部门，不知道找谁，也不知道依据什么法律"的尴尬，最后该公司在中央电视台播出有关声明。

可喜的是，经过一轮轮的策动，中国庞大的消费市场也令众多跨国公司开始重视，像召回这样的一些号称为国际的规则也逐渐引入中国市场。如在不久前柯达的全球 75000 台数码相机召回行动中，中国市场受到此次召回影响的DC5000 变焦数码相机虽不到 100 台，但一位业内人士指出，数量的多少在其次，重要的是"中国不再例外"。

2005 年 1 月

航空业的"盛世危言"

　　"一年赚了十年的钱"，这样的消息无论对于个人还是企业，都是一个天大的好消息。不过，以我们中国人"人无远虑必有近忧"的思维习惯来看，航空业界不可高兴得太早。

　　首先，在中国这个有着十数亿人口的大国，经常乘坐飞机的人口竟然只有1000万人左右，且以公务、商务、旅游客源为主。这至少说明，自愿掏腰包选择飞机出行的人不多。对此，航空公司似乎并没有太多将加以改善的举措。如果不"培养"更多的"目标客户群"，在竞争日益激烈的今天，未来高利润好梦难圆。

　　其次，其净利润到底有多少？估计不容乐观。中国航空业的高额成本有目共睹——单单看一些大航空公司的高负债率，就可知为巨额借款付出的代价不会低。此外，一些细节也不可小觑，如飞机餐对于包装材料的滥用而造成的成本浪费和环保压力，都让人对利润的欣喜来得不那么彻底。好东西需要大家来分享。既然是一年赚了十年的钱，航空公司也该建立更细致完善的多级舱位定价体系，以给予消费者小小回馈。目前我国每张机票的平均价约占人均年收入的10%-15%，而美国一张机票的平均价仅占其人均年收入的0.5%。在发达国家，偶尔还冒出一些"一美元机票"之类的美事，这是对于有心的旅客的回馈方式之一。航空公司的实力和人情，因此而得彰显。

　　对于中国航空业，2004年既是丰收的一年，也是痛心疾首的一年。在包头空难中逝去的生命，在空中画出了巨大的惊叹号，成为许多人心中永远的痛。而此事所引发的一系列问题，其解决之道也任重而道远。

2005年1月21日

人性关怀：在艰难中前行

最高人民法院关于"业主的唯一可以居住房产"不得"拍卖、变卖或者抵债"的新规，在银行、房产商、购房者等相关各方中掀起了轩然大波。

无论此项新的规定出台又怎样的前因后果，其体现出的对于普通民众的人性关怀，是毋庸置疑的。这不仅表现在给予暂时身处窘境的购房者以基本的遮蔽风雨之所，其更深的意义在于：对人的信任，对人性的信任，即相信绝大多数购房者并不会因为有此规定，而故意去占银行和国家的"便宜"。

各家银行表现出的，除了担心还是担心：没有了抵押房拿来拍卖，银行的权益如何保障？几乎家家银行都因此意欲提高房贷门槛。

可以说，银行的担忧并不为过，出台相关的条例也无可厚非。不过，似乎有些银行将所有购房者放在了一个微妙的、与银行并不"平行"的一面，即认为会有购房者钻政策的"空子"。于是，银行业除了已经开始实施的一些举措，还在酝酿更加细致、更加严谨的"应对之策"。

购房者大多对最高法院的新规定持赞成态度。但一些购房者也开始忧心忡忡，他们担心的是，原本是为了保护私有财产、体现人性关怀的新政策，反而会间接带来房贷门槛提高、较低收入者难以申请贷款的结果。

法规所体现的人性关怀，在各方的忧虑面前，开始显现出前路艰难。也许，时间和事实会是最好的润滑剂：该给银行一点时间，去证明即便有了新规，购房者并不会滥用此项规定；给购房者一点时间，去了解银行业所要面对的风险，而化解风险的最好途径就是建立严谨细致全面的操作规程 给所有人一点时间，去体会人性关怀与信用体系的建设，需要方方面面的齐心协力。

2005 年 1 月 26 日

涨价需不需要理由

一位研究中国传统文化的中国学者在回国后，并不觉得美国有多好，但他还是说了一样美国的好，"旅游门票挺便宜。我们全家在一个大风景区里玩了差不多一个星期，只需交一美元门票"。

这与中国有关人士解释某旅游点门票涨价的理由相映成趣：不到一百元人民币的某景点门票，不会构成对出游者的负担。真的是这样吗？笔者在沈从文的故乡湖南凤凰县，就亲眼见到许多"散客"在犹豫后，最终放弃了去需要20元门票的沈从文故居参观。

每个景点在提价时，有关人员所陈述的理由均可谓"掷地有声"。我们也不能一概否认这些理由的合理性：景区的维护，外迁居民的安置等等。只是，在面临不同问题的各大旅游景点，怎么就会这么争先恐后地"将涨价提上日程"呢？难道所有景点在解决所有问题时，就只有涨门票这一条路？而且，不涨则已，一涨均是以百分之几十的速度往上蹿？旅游景点的门票收入，鲜有对外公开的，在不透明的账目中，用于所述理由用途的，到底又有多少？

而许多人不服气的理由还包括，在不小的反对声中，"该涨与不该涨"的景点门票，依然还是一个劲地往上涨。为什么"不涨"的声音，是如此的无助呢？"读万卷书，行万里路"，古训离我们已经有些遥远。一位爱好旅游的低收入者曾发出由衷长叹"行路难啊，门票实在越来越贵。"

但愿专家的呼吁"尽快对旅游景点进行立法"，能早日有回应。在此之前，各景点是否能考虑先建立一个分级机制，对于不同的人尤其是低收入者，有一些优惠。毕竟，祖国的壮美河山，属于每一个人；而尊重和爱护每一个人出游的热情，也是文明社会的必需。

2005年3月16日

不说，不代表永远不说

经商需诚实、守信、重诺。有着较长发展历史的洋品牌们如此谆谆教导我们。然而，在今年部分洋品牌的"黑色三月"，事到临头、出现了大小问题或争议的这些洋企业们，对于该负的责任却在"顾左右而言他"。

从一向颇具人气的肯德基说起。"据外界统计，肯德基因'苏丹红'事件数天损失近 2600 万元"。不知这个统计数据究竟有何依据，更不知其是否准确，但毋庸置疑的是，肯德基没有统计或者说至少没有发布统计数据：到底有多少中国消费者吃了"问题"产品？

短短几天的休整就可以损失这么多钱，是否意味着，受影响的消费者是一个非常庞大的数目？尽管仍有许多人心中在"七上八下"：我吃过啊，会有什么后果呢？但没有人回答，更别提什么赔偿的事。而随着"替代调料"准备就绪，肯德基的问题产品也已"重出江湖"。

当然，肯德基在事发之初，还是"向广大消费者"表示了歉意。是否有人认为这就足够了呢？别忘记了一个细节，3月16日，肯德基两款产品的调料中经检测含有苏丹红；19日，北京肯德基又有3种产品发现同样含有苏丹红。据说这3天时间是花在了"产品送检"上，但没人告知消费者，多少不知情的人在这3天里也踩在了"同一条河里"。

再说亨氏。3月初，亨氏旗下的美味源金唛桂林辣椒酱被检验出含有苏丹红1号成分，亨氏从最初的否认到承认，到发表声明、召回产品，每一次都显得挺有道理。但对消费者没说一句明确的"对不起"。

还有卡夫。"3•15"前夕，"绿色和平"组织检测发现卡夫旗下的乐之三明治饼干和金宝汤公司所生产的金宝金黄玉米汤含有转基因成分。而这两家外资食品厂商在欧洲市场均承诺采取非转基因政策。非常明确的是，他们在中国和欧洲市场采用了双重标准。对此，卡夫如此回复"基于谨慎考虑不同市场的消费喜好"。不明就里的人可能会误解，原来不小心吃了含有苏丹红食品的人，是"自己喜欢吃"。

从头到尾，各公司只有声明以及各种形式的媒体见面会。但几乎没有那句三岁小孩在做错事情之后都会说的"对不起"；也没有人提赔偿。当然，中国消费者也很"自觉"，几乎没有人提这回事。

现在不提，不表明永远不提。尽管外界对于前段时间宝洁事件中不肯罢休的消费者"有不同看法"，但从另一个角度来说，这个消费者的举措代表着另一种声音。

2005年3月24日

大品牌跟谁借了胆

大品牌原来胆子也会这么大。

以前似乎只有"杂牌军"才犯的错，如今他们犯了。错了就错了，但错得如此理直气壮，就有些奇怪了。以近段时间处在风口浪尖上的雀巢为例：一个动不动以保证质量为说辞的大企业，居然在面对一个本不算大错的碘超标问题时，表现得如此大失水准。在承认产品碘超标后，却坚持"品质绝对没有问题"，并表示不会退货。在社会各方一波又一波的压力之下，如今才表示可以退货。至于一众媒体从一开始就追问的"为何不召回"的疑问，依然只能"存疑"。

一个企业，为了维护自己的短期利益，不惜与国家标准叫板；对于媒体的质询也无所顾忌地不理不睬；对于多项调查显示出的消费者的愤怒，也可以表现得无动于衷——如果仅仅以雀巢来对号入座的话，那只能说是特例；但事实却是，从三月份至今，"涉险"的大企业有一串。

这些企业，到底跟谁借了胆？

除了"出事"企业和依然利用各种优惠走在"边缘"的大企业需要自省外，我们其他各方也需反省。譬如说，各种免检规定是否给了一些大企业太大的空间，消费者和各级政府，是否在定位何为大企业时，过于偏颇和单一；一旦大企业做了"有失身份"的事情并拒不悔改，是否应罚得更重……

毕竟，在市场面前，质量和诚信最为关键。没有这个，大品牌也只是一层壳。

谈股论金

2005 年 6 月 16 日

天上永远不会掉馅饼

任何合作往往是为了寻求双赢或多赢。这种"功利性"本无可厚非。但值得深思的是，一些企业在寻求合资的时候，往往更强调：我们会得到多少多少机遇，多少多少发展的平台。而对于自身的价值，即对方需要从这种合作中得到什么。

这注定了合资无论是合资还是被收购，我国企业的目的似乎都只有一个，就是希望通过合作使自己的品牌在技术和管理上得到国外合作伙伴更多的支持。但问题是，国外企业真会把他们具有优势的技术经验轻易地传授给我们吗？被收购成为了外国大企业的一员，就真能受到他们的呵护了吗？

国内外企业通过合资合作各取所需，这是追求双赢的商业行为。差别在于有些企业在向外扩张的过程中可能比较稳妥，有些就比较冒进；有些可能成长较快，有些也可能很快就倒下了。从国内外已有的事例来看，跨国公司发展到一定阶段，会对科技含量比较低的行业进行"甩包袱"，对象主要集中在中东和亚洲市场，尤其是中国市场。而与经过了多年市场竞争"洗礼"的跨国巨头相比，中国企业相对经验不够，往往会将事实构想得比较"美好"，但事实经常是"一半对一半"。

在西方世界较常见的"恶意并购"，目前在我国还不多见。在西方"恶意并购"中，一些大企业以收购作为消灭竞争对手的手段，以合资为名，将对自己有威胁的品牌收归旗下并"雪藏"，待其对自己失去威胁后，再抽身出局。总的说来，我国的中外企业合资并购较为正常，这是值得庆幸的事情。但如果我们的企业的智慧不能与规模并进，则前路难料。

如果纯粹从市场的角度来看，只要不违法，企业通过商业运作牟取自身利益的最大化，外人很难评说其"非"。所以，一个企业要和一个人一样，要明确地相信，天上永远不会掉馅饼。

2005年6月22日

东方小四 · 第四只眼

DONGFANGXIAOSI · DISIZHIYAN

被逼到墙角的人

对于一个浪漫的女子而言，有些非常有才华的"好人"生来是让人理解和欣赏，而不是去嫁的。在沈从文面前，张兆和却做了相反的事情——她嫁给了他，却自言并不完全懂得他。

沈从文对张兆和说过一句话"我行过许多地方的桥，看过许多次数的云……却只爱过一个正当最好年华的人。"这样的深情表白，不由人不动心。

多少年前，当这段良缘将开始未开始之际，胡适一边笑言安抚当时还是学生、拿着沈从文的一大叠情书前来告状的张兆和，说身为校长也不便管感情的事；另一边在悄悄了解了来龙去脉后正告沈从文：你们是两种人，这个女孩"不一定能透彻了解完整的你"。

也许胡适说对了，也许没有，答案只有沈、张两人自己知晓。沈从文本身就是一本人生的书，离奇曲折处，皆为淡定道来，仿佛一切均在昨日。他的天赋文字如此真挚深切，足够打动一切真正读"书"的人。所以连他自己也曾抱怨，张兆和似乎更喜欢与他两地分居，因为这样就可以读他那绵长温暖、可以打动所有识汉字的人的信件了。然而让人始料未及的是，在沈从文辞世后，张兆和却发出了两人的结合于彼此"一生是幸还是不幸"的疑问（我亲见立于凤凰沈从文墓附近的石碑）。

爱情可以从相同处来，也可以从相异处来。沈与张应都属于那种真诚坦率、素朴善良的人，而且均具才情。但他们不同的地方更多。张可算是一个大家闺秀，而沈却是在流浪中凭着一颗好学的心，吸收了各方面的营养，见证了人生灾难，成了一个外表温和、内心依旧不羁的"乡下人"。所以张会慨叹"我不理解他，不完全理解他"。两个人在一起度过了几年的快乐时光，当光环散去、真实浮现时，内心的冲撞接踵而至。但那一个个似乎会令船舶沉没的暗礁，以及不断到来的逆境，却因两人的教养、善良，而不曾发挥毁灭性的功用。

张兆和看起来不像是一个爱流泪的人，但在心里，她可能为自己哭过很多次。她的一生本来可以过得像公主般灿烂，以她的外在条件与内在种种（前提是另嫁一个相当的人，而且要尽早出国，如其妹妹张充和，充和倒是一个真正了解沈从文的人），但因为那些信件、那些因为第一个选择之后的一连串到来的无可选择的选择，她一生中相当一部分时光在等待、辛劳、担忧中度过，当然，也是在寂寞中度过，尤其是后半生更是如此。因为连沈从文自己都承认，从1949年后，他的生命除了沉浸在文物世界中，没有其他的生活。而1949年，张兆和还不足40岁。

当然，更大的不幸，还是那离奇的社会运动给予的。否则，他们本可以开创一些共同的天空，本可以在静静相守中多一些相知。但在尊严和知识均被扫地出门的日子里，何谈分享？所以，张兆和在所有有关那段岁月的文字中，在看似无意的描述和平淡的语言中，均隐藏着深深的愤恨与悲哀。尽管如此，张兆和不见得有多么后悔，因为在沈走后，她深觉"斯人可贵"。可惜，岁月和患难的烟雾，掩盖了多少灵性。一切真的来不及了。

梦碎的还有沈从文。以谦逊著称的他曾经毫不谦虚地说，文学是他随意一抓而抓来的事业，还有很多事情只要他专心去做也必可做好。当他成为一个功底深厚、成绩斐然的文物专家时，没人敢说这是一句大话。许多人都在遗憾他丢掉了那支可以随心所欲的文学之笔时，只有他自己早已预见到了那一天。其实他对于最接近他心灵的文学并没有别人想象中的决绝，他曾经非常努力地想要重新拾取，但天赋的魔法已失，被种种人、种种事情夺去。

在被逼到墙角之后，他用自己的方式，隐忍、沉默、坚强地站立了起来，一样的骄傲，一样的辉煌。在他不羁的心里，一直在藐视那些"逼"他的人和事。只是，他不曾笑出声来。

2007年9月

说说萧红：
片刻温暖与一生命运

　　近些年，有不少人将萧红与张爱玲相提并论。从文字的力量论，这样的对比有些道理。那个时代的女作家，文字能如雕刻者，仅得她们二人。有人以为她们的相同之处在于未能练达世情，此言差矣。张爱玲不过是不善言辞，心底却算仁厚；萧红则是练达过头了，一味看重一己得失。

—

　　萧红（1911－1942），才华过人但红颜早逝。萧红一生主要跟随了三个男人，她对他们充满怨恨，一直都在不停地、不断地抱怨：自己的性别、故乡的大家庭、父亲的冷漠、未婚夫的大家庭、未婚夫的绝情、萧军的大男子主义、端木蕻良的软弱、社会的不公等等等等。

　　较之同代女性，萧红似乎"无原则"且害怕孤独甚于一切。她在少年时代本来与未婚夫已情深意切了，却冒冒失失随表哥"私奔"去北京读书，在那个年代这意味着什么？她的父亲因"管教不严"，官职被贬得很低；随后父亲将她"请"回了东北的家，不让她再去北京，她又偷逃出去；其未婚夫的哥哥因其种种行为建议废止婚约，她又跑去法庭起诉他，未婚夫为保护哥哥，被逼无奈只好说是自己想"休妻"；当萧红真的得到了婚姻自由的时候，她却又跑回去求未婚夫的家庭收纳她，以至于引出了日后未婚先孕遭弃的事端。萧军正是与同事去解救她时两人渐渐相知。而在如愿与萧军结婚后，她与两萧共同的朋友端木蕻良关系亦不错，后来因与萧军生了嫌隙离婚后，很快就与端木住到了一起，却又常常写信要求萧军去看她。

她一生总在寻求倚靠。譬如说鲁迅很赏识她，有段时间她便天天跑去他家。善良的许广平因在照顾她和照顾鲁迅之间难以两全，在以后的回忆录里颇有微辞，说萧红一坐就半天或一天，不太理会别人在干什么或需要干什么，有次许广平为了陪她而没能顾及鲁迅，鲁迅在楼上没盖被睡过去而着凉，大病一场。

有一个研究过萧红的人说了一句很经典的话："她不肯残忍地面对自己，所以轮到别人残忍地对待她。"

我一直认为，如果一个人对生活充满抱怨，那一定不是生活的缘由，而是自己的问题。萧红亦如是。记得一位朋友说过一句话："人生有些委屈一定要受，有些眼泪一定要流。"那时同为大学生的我和她获邀参加一个演讲活动，正好我讲完后轮到她讲，听到此语心有所动。隔了岁月的烟云，如今因萧红，再次忆及那时的场景。这些年，我们也都是遵照这句话各自行走，虽无大成，亦无大的遗憾。

为了一时一事的温暖，躲避了生活本有的沉重，总有一天要付出代价。天才作家萧红，以为自己会是生活的宠儿，以为她可以只是得到不必回报，最终却付出了比所得惨重得多的种种，乃至生命。

二

性格决定命运。对于女子尤其如此，学会认识这个世界不是为某个人而设，学会在顺境中面对不期而至的磨难，学会慎独并能享受独处的美好，而不是一意要依靠在某个人、某件事、某个机遇的边上取暖。能否得到幸福人生，这一点非常重要。否则，只能每天都怨天尤人，抱怨生活怎会如此不公。其实，无论在什么时代，都不会有绝对的不公平，只会有绝对的不自醒。

可惜了萧红在文学上的天才，围在了如许庸常的性格里。还记得她自己坚持到底的冷漠：在她与未婚夫的孩子出世后，为了能够顺利与萧军走到一起，她坚决不认那个女孩，任凭刚降生的孩子在医院隔壁房间里号哭震天，任凭奶水打湿了前襟，任凭周围人的苦劝。如此连续 6 天，那个襁褓中的女婴没见到给她生命的母亲一面。直到第 7 天，孩子被送给了他人，从此一生无挂碍。身为作家的她也从来没有给这个孩子写下片言。仅从此事，就可看出萧红的"绝对自我"。至她将逝时，委托端木蕻良代她去找寻那个孩子。可是，人海茫茫，你又怎能找得回丢掉的人情人性？人有再多的才能天分又怎样？如果一味推卸成年人应该担当的那份责任，那还不如做个普通人吧。

"可怜之人必有可恨之处"，尽管如此，她依然还是令人同情的，在那样充满悲情的年代，苦难是"过了这村，还有那店"般绵延不绝的。聪慧的萧红看通了这些，一意寻求自保，终未能够。尽管如此，她的文学才情不容忽视，她的勤奋笔耕不容略过。了解这些"底色"，或许有助于从她冷峻的笔调里，读出另一层真意吧。

2006 年 9 月

日本商人 · 日本产品 · 其他

与大多数中国人一样，我是非常非常不喜欢"普遍意义上"的日本人的。虽然日本平头百姓中也有不少似寅次郎那样的单纯良善者。

不过，无论我们喜欢或是讨厌日本人，他们身上还是有着让人无法忽略的优点：精准认真至极。这一点无可也不必回避。

一

这些天，广州的电视报纸网络媒体都在热论"日资企业 2 万元验 DNA 找烟头主人"的事。说的是位于广州南沙区的一家日资企业在公司的非吸烟区发现了一堆烟头，但只有两名工人承认曾有违规行为。厂方为能找出所有"嫌犯"，遂请专业人员给所有吸烟员工采集唾液样验 DNA，初检后再从 10 名"重点嫌疑人"那里收集唾液和头发样本重验。目前结果尚在等待中，厂方为此花费 2 万元左右。

员工中有人认为 DNA 涉个人隐私，厂方此举 "侵犯了个人隐私"；无干受访者有的建议找一个（管他是真的还是假的）"嫌疑人"重重惩罚以儆效尤，有的建议"干脆炒掉 10 名员工，又省事又能警告他人"。

隐私权这个字眼往往在非常时刻才提起，本是个公说公有理、婆说婆有理的项目。此处暂且按下不表。问题在两个受访者的"建议"，都是以牺牲一个人至十个人的清白和尊严为代价。凭什么无辜者要代或陪违规者接受惩罚？2 万元的检验费用难道真的重过规则的清晰明确，重过无辜者的隐痛？

要知道，提这些建议的都是中国人。我们很多人认理所当然地接受了这种"利益对比"和"模糊黑白"，想当然地以为，"杀鸡儆猴"怎样都可达到，何苦花那个冤枉钱？潜意识里，还有对于工人的那种"特别眼光"，以为他们违规与不违规，都是一样的草芥。

二

我倒觉得，日本公司此次举措不一定全无道理。一堆来路未明的烟头隐藏着风险，而模糊处置相关人员可能无济于事，反而会伤及无辜。验 DNA 看似小题大做，却可以让困扰此中的人各得分寸，当事方也有明确的担当。至于副作用，于厂方而言可能是两害相权取其轻吧。

对一些看似不起眼的"小处"不近情理的认真执着，才让不招人待见的日本人，生产出招全球市场待见的商品。

我有一个朋友，他有几款知名品牌的剃须刀。后来他还是恨恨地叹道，鬼子厉害呀，我这么多剃须刀，还是日本的一款装五号电池的最好，简单高效实用体贴。而那一款日本货是别人顺手送他的，售价不过百余元。相信许多中国人就是以这样喜忧参半的心理，恨恨地用着日本商品。

从日本的民航管理，也可见"日本风格"。近年来不少国家都有飞机失事的报道，日本却基本上没有（最近的一次大空难需追溯到 1985 年）。无他，唯因他们的管理细致到了头发丝。日本飞行员待遇很不错，但要当上飞行员必须要通过比大多数国家严格得多的各种体能和心理测试，此后还要定期体检以及不定期接受专门的监督人员的"随飞"，哪怕你从来不出错，只要监督人员认为你有潜在的致错风险，就很难再"飞起来"。至于起飞前后飞机的检测，更是一丝不苟。类似咱们包头空难那样，因为某个权贵赶时间而提早起飞造成预热未够、飞机坠毁的事情，也是绝不可想象的事。规则高于人事。

三

不过话还得说回来。尽管日本有令人钦佩的商人，日本商品有千好万好，我们中国人还需谨慎购买他们的产品，尤其是日本本土生产的商品。不说那些带情绪性的话，仅仅以一个普通消费者的目光来看，他们的"区别性对待"是非常明显的。日本的汽车，同样的型号同样的模样，在欧美市场和中国市场上，材质配件是不同的；他们生产的化妆品，也是同样的瓶子同样的名号，但中国市场上装的却是3、5年前开发的产品；即便是数码相机，我有两个同事一个在日本一个在大陆同时段买了同款式的机，却发现在日本买的可用普通的5号充电电池而后者只能用昂贵、笨重的镍氢充电电池。不知道日本商人如此作业是否也带着情绪，有知情人士说如此操作可以让在日本本土淘汰的生产线在"二级市场"重新派上用场，却是言之成理的。

我们要学习日本人在细节上的认真。但也仅此而已。不用或者尽量少用日本的商品，也不容忽略。不说二战后日本企业"军国一体"的发展背景和部分日本商人潜藏的微妙心理，也不去想其中一些人诡异的手法与目的，作为消费者，我们只是很简单地做到不要给任何商人当冤大头——尽管他们非常尽职、非常优秀、行事清晰，却一味想着将要"一级市场"淘汰的次品推给你，那就哪怕他笑嫣如花，也要在掏腰包之前，一思二思三思一下。

承认别人的优秀，反省自身的不足，明了总体的格局，我们才有可能，一天比一天更睿智。商场和做人，是一个道理。

2007年3月18日

第四只眼·东方小四

德国人的"艺术人生"

到了德国，才了解德国人不仅没有传说中的"古板"，相反有些时候还挺风趣灵活。更让人吃惊的是，无论是高雅还是通俗的艺术形式，他们均来者不拒，怀有一种近乎狂热的亲近态度。

观艺术展排长龙

2004年4月，整个柏林几乎都沸腾了。这仅仅因为美国纽约著名的艺术展"MoMa"搬到柏林来开。当我打开报章，看到大大的标题中充斥"MoMa"已经很吃惊了，而一个德国政府的机构，也非常热心地劝导我们这些来自不同国家、前来参加他们培训的的人"去看MoMa"，并一再说会为所有人买票（10欧元一张）。

我已在纽约看过MoMa，但难却盛情，便怀着凑热闹的心情与几个人一起去看展览。此时，才发现，柏林人居然为这个展览排起了数百米的长龙，队伍一直从展览馆的门口排到接近马路的地方，然后再蜿蜒到广场上。陪同我们去看展览的两个负责人，一男一女两个年过50的德国人，一直在耐心地等候队伍的缓慢前移，还告诉我们这些欲退出队伍的外国人，"在柏林看艺术展览都是这样的，不要心急"。

好不容易在完成了排队、存大衣等等繁琐的程序后，我们进入迷宫一样的展览厅，所见景象更是令人动容。参观的人很多，但所有的厅、所有的人都非常宁静。不少人戴着耳机在收听展览馆的解说，其中许多是女性。她们基本上都是独自来看展览，会在自己喜爱的画幅前停留相当长的时间，表情庄重，细细端详，显然是神游物外。

看情景剧也疯狂

为了让我们多了解德国文化，那个培训机构还组织大家去观赏在德国非常流行的情景剧（有点像我们中国的"小品"）。这类情景剧的演员往往只有2—4人，场地也偏僻且简陋，票价不便宜，一般在20欧元左右。但德国人趋之若鹜。

　　四月的德国依然很寒冷，当车载着我们这些身着冬装大衣的"老外"东弯西拐地赶到演出场地时，才发现那里虽然又小又偏又冷，却异常热闹。穿着大衣的人们簇拥在演出场地外，热烈地讨论着，其中有一个人告诉我，想要看热门的情景剧，至少要提前3天订票，"因为每场都限定了人数。"

　　剧场的小门装扮得颇有罗马风味，进去后才发现，场地相当于我们这里一间稍大一点的普通教室大小（存放大衣的地方当然也很小很挤），环形的阶梯座位也就比我们这里举行大合唱的那种阶梯稍大，没有扶手，没有靠背，也没有坐垫。大家坐下的空间也是刚刚好，不挤，但也绝不宽松。表演场地在阶梯座位的正前方，可以保证每个人都可以清楚看到演员脸上的表情。

　　剧情非常简单，我那天看的一场就是两个警察抓小偷的故事，小偷有点圆滑，一男一女两个警察之间有点小故事，如此而已。但表演者与观众一样，非常投入。当剧情进入高潮时，坐得满满当当的数十个人全部都热烈鼓掌。中场休息时，不少人还在讨论剧情。

冰淇淋与电影同在

　　只要有新片子，德国电影院的生意大多不错。不少颇有身份的人也同样选择在电影院看电影，一个德国女孩如此解释这种现象，"因为我们看碟比较贵也不方便，看碟是看不到什么新片子的，录影带或VCD都是至少两年前的旧版电影，就这样还不便宜。一般我们只有在家庭或朋友聚会时，才偶尔看看碟，次数非常少。"

令人讶异的是，以守时著称，连每辆公共汽车的停靠都要准确到分钟的德国人，在电影放映上有点"拖拉"。德国的电影院分大小，一般最新的影片会在大厅放映；当可以容纳数千人的大厅坐得差不多满了的时候，电影依然不会开场。坐在我旁边的一个德国人告诉我，要等到有人叫卖完一圈冰淇淋时，电影才会开场。果然，当一个身着英格兰式裙装的女人挽着一个篮子，以甜美的声音叫了一轮"Icecream"后，华灯渐暗，电影开始了。但影院首先会放映近期将要播放的新片片花和两三个非常时尚的广告，此后才是当晚真正要放映的新片。这使得电影上映时间比票面时间要晚半个小时左右。但没有人抱怨，坐我旁边的德国人还笑着说希望多一点人买冰淇淋，"这样也许可以让电影早点开始"。

"看电影是我们很重要的一种消遣方式，也是一种享受，尤其是有了比较好的电影的时候，不看会显得挺落伍"，供职于一家小公司、月收入不到 3000欧元、年过 40 的一个德国女子如此说道。

2007 年 5 月 1 日

可可·夏奈尔及其他

可可·夏奈尔比宋美龄大了7岁。生于1883年，法国巴黎一个穷人区的小医院。

真喜欢"听"她说话。谈模特，"一个模特就像一块手表。手表给人显示时间，模特向人们展示衣裙。" "她们长得都很美，所以她们可以从事这个职业。如果她们很聪明，也许就不干这一行了。"谈钱， "女人们都喜欢钱，但钱和雄心壮志不是一回事"。直白清晰，带着香奈尔5号的独有气味。

一生都在遭遇被弃的命运，但从不放弃自己。童年贫困，12岁时（另一说为5岁）母亲去世，父亲遗弃了她。她不得不进入修道院，后来曾唱歌赚钱，也当过衣着简朴的店员。青春正盛时，她与一个很有权势的公爵相爱。当公爵移情别恋的时候，夏奈尔说，"这个世界上有许多公爵夫人，只有一个夏奈尔"。平静转身后，她遇见不少繁华似锦的爱情，不只一次，不只一个人。一直到老，爱她的人不计其数，她却不要婚姻。

她的魅力，源自坚韧与自信。在当时上流社会的嘲笑声中，她坚持简约设计的风格创立了享誉世界的顶级品牌Chanel。她认为制衣的艺术在于强调重点，她笃信时装界的格言说："如果你掩盖住某个性感部位，就得暴露另一个部位"；更相信一位诗人的名言， "不用香水的女人没有未来"。她由是执著于时装与香水业。这个特立独行的女子，终赢得了一切。在她辞世后，芬芳留下，世界每一个时尚触角所到之地，都有Chanel的服装香水和口红。那个离开她的公爵的名字，却已湮没在芸芸众生里。

在爱中丰盛、成长、完美，不论这爱的结局若何。

人心幽微，别人的放弃难以预计。但自己不能放弃自己，愈是艰难，愈要美丽。如此映照，一个星期前那个不顾一切跑到央视的新闻发布会上，发布老公有外遇的一个电视主播，只能令人生出同情。这位主播也有好的机遇，也有美丽容貌，且也有了盛名。但她将这一切托于某个男人，荣辱系于一纸婚书，遇到感情的挫折便暴露一切脆弱——人都会有脆弱的时候，这没有什么，但占用公共资源说些大而无当的话泄私愤，只能令人在同情外怒其不争。可怜之人，必有可悲之处。冲动是魔鬼，吞掉理智与自信。她本是受伤的一方，但不分场合地宣扬私事，最终也会要付出代价。人若将自己也豁了出去，自己都不再珍惜和爱自己，除了同情，别人又能怎样？可惜的是曾经的美好时光，也随之变形。

东方世界与西方世界，这个时代与那个时代，都有相似之处。当代的中国，由于传统的价值伦理已经断层，新的道德准则远未建立，物欲与人欲被无穷放大，在这混乱中许多底线正在被突破。爱情的唯一与珍贵、婚姻的忠诚与信任，已在风雨飘摇中。那位女主播的爆发，可谓一个符号，其后是千疮百孔的现实。如何面对，更多的变成了各自的选择。无论如何，都不赞同胡"以暴制暴"式的泄愤，那样终也无法保护自己，反而成为笑料伤己。何不象夏奈尔，顺势转身后令美更美，令人生更意味深长。

说起来容易，真正能做到，却需要人的天分与豁达。有些人努力释放自己，包括心底的恶念；有些人则一辈子只看到和谈论别人的弱点，对自己往往网开一面。在婚姻里也是如此。而那些偏激的元素，就这样沉落下来，最终演变成一场闹剧，毁掉尊严与爱的余烬。

美丽一生的夏奈尔，由是更令人怀念。太多的劫难令她生如朝露，说话做事只秉承自己的直觉和理念，坚持到底。她的一段段爱情，亦如朝露。但她并不因此被阻碍或稍停留，即便声名如日中天，她仍常住巴黎一家高级酒店，前后40年，一直到逝世。爱没有归宿，她便不要家，只要立定脚跟，永远向前。终于浮出这庸常岁月，创造香奈尔的"双C"传奇。对于有许多很好的机会为何终身不嫁的问题，她以一贯的幽默风格作答："大概因为我没找到一个能和可可·夏奈尔媲美的漂亮名字。"

跳出一己看人生，一切不过如此。不能左右别人的背弃与不善，不如经营自己的尊严与美好。感情上没有或失去了最好的归宿，爱自己便也是一种"如果"。何苦红颜不欢颜？

1971年，夏奈尔以88岁高龄辞世，依旧优雅安恬。她曾说："诚如拿破仑所言，他的字典里没有'困难'两字，我的字典中也找不到'不成功'三个字。"？她用自己的一生证明了这句话。

2008年6月

看海

老聃曾说，至柔者至刚。如果不解此语，看海便得。在塞班岛，曾想起懂得海的海子。塞班的海，美得很有层次，也很忧伤。吴宇森导演的好莱坞大片《风语战士》就在那里拍摄，再现了二战时美日军队在此以死对决的情景，双方伤亡惨重；那时许多日本平民在日军的蛊惑与胁迫下，纷纷蹈海赴死；如今那里已是美国的托管地，日本"原住民"已属寥寥。那片海，承载了这段惨烈的历史。从此任凭海景美不胜收，看海的人总难快乐起来。唯愿快点离去；当历史过于厚重，"春暖花开"原来并非易事。

新加坡的海，则是积极向上的。新加坡曾经是一个被甩出去、不得皈依的邦，后来靠着所有居民不懈的努力，终于有了今日的家园。那里的海，有许多人工的痕迹。围海造地是缺少土地的新加坡人不已不做的事，甚至有一些沙滩的厚厚的沙子，都是从别的地方运来的。细白的沙，带来了异乡的味道，见证的是新加坡人尤其是其中华人坚韧不拔的"人定胜天"观念。那里的海，由是也显得十分亲切生动，令人没有离乡之隔。

马拉西亚的海是清洁的，香港的海是坚硬的，纽约的海是喧嚣的。人们在海边匆匆走过，未及回顾。连笑容，都是如此模糊。三亚的海是热闹的，青岛的海是灰绿的，北戴河的海是温馨的，珠海的海是浊黄的，博鳌的海是绚丽的。广州也有海，在南沙，那里还有一个曾经非常热闹的横档岛，如今已似被弃冷宫的妃子，如花容颜日渐荒芜，却再无人怜惜。

见过的最宁静的海是广东下川岛的一个地方，海浪轻轻地拍击岸边，远远的深蓝到近身的浅蓝，海湾里还有一排排美丽的木屋。那里的人，有着温和的笑颜，如夕阳下的远山。

"沧浪之水清兮，可以濯吾缨，沧浪之水浊兮，可以濯吾足"。在有涯之生去看无涯之海，可以滋润我们因忙碌而干涸的人生。

2007 年 5 月

皇帝的七寸

"人是一点灵魂载负着一具肉体"。

"不要像一个摇桨的奴隶那样忙个不停"。

《沉思录》里，多有这样闪亮的句子。像朝阳下的露珠，剔透自然，与人心的本原呼应。这本书的作者是古罗马的一个皇帝，马可·奥勒留。他在位时，常常不得不四处征战，瘟疫和地震绵延不绝，物质生活也并不算很丰盛。但不少历史学家仍将那个时期评定为最适合人类居住的时代之一。因为皇帝自己，非常真诚地克勤克俭，将心灵的宁静当成人生最大的成就。他说，"一个人只要把握很简单的一点东西就能够像神一样过一种宁静的生活"。时刻像中国禅宗大师的奥勒留，在战马上、军营里的思索点滴成篇，终于留下了这部令两千年后的我们依然感怀不已的《沉思录》。这位皇帝的修为并非体现在脑海和纸张上，他待人接物亦真正做到了"慈悲为怀"。当有人兵变夺位时，他下令焚烧了所有材料，不去追究所有参与叛乱的人。而对于失去性命的叛乱首领，也就是他曾经十分亲信的一位将军，他诚心哀悼并开始反省自己的不足，以及权欲给人心会有怎样的腐蚀。文韬武略、胸怀天下、宅心仁厚，一个完美的皇帝形象。他却也有自己的"七寸"，

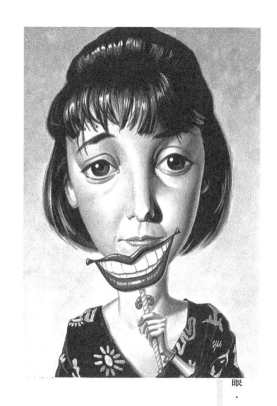

眼·东方小四

277

那就是他的儿子，或者也是权力本身。奥勒留为儿子破坏了古罗马帝位"传贤不传儿"的传统（奥自己即位也是前皇帝安东尼"禅让"的结果），将帝位传给了自己残暴又虚荣的亲生儿子康茂德。后者在继位后，亲手杀死了万余人，这些人都是与他角斗的人，他自己手持利刃，却以皇帝的名义只准对方持木制兵器。而每次角斗，还需要国库支付巨资"出场费"给他。如此的昏庸暴虐，也让他自己在执政10余年后被部属暗杀。古罗马帝国从此分崩离析，小国并起，觊觎皇位者众。古罗马帝国就这样走向了衰落。

安东尼当初选择奥勒留做自己的"养子"以继承帝位，一定不会想到选择了一个完美的皇帝，竟然会间接地让罗马帝国走向衰落。奥勒留在征途上勤勤恳恳地写下《沉思录》时，应该也不会料想日后光景。问题的关键是，奥勒留没能做到真的淡看权势，如他书中所写的那样。或许他自己真能淡看，然而牵涉到儿子，便不能心口如一了。

每个人都像蛇一样，有自己最脆弱的七寸。这是宿命。怎样的修炼，都难达到金刚不坏之身。所以，不要太相信文字，哪怕是你最喜欢最敬重的那类文字。写他的人，哪怕怀着最大的诚意去著述，也会小心掩盖了自己的七寸。而那或许也很关键。大可我们对此理解宽谅。毕竟，凡人里没有神，一个也没有。

我们仍要读书。否则活着多无聊。

我们更需信自己，既然每个人都有七寸。

2007 年 5 月

中国人的忍字诀

忍字头上一把刀。大多数中国人都听过这句话。

孔夫子说，"小不忍则乱大谋"；孟夫子说，"天将降大任于斯人也，必先苦其心志，劳其筋骨，饿其体肤"。圣人们强调，要为人做事，万般皆需忍受、忍耐、隐忍。

中国人因忍字而得以百炼成钢的数不胜数，因逞强好胜而走麦城的也不少。唐代高宗宰相张公艺不仅位高权重，其家居然还九世同堂。人生如此圆满，引得皇帝也羡慕，遂问其秘诀，张公艺在纸上写下"一百个忍字"。高宗喟叹，原来如此。韩信则是正反两面的例证，他早年能受胯下之辱，终成大业，后来却因忘记了忍字诀，过于张扬高调，终被刘邦默许装在麻袋里用竹签扎死。一字之差，原来关系功名性命。

旧时文人笔下的忍，只图两个字：成功。所以有饮水处就有人在说"吃得苦中苦，方为人上人"。元代的许直，认真在"一把刀"上作文章，专门写有《忍经》和《劝忍百箴》。而明代学者陈白沙写《忍字箴》也认为忍字关系重大，"忍之又忍，愈忍愈励……如不能忍，倾败立至"。

付出与回报，总有着或隐或显的牵连。为了遥想中的绚烂未来，人们忍受此刻的种种不堪。人们夸赞着"忍"，绝口不想提心中暗暗怀想的他日之得；若百忍后仍不能得道，自然也会有诸多温润的慰藉理由。

英国哲学家罗素在其《论中国人的性格》一文中说，"中国人的性格的另一最大特点是喜欢妥协易屈服于公众舆论。他们之间的争端很少导致极端残酷的暴行"，譬如说农民起义"只反贪官，不反皇帝"，连造反也是在一定的限度内进行。至于封建社会官场中的"见风使舵"，生活细节的"防患于未然"，平头百姓们普遍存在的谨小慎微、办事圆滑等特点，皆可在各怀心思的"忍"字上找到源头。罗素由是感叹，"没有什么比中国人的忍耐性更令欧洲人吃惊的了"。

一个忍字，两副面孔。一面是温和下的良善，另一面是摇摆中的功利；有些人得道，有些人中毒。鲁迅笔下的冷漠看客，便是一忍成痴，已被自己所处的环境异化。只此一字，忽然明白了鲁迅的可贵。只因他在崇尚忍耐为美德的国度，居然可以，从来不忍。尽管我也并不喜欢他。

2007 年 7 月

48 小时的沉默

英国 90 多岁的女特工、二战期间功勋卓著的铂尔在回忆往事时曾提到，在接受训练时得到的指示是，一旦被俘，要保持 48 小时的沉默，以便她的同伙有时间逃脱。

心有所动。48 小时的沉默，给人性以回旋空间。

欲求有血有肉的身体忍受长时期的痛苦折磨，个人认为，未必合人性。我想，大多数人都做不到，故而那些为了理想能够忍受极端苦痛的人，被我们视为英雄。如哥白尼，因提出“日心说”推翻“地心说”，教会对之施酷刑，身体被拉成数米长，但有一口气他就依然不屈；如古罗马那个坚持自己学术见解的女数学家，身体被反对者用海贝一片片割下，连续数天，方才气绝；如赵一曼，被残忍的日本人折磨成半身炭化、指甲全无、白骨可现，也绝对不低头。

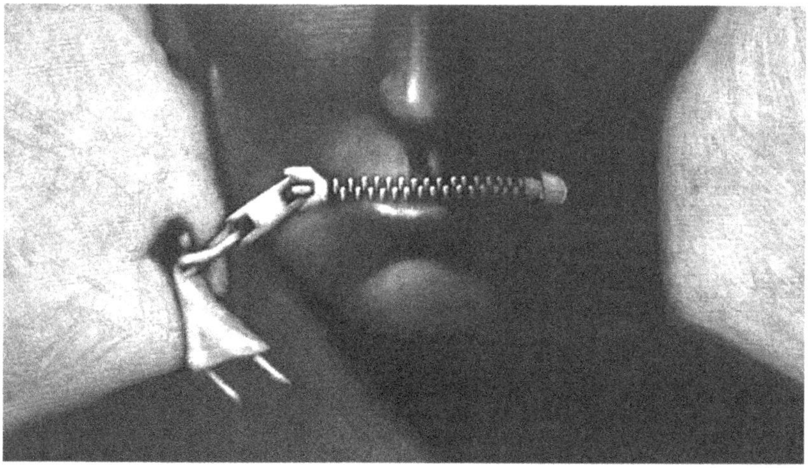

写下这些，我已不忍。那些亲身经历的人，是如何捱过极端难熬的每一分、每一时、每一天的？从很小的时候起，我就反复问自己一个问题，如果遇到"敌方"酷刑，能够持否？也许很多人都是这样，并不太怕丢掉性命，但非常畏惧长时间的、超越常规的剧痛。所以，看到铂尔说到"48小时的沉默"，我终于释然。原来，有一种动摇，是可以得到谅解的。只要你在划定的时间里坚守了立场与原则，就可以了。酷刑和痛楚，担心和惧怕，均有一个能够期盼的期限，有可以张望得到的彼岸。但，这不合我们中国人的思维习惯。热衷说"中庸"的我们，在自古至今的大小争斗中，往往只看到"敌我两方"的尖锐存在，不宽容中间地带，不宽容人性的极限。所以，在得势者严厉的目光里，敌人总是很多。而那些被打入另册的"叛徒"，基本上再无翻身余地。不能从身体上消灭，得胜者也要在思想上、文字上将之处以极刑。这在清代犹甚。就这样，在生活或工作中一有风吹草动，就感觉焦虑，很多人似乎已习惯了此种日积月累的紧张心境，不知快乐为何物。

什么时候，我们能够推己及人，在矛盾、困惑、对立面前，除了做简单的是非判断，还稍带考虑"48小时的沉默"？在宽容他人的同时，其实也是善待自己。

2007年7月

谁都有片挪威的森林

从来没有一本书，会在扉页表明是献给一系列"祭日"的。这本书的忧伤基调，一开章就水落石出。

有几天脊背无端端地痛，行动不便，大多数时候只能躺着看书。于是仔仔细细读了一遍村上春树的名作《挪威的森林》，累了就瞪着天花板发呆。读的过程和读完以后，皆觉悲欣交集。

诚如村上春树所言，此书带有浓厚的个人自传性质。几个20岁左右的少年人的心路历程，村上春树刻画得栩栩如生，真切到感同身受，不胜伤悲。一如张爱玲在《白玫瑰与红玫瑰》里所说的，每个女人都是白玫瑰或红玫瑰，而《挪威的森林》揭示的，便是成长过程中每个人都要面对的一些情绪和疯狂。

每个人心中，都有片挪威的森林。而身为作家的幸运，便是能够通过文字演绎那些虚无缥缈的情节，令其多年以后在不同的人心中花开灿烂。

好的作品蕴藏着许多无言的可能性。小时候读《红楼梦》，我如此悟觉。此次沉潜至"挪威的森林"里，又生出同样的心念。那天我突然间有些疑惑，直子走向自杀，最大的嫌疑人可能是玲子。村上春树在"配角"玲子身上着墨甚多，许多的可能性生长在文字背后。以亲密的爱护者出现的中年女人玲子，或许以无可言说的方式，渐渐断绝了直子通往外界的路。而那个所谓"知无不言，言无不尽"的规定，也使得害羞内向的直子，最终无法面对自己。而文中暗示着，有时精神上有缺陷的人（如玲子那个13岁的女学生），是要通过慢慢地悄悄地伤害另一个人的生活，从而获得某种隐秘的解脱。

村上春树写作《挪威的森林》时，年近不惑、旅居欧洲，隔着遥远的时空距离写作少年的朋友少年的自己，笔调却是完完全全真挚恳切的，无遮拦的文字，无庇护的心绪，无隔膜的倾诉。人生的许多无奈，一览无遗，恰如退潮后的沙滩，贝壳清晰呈现。木月和初美，意味着人"憧憬"的完美人格；直子是女孩子无

法回避的一个阶段；绿子则代表率真活泼的人生；永泽天分过人，为了达到目
的不择手段却也从不隐瞒。他们每个人都有自己幽暗的森林深处，那里没有阳光。
一旦沉迷到那个角落，从此万劫不复。村上春树，则是那个冷静坚定的旁观者。
他的参与，极其有限。他在最后关头放开了直子的手，此事也成为他永远的心结，
于是便有了这本细腻真实地描摹人性矛盾的书。

一个片断折射一段人生。每个人都难忘自己的少年时代，以及那时碰到的
一些人和事。

只有缘分，没有对错。无可回避的，是各人心中的那片森林。别忘记，要
给自己一点阳光，无论身处何时何地。

2007 年 8 月

关于《钝感力》

"在人际关系方面，最为重要的就是钝感力"。在中文版序里，他如是说。若细读过他的小说《紫阳花日记》，你很难相信渡边淳一会写《钝感力》这样的有关心灵修养的书。

《钝感力》的主旨是，人生需要迟钝一点，从身体到心灵均如此；这样的人更能抗压、更可长寿，也更有机会获得幸福快乐的人生。这本书写得如此平易、朴素，故而它的好，不在文字功力而在于内蕴真实。渡边淳一在此书里，将"钝感力"称为"才能"，从有的人被蚊子叮咬无不适、吃不新鲜的东西也不腹泻等生活小事例，到面对频频收到退稿信打击的不同态度，终致有些敏感的天才作家湮没在人海、有些坚持下来的人终于取得了大成就等，渡边不断强调，过于敏感未必是好事，有时迟钝一些反而会带来好运。渡边时不时会摆自己上台，似在心满意足地宣告："其实我就是这样的一个家伙。"

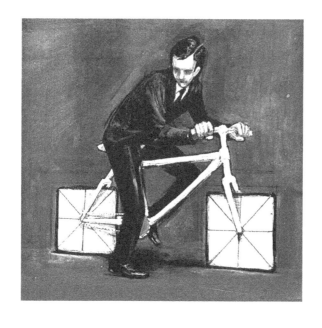

也许正因为他学医出身且做过10年的医生，才可在文字方面如此回转自如。在上述两种截然不同的文字里，他展现了一个完整的自己，从文风到内心。渡边还从人的身体结构和特点阐述"钝感力"的妙用。譬如说，钝感力强的人常让交感神经处于放松状态，这也使得全身血液畅通，有利于身体健康。最好玩的是，他认为睡眠好否也与"钝感力"有关。拥有了这些"能力"，长寿也就成为水到渠成的事。

此外，"钝感力"还包括对表扬可以"得寸进尺"、很快适应环境、伤口愈合快等等。而钝感力不仅有利于恋爱与婚姻关系，也有利于战胜癌症等顽症，且对事业和人生的成功有非常重要的作用。在书中，渡边还提出了一些新观点。譬如说，在身体和感情的钝感力方面，女性其实天生胜过男性，故他提出"男人的名字叫弱者"；母爱也是一种钝感力；要感谢嫉妒与讽刺，因为"遭人嫉妒者大多生活幸福，而嫉妒的人通常都不如前者"。

渡边在"适者生存"的小标题下写道，"凡有宏图大志，希望能在更广阔的天地中成就一番事业的人，都应该首先确认一下自己的钝感力，认为有的话，就要倍加珍惜；觉得自己缺少钝感力的人，就要加紧培养"。他说得对，人生应该温暖绵长，许多事都可以慢一点，包括情绪和感觉。对待琐事，我们都不要太在意一时一事的得失，亦不要太在意别人的评价，只问自己是否遵从了内心的原则。希望就这样渐渐成长，但也不要磨掉棱角，至少要外圆内方。当风来时，如果我们是一根草，势必"多边倒"；但若有了树的心灵，便可岿然不动，树叶的摇曳便也是一种悠然的舞蹈。而拥有了钝感力，便似拥有了"树的心灵"。

渡边说，"一个人谨小慎微，凡事看得过重的自寻烦恼的时代，应该宣告终结了"。如此，天地开阔，心意怡然。

2007年8月

每个人的局限性

民国时期有许多著名的"笔墨官司"，鲁迅和林语堂、胡适等人的笔仗打得风生水起，至今仍留余韵。此外还有一宗不太有名的"官司"，那就是傅雷与张爱玲之间，说是傅对张大兴攻讦，极力反对这种文坛的唧唧歪歪之旖旎之风；而张爱玲也毫不客气，在一定的场合对傅雷假以辞色。依稀中也记得，张确实在自己的文字里间接而有力地言说过傅雷的"不懂行"。有天临睡前，无意中拿出一本《傅雷作品》，其中正好有占了14 页的长文《论张爱玲的小说》。怀着看热闹的心情，直接翻到了这一篇。谁知道，体悟的不是热闹，而是感动。

令人吃惊的是，傅雷原来对张爱玲及其作品《金锁记》评价非常高。他说，作家们在填补文艺作品的缺陷时，"《金锁记》是一个最圆满肯定的答复"，"结构，节奏，色彩，在这件作品里不用说有了最幸运的成就"，"新旧文字的糅合，新旧意境的交错，在本篇里正是恰到好处"。"（《金锁记》）至少也该列为我们文坛最美的收获之一"。

曾读过傅雷的各类文字，此文是我见过的他对单个作者评价最高的一篇文艺评论。他用了差不多7 页的篇幅来剖析《金锁记》及夸赞张爱玲这位当时很年轻的女作家。此后的7 页内容，则对她的《倾城之恋》、《连环套》进行了评点，同时也就短篇小说和长篇小说的写作技巧进行了探讨。其中，对《连环套》的批评是比较严厉的，让人不由自主就想起《傅雷家书》里傅雷对于傅聪语重心长的教导。臧否之间，傅雷对于张爱玲的点评皆为肺腑之言，令人感动。即便在批评里，也有诚挚的赞赏与爱护在，如"聪

第四只眼·东方小四

287

明机智成了习气，也是一块绊脚石"。"我不责备作者的题材只限于男女问题。但除了男女之外，世界究竟还辽阔得很。人类的情欲不仅仅限于一二种"。"我不是鼓励悲观。但心灵的窗户不会嫌开得太多，因为可以免复单调与闭塞"。"总而言之：才华最爱出卖人"。"但若取悦大众……那样的倒车开下去，老实说，有些不堪设想"。

斯人已逝，空余惆怅。张爱玲终究是没有听进去傅雷的逆耳之言，心灵的窗户终究没有多开几扇。她的天才与她这个人一样，囿于一隅，人生的道路也越走越窄。她出走美国后，曾写过几部英文小说，天才的闪光依然令人惊叹，但题材基本没有大改变，此种才华在异域也没有什么市场；及至于在纽约终老，她的神奇之笔已日趋平淡，连不多的随笔和散文，也大多是平凡之作。而她本人晚年除了孤寂，还在与某种看不见的小昆虫搏斗，不断地搬家，就是为了躲避那种昆虫的侵扰。如今已经有心理学者认为，这更多的是一种心理疾患，她其实是在与自己搏斗。

我们每个人都有自己的局限性，青春正好、风头正健、机遇很美时，很难去面对那些直接指出我们难堪的缺点的人。即便内心深处知道他（她）说的也许是对的，却也抹不下面子，只是一味逃避。最终，这个缺陷如一个返回的黄蜂，在拐角处狠狠地扎你一下，而你再也是过去的你了。傅雷曾经提出如父如兄才会说出的忠告，但那些在高度评价后的话语是多么让一个正值盛景的年轻人厌烦的啊，聪慧如张爱玲，也会蹈此人生困境。

我们每个人身边，或是人生的机缘里，都可能遇见一两个"傅雷"。学识广博、内心慈悲、言语锋利的他那么希望你在学业、事业及个人的修为方面少走弯路、可以"人尽其才"。但他们的表达再温厚婉转，亦令人难以接受。真相总是带刺的，而我们每个人要面对的真相就是，并非圣人的我们每个人，都要面对自身不完满、内心深处甚至有大弱点、看清别人是比看清自己容易等等"盲点"，这也正是我们的局限性。

因此，如果"傅雷"出现了，不要一味反击，不如"反求诸己"：是不是他说的正好是我们羞于承认的局限性。要知道，不是每一个有才华有见识的人都愿意来评价你，都愿意如父亲一般给你最真实的扶持。珍惜他对你说过的不那么好听的话，或许正是人生的另一扇窗。

2007 年 9 月

浦野起央的回答

　　为什么中国极少有在国际上有影响力的国际政治学者？很多人的答案与我预想的差不多，无非是大环境的浮躁，老师们光用"二手观点"和翻译作品已足可评上教授甚至博导等。

　　震撼来自于那个叫做浦野起央的日本人。小小的日本有十数名在国际上颇有名望的国际政治学者，浦野起央是其中一个，既未排在最前面，也未落在最后面，并不是特别引人注目。直至有一天，随手翻起他于十余年前写的一本《国际关系理论导论》，一篇他序，一篇自序已将我雷到。1999年，浦野起央已经写了160多本国际政治著作。注意，不是翻译作品，是真正原创的著作。当然，他的工作时间不能以常人度量：每天晚上8时准时睡觉，凌晨3时半准时起床，开始一天的著述。他在东京郊外的别墅里有藏书10万余册，全部按照所研究问题的类别排列。

　　而这本《国际关系理论导论》，仅仅是他获邀给清华大学的学生做了一场演讲，然后就根据当时的灵感与线索洋洋洒洒写成一本书。

　　然而，即便是起源于一场演讲的书，他的论点和材料基本上都是一手的。其中他强调了一个观点：国际关系理论的成型并非西方学者所公认的在欧洲，而应是在中国的春秋战国时期；此时国与国的关系确立，相互间的争斗、和解、博弈等等，已经与当代国际关系、国际政治毫无二致。作为并不学这个专业的行外人，我深深赞同此种观点。但我国学者在研究春秋战国时代，即便津津乐道于"合纵"、"连横"等理论，以及其中难以记数的妙趣横生的事例、诸多谋士的过人智慧等，也少有人从中提炼更多的营养，用以滋养中国当代国际政治理论研究领域。

缺少钻研与鼓励钻研的大环境，缺少具备完善的知识结构及深入探索能力的个体，缺少从浩繁的文明中一眼瞥见精华的慧心，缺少心安理得的兀定，缺少与国际学术界对话的能量与渠道等等，都是我们缺席国际政治学领域的缘由。而日本，因政府也以极大的力度来推动此领域的研究，故学者浦野起央不需"炒更"也可在寸土寸金的地段买下三层楼的别墅来存放他的 10 万余册书，并在此进行日以继夜的研究。

政府扶持国际政治学者的成效，便是他们被"培养"出来，除了正常的学术研究以外，这些学者在无形中为国家获得了强势的话语权，在领土争端方面提出诸多有利于自己国家的资料、论证、观点。其实，在国与国"软实力"的较量中，若没有人以一言九鼎的专家身份代表自己的国家发言，很可能会在许多问题上吃哑巴亏。

2009 年 10 月

金钱与人生

比是否有钱更重要的，是能否合理把握金钱，这恰如能否控制情绪一样，决定一个人一生的成败。

面对金钱，需如面对华服一般，要有"自信心"。即所有"物"，皆属"为人所用"，而不应人为物所"绑架"。一个人若缺乏支配财富的自信心，即便因机缘获得财富，最终也很可能会是一场空。

而比在金钱面前六神无主更糟糕的，是过度用钱。今朝有酒今朝醉、寅吃卯粮、玩物丧志等等，所谓的"纨绔作风"均是如此。年入百万千万又如何，如果被财富的数字冲昏了头脑，不能量入为出，一味的透支就像一个太空黑洞，可以将过去的一切辉煌与努力湮没无痕。不去贪慕不属于自己的物质，不去追求超越自身能力的享受，是一个很朴素的道理。

尊重别人的金钱，也是一种必需的习惯。这种"尊重"，亦体现在不要轻易借钱尤其是不要挥霍借来的钱。有些人收入很高，却养成了一种借钱的习惯，等到债主或委婉或直接地追讨时，并非坏人的他们又开始一轮借贷，挖东墙补西墙，从此循环往复，为了债务永无宁日，也渐渐失却旁人的尊敬——一个连金钱都无法控制的人，又怎能负担自己的人生？一些"信用卡奴"，与之也有相似之处。

懂得给金钱适度"放生"，也是一种境界。这意味着在自己可以承受的范围内，可以做点善事。若不相信各种慈善机构，至少可以从帮助身旁认识的人开始。以善意且尽量不露痕迹的方式，让一些钱财找到温暖而恰当的去处，为贫穷而自尊的人带去关怀，也是人生里光明而璀璨的事。有些东西，需要有人分享才更有意义。金钱亦如是。

贫穷不可怕，只要有明确向上的金钱观，一个人就不可能当一辈子穷人。要相信，用合宜的方式赚到钱是一件向上的事；要相信，金钱与幸福并非对立面，它们亦可和谐共处，适度的

物质财富亦可增益而非减少精神的愉悦。要去做一个知行合一的人，用坦白磊落的方式去面对生活中绝大多数的人与事，至于对个别的小人，冷眼观望即好；要有热情，懂得享受财富，也懂得合理支配并与值得的人分享——这种分享可以盛大也可以微小，如瀑布的错落有致。

有些原则与金钱无直接的关联，却会以左右机遇的方式影响财富的数量与走向。

还有很重要的一点，钱是有脚的，若对它完全不闻不问，它可能会自己走掉。所以呢，身为现代人，根据自己的性情与喜好，去学习一点必要的投资之道也是益事。若能以自信与知识去驾驭金钱，恭喜你，即便不太富裕，你终不必汲汲于眼前的利益，为金钱所奴役。顺其自然地向上，却不为物役，谁说这与终极幸福无关？

2007 年 11 月

后记

"这世间有万紫千红，我却情有独衷"，此句歌词可以解释我的选择：从不后悔做一个媒体人。即便在纸媒式微的当下，我仍觉得媒体的竞争最终是内容附加于何种形式的竞争，内容的呈现方式是平面或其他，只是形式之别。现阶段，平媒从业者，或许最需要改变的是思维方式和看世界的角度。

自 1998 年毕业至今，我无论身在广州日报报业集团的哪一个岗位，无论写什么类别的文章，无论工作是极为繁忙还是偶尔轻闲，我对与传媒相关的一切，一直保持着最深切的热爱与激情，以及最初的盎然兴致。

感谢广州日报报业集团及各位集团领导，因其坚定的信任与支持，让我多年来得以如天马行空一般，自由写下并发表许多文章，收录于本书的只是其中很少的一部分。同时感谢广州日报的同事和朋友们，这一路走来，你们给了我最温暖的启迪与支持。

感谢资深出版人、华南理工大学的赵泓先生，如果没有他满怀善意与期待的催促，这本书不可能出版；尽管文章都已写就，但要将相关类别的文章收集起来并进行订正，这于近两年十分忙碌的我来说，很像是不可能完成的任务。赵老师不厌其烦地打电话发信息及在 QQ 上留言，催了一次又一次，对我的诸种拖延从无怨言，每次还哈哈一笑，表示支持与宽谅。终于，有一天我觉得实在不好意思，连夜将稿件大致找齐了。

感谢梁嘉欣女士，为本书排版、配图并制作了封面，这个年轻而敬业的女孩，用的是业余时间完成此项工作量极大的任务；感谢吴绣英女士，去年底她历尽辛苦为此书找了很多配图；感谢李刘钦利用周末休息时间为此书设计了 3 个备用的封面；感谢闺蜜徐诗为我摄下本书所用个人小照，同时感谢亲爱的闺蜜们一直给予我最贴心的支持；感谢王汉忠先生为本书的导向进行细致把关和热忱指点。

感谢马帅、王猛、黎达明、关飞、刘润生、龚灿、程蒙、朱燕文、于莉、邓宽道、张婷等人，谢谢你们仍在或曾经为编辑刊首语所付出的努力。同时感谢《看世界》的全体同事，谢谢你们，为《看世界》杂志社所做的一切。2013年，《看世界》杂志满18周岁了，至"5月上"这期杂志恰满300期，此时的相遇，亦属难得的缘。一切或许会有崭新的开始，让我们期待未知的种种。

感谢我的爱人，谢谢你无微不至的爱与关怀，让我不畏惧这世界的沧海桑田；感谢我的亲人们，你们让我觉得，此生此世值得一过。还有，亲爱的刚满3岁的涵涵小朋友，因为有你，妈妈曾经的努力与现在的奋斗，均充满温情，自觉甜美而有意义。日后你会明白，那些不能陪伴你的时光，妈妈并没有虚度。

谢谢本书的编辑及其他所有为本书付出努力的人们。无言感激，你们费心了。

还有，欢迎对本书中"东方小四·第四只眼"这部分内容感兴趣的出版人和出版机构联系我，我个人希望出一本慰藉都市人忙碌生活的小品文集，每篇控制在千字左右，大体的风格类似于书中的此部分内容。我的邮箱：zhaosulan@126.com。

阿岚
2013年3月19日